你是我的璀璨星辰

小北◎著

中国致公出版社　　知音动漫

知音动漫图书 · 漫客小说绘出品

目录

第一章

他从海上来

“好，接下来出场的是11号选手高佳艺，她之前的成绩一直很稳定，这一次对战16岁的俄罗斯小将基客·妮，希望她能取得更优异的成绩！

“我们知道高佳艺总是到最后一刻射出箭矢，这一次会不会还是不到最后不出手呢？”

……

手机视频画面里，灯光落在高佳艺的身上，她穿着米色紧身运动服，黑色运动鞋，修长的身材散发着青春的气息。

她动作标准，目光专注，周围的一切仿佛与她无关。她高高束起的马尾丝毫没有掩盖漂亮到堪比明星的容颜，一双大而圆的眼睛在眉毛下轻微地眨动着，精致小巧的鼻子微微翕动，手指小幅度地松握，盯着靶心调整弓箭角度。

时间在一点一滴地流逝。

基客·妮的成绩是6组6发中，黄心得了680分，也就是说72箭中她有68箭是射中内黄心的，这个成绩十分不错。

30秒的倒计时进入最后5秒，场上格外安静。

高佳艺闭上左眼，颤抖的睫毛渐渐平复，嘴角微微上扬，在最后一秒将箭矢发射出去！

“好，我们看到高佳艺的成绩是……”

解说员亢奋的解说突然中断——

一只好看修长的手直接盖在手机上，把比赛回放视频关掉了，正是视频里的高佳艺。此时她嫌弃地看向手机的主人：“你都看了十几遍了，不嫌腻啊？”

坐在地上看视频的女孩笑着站起身：“你是得冠军的人，怎么淡定得跟别人得了冠军一样？别说看十几遍了，让我每天看都愿意！我要告诉全天下的人，射中 71 发内黄心的天才射箭运动员高佳艺是我朋友！”女孩叫曲梦洁，是本地电视台的记者，和高佳艺是好闺蜜。

她们是高中时候参加同一个兴趣社认识的，高佳艺是体育生，曲梦洁是文科生。两个人虽然各有梦想和目标，但用她们自己的话来说就是臭味相投。

“你真肉麻。”高佳艺扯着嘴角走到一旁，随手将腕带上的发圈取下束马尾。

“我这不是肉麻，是事实好吗！我都不敢想象你是怎么做到的！居然可以取得这个成绩，连解说员都当场为你欢呼得破音了呢！在这之前都是俄罗斯和瑞士的运动员得冠军。你射得准也就罢了，还每箭都是最后几秒射，这需要多强大的心理素质啊，高佳艺！”

“好了，曲大记者，你可以走了。我得练习了。”

“刚拿了冠军，今天就歇一天吧，走，我请你去吃火锅。”

“在拿到冠军的那一刻就一切归零了，练习对运动员来说就像每天的呼吸。”高佳艺迈开双腿，眯起左眼，抓稳弓，将弓弧拉到 60 度，试图瞄准靶心。话音刚落，一阵鼓掌声由远至近：“很好，不愧是我教出来的。”

曲梦洁循声望去，是高佳艺的教练秦学东。

他朝高佳艺看去，一脸的欣赏和骄傲。

“这句话不是你每天都挂在嘴边的吗？我得谨记师训。”高佳艺淡淡打趣。

“孺子可教，孺子可教也。”

秦学东比高佳艺大八岁，算是看着高佳艺长大的大哥哥，陪伴了高佳艺的童年、少年，一直到现在，秦学东退役后成了高佳艺的教练，两个人也升级为师徒关系。用时间堆砌的感情，沉甸甸的能压死人。曲梦洁耸耸肩，一脸识趣地说："得，你们师徒一唱一和的，我就不在这里碍事了，先走一步。"

高佳艺扭头："把他一起带走，我练习的时候不喜欢有人打扰。"

秦学东一怔，这刚给他一点儿面子，就立刻收回了？

曲梦洁打哈哈，赶忙推着苦笑的他离开练习室。练习室里终于安静，只剩下她一人。高佳艺见两个人出去了，暗暗松了一口气，脸上的隐晦不安才敢一点点地出现。

明亮的灯光下，她精致的脸庞渗出少许汗珠，刚做了高抬腿的热身运动，双腿微微有些颤抖，需要靠不断呼吸来调和，一身黑紫相间的紧身运动服衬出其好身材，高挑而且英气十足，浑身散发着"一定要赢"的光芒。可是没人知道她此时的隐忧——当她试图瞄准靶心时，眼前会出现一片白光。

解说员说的她只有到最后时刻才会射箭的习惯，只是因为她需要努力地在那白光中重新将视线聚焦。

没错，高佳艺是个射箭运动员，国家队年青一代中冉冉升起的新星，今天在亚洲锦标赛上夺冠，成为中国射箭女将夺冠的第一人。小时候她差点儿近视，被父母送去练习眼力，阴差阳错就这么进入了射箭运动的行列中来。她有天赋，有毅力，这些都是作为一个运动员必备的。

然而射箭这项运动比起别的运动来说相对冷门，所以教练秦学东对高佳艺寄予厚望，希望她拿下一个个有含金量的冠军后冲刺更大的国际赛事，使射箭这项运动让更多人看到。

在众人沉甸甸的期待中，这道白光便成了高佳艺说不出的秘密。

在这道白光中，高佳艺总会看到十四岁那年的那片海。而每每到最后，能帮她冲破这道白光的，是那个在心头藏了整整六年多的人。

高佳艺闭上眼睛，放松肩膀，放下弓箭，低声进行自我辅导："呼吸……高佳艺，慢慢呼吸……"

当脑海里的海浪声渐渐消散，当她再次看到那个人的身影，她重新睁眼，目光一凛，对着靶心迅速地射了一箭。

一个转身，再闭眼，对着靶心又是一箭！两箭都射中靶心。

看到自己的成绩，她如释重负地抚了一把脸，根本没注意到自己的练习过程被躲在角落没走的曲梦洁录了下来。

第二天，高佳艺是被室友推醒的："佳艺醒醒！佳艺你快醒醒！"

高佳艺皱眉，睁开眼睛："干吗？着火了？"她的生物钟提示她还有十分钟才到起床时间。

室友激动地指着她语无伦次："不是着火了！是……是你火了！"

高佳艺被室友的高分贝震得脑袋疼："英子……你到底在说什么？"

"哎呀，你跟我来！"英子索性把她从床上拉起来，直奔食堂。

就这样，高佳艺光着脚穿着睡衣被英子拉到食堂，从挂在食堂墙上的电视中看到了自己。电视画面中是自己的练习过程，下边粗大的标题是：最美射箭运动员的高光时刻。

在后半段她转身盲射时，画面明显加了绚丽的打光特效。

高佳艺原本是对画面无感的，但看到这里，她立刻明白过来是曲梦洁干的好事。平时运动员禁止使用手机，队友之间也不可能会想到拍这种千篇一律的练习过程。只有过来探望她的曲梦洁能干出这事。

英子缓缓看向高佳艺，问道："佳艺，你是不是要去当明星了？"

明星？高佳艺怔了怔，这个词对她来说熟悉又陌生。

演艺界和体育界的区别还是很大的，不过她在念书或者外出的时候，经常遇到别人夸她漂亮，问她有没兴趣朝娱乐圈发展。

不说远的，曲梦洁从事记者工作，也经常在她耳边念叨明星的事儿和她退役后的生活规划，劝她可以演个戏啥的。

她没有刻意要往这方面想，但如今有这个契机，是不是代表她能……

"高佳艺！"

高佳艺回过神来，看到秦学东一脸严肃地唤她："跟我过来。"

窃窃私语的大家一见教练出现，立刻作鸟兽散。

高佳艺越过队友，向秦学东走去，跟着他去办公室，秦学东刚要张口，垂眸看到她光着脚，叹了口气，蹲下来，把自己的鞋脱下来给她穿好："谁让你光脚乱跑的？万一着凉了怎么办？"

高佳艺伸手撑着他的背，一边穿一边回嘴："哪那么容易感冒啊，我可是运动员。"

秦学东起身，无奈瞪眼："有你这么跟教练说话的吗？"

高佳艺摆摆手："行了，有人在的时候我不是挺给你面子的吗？现在又没人，你还摆一副教练嘴脸做什么，别忘了，小时候你还跟在我屁股后面要我把棒棒糖分给你吃呢。"

"我那是故意逗你玩！再说了，多久以前的事儿了，你别总挂嘴边说。现在我是你的教练，就有资格管你！"秦学东微微涨红了脸，清了清嗓子，"好了，说正事。那段视频怎么回事，现在都闹得沸沸扬扬的。"

"是吗？"高佳艺伸手，"把手机给我。"

秦学东把手机递给她，她迅速翻看各大网站，果然……关于她的热搜冲到了第一，大家都在搜她的个人资料、比赛视频等等。

关于高佳艺的话题，关于射箭运动的话题，一时火到不行。高佳艺看着一条条评论，不由出神。秦学东把手机拿回来，一脸严肃。高佳艺迎上他的目光，双手插回口袋："想也知道，肯定是曲梦洁那个家伙做的。"

秦学东拍桌："这个曲梦洁！"

"这应该不是坏事吧，又不是什么丑闻，只是我红了而已。"高佳艺瞅着秦学东。

"是，这不是坏事。但现在宣传部的电话都快被打爆了，我的手机也被打爆了，领导都被这突如其来的热搜给吓到了，在问我你是不是有要提前退役的打……"秦学东突然停住，敏锐地捕捉到了什么，"高佳艺，你是不是觉得这事挺好？你该不会真的想当明星吧？"

高佳艺没说话。秦学东眯眼："我知道你不是喜欢闪光灯的人。"

"秦学东你想多了，我只是觉得既然已经发生了，就面对它呗。提高曝光率并不影响我的正常练习和比赛。"高佳艺拍拍秦学东的肩，"你不用这么敏感。"

秦学东狐疑地盯着她。

高佳艺避开他的目光，转身："那我去吃早饭了。"

"你是不是想趁这个机会让那个人看到你？"她转身时，秦学东语出惊人。高佳艺睫毛微动，沉默着往门外走去。

秦学东脸上的严肃久久散不开，高佳艺无论走到哪里都是出众的姑娘，射箭队里的男运动员会变着法地过来看她，给她送礼物。

高佳艺从来没有把他们看在眼里，一心一意地专注于自己的运动事业，这才让他安心不少。可这份安心的真实原因也让他在意——

她一直在找十四岁时遇见的那个人。

高佳艺吃完早饭，走出食堂，往办公室的方向去。一路上，很多人从她身边走过时都对她行侧目礼，她也听到了别人口中的议论。

高佳艺深深感受到了舆论的力量和速度，不过是一夜工夫，她除了冠军的头衔外又有了其他的光环加身。

她走到电话办公室，拿起电话拨给曲梦洁。这个电话办公室的主要作用就是摆放一部可以打到外边的电话，平时运动员想要和家里联系就来这里。曲梦洁一听是她的声音，立刻装着很忙地说道："哎呀，姐妹，我要去采访了，马上就要出发，我们以后再……"

"你不怕我的专访和后续采访被人抢了先？"高佳艺迅速抛出重点。

电话那头顿了顿，曲梦洁赔笑："哎呀，哈哈，原来佳艺你不是来兴师问罪的啊！"

"兴师问罪有用吗？秦学东可快顶不住了，你想拿头彩就赶紧联系他。"

"那先谢谢你了姐们！我真有紧急采访，大头山有一整个外来旅游团失踪，先不跟你说了哈，再见！"曲梦洁说着就挂了电话。

听着电话里嘟嘟嘟的忙音，高佳艺不禁出神。

大头山是有名的冒险之山，一整个外来旅游团失踪，一定需要救援。

高佳艺猛地心里一动。那个人，会来吗？

大头山是本市最大的一座山，整体偏椭圆形，所以起名叫大头山。

因为山路崎岖，山里情况复杂，本市的人都不会选择来这里攀爬或者旅游。正规的外地旅游团来这边也只会在山下采景。

山脚下，各家媒体的记者都各自占据地盘，准备随时更新最新情况。

曲梦洁另辟蹊径，找了几个村民往山上走去。

当来到半山腰，曲梦洁很快就看到了一群穿着红衣的男人在前方走着。凭着职业敏感，没等村民介绍，曲梦洁就猜到他们是社会救援队的。

她三步并作两步跑上去，抓住一个男人的胳膊问："你好，我是电视台的记者曲梦洁，请问你们是救援队的吗？"

男人扭头，健康的小麦色皮肤，端正的五官像是按照最完美的比例雕刻，眉宇间英气十足，那黑而亮的眼睛看人时自带一股勾人的魅力。曲梦洁不由怔住。不过她很快回过神来，目光落在男人胸口的"飓"字徽章上。他们是飓风救援队的。

"别妨碍我们救人。"男人微微皱眉，推开她的手。

曲梦洁再次微微一怔。不过她还是很快回过神来，并且跟上他。

"现在情况怎么样？找到几个人了？"

"能够确定旅行团的具体失踪范围吗？"

"除了你们飓风救援队，还有其他队伍在搜寻吗？"

"你们需要帮助吗？啊——"

曲梦洁光顾着跟上男人的步伐，没注意到脚边的碎石，脚下一滑，差点儿没后仰到旁边陡峭的悬崖外去。男人及时地扶住了她。

曲梦洁后怕地屏息，只见他冷冷地看了她一眼，什么话也没说。

她的脸微微发烫，突然什么都问不出来了。

很快，前边的队员吹响口哨，发现了目标。

男人飞快地跑去，曲梦洁和摄像紧紧跟上。只见有两个男游客贴着陡峭的岩壁在虚弱地呼救。男人把绳索系在自己的腰上，让队员放他下去。

从悬崖边缘这么望下去，足足有三十几米的落差。曲梦洁恐高，她一边艰难地克服恐惧，一边催促摄像："快拍，快拍。"

那处岩壁可供站立的地方十分狭小，两个男游客本能地踮着脚站着，生理和心理都已经达到了极限。男人下去后没有着力点，头顶上方还有茂密又凌乱的树丛，他只能让队员把绳索扔下来系在两个人身上，让队员往上拉，他则在下边托举。三十几米的距离，用了二十多分钟。

游客是上去了，不过男人的绳索卡在了树丛中，无法顺利地往上拉。

男人也被卡在了半空中，上不去，下不来。

曲梦洁替他着急。队员提议要下来帮他。

男人看了看上边，再看了看下边，阻止队员下来。

然后他做了一个让所有人都诧异的举动——解开了腰间的绳索扣。

"队长！队长！"

"队长你干吗？"

队员们纷纷惊呼。曲梦洁不禁也瞪大了眼睛："喂，你这样很危险啊！"

男人在众人诧异的惊呼中，抓着壁沿凸起的石块往下爬："你们继续搜索，我会想办法和你们会合的。"

很快，男人一点点地消失在众人的视线中。曲梦洁目瞪口呆，半晌才想起来问其中一个人："他是你们队长？他是谁啊？"

被问者颇为骄傲地微扬下巴："对啊，我们队长叫吴三生。"

吴三生往下爬，大概十几分钟后终于触底，来到了一块比较平坦的地面。这里是两座山之间的连接处，百草丰茂，怪石嶙峋，加上朦胧的雾气，幽深寂静，令人如同置身在一个虚幻的仙境里。

吴三生环顾四周，一时间看不到出路。

既来之则安之，从那么高的地方下来，吴三生索性挑了一块石头靠着休息，从腰间的包里摸出烟和打火机。

他刚点上烟，眼前突然出现一个身影。

他有些迟疑地扭头，往右边看去。迷雾里，一个漂亮纤细的身影渐渐走出，随手把长发往后撩去的动作在这样一个仙境中似慢动作一般。

吴三生微微皱眉，先走向她。不等她说话，吴三生先开口问道："你是旅游团的吧？怎么就你一个人？是落单了吗？有没有受伤？"

来人便是高佳艺。听到声音，她也看到了他。

宽阔的乱石地上，他显得十分醒目——身形健硕，一双大长腿杵在地上，姿态放松，左手夹着烟，烟气上扬，右手把玩着打火机，一张脸帅气出众，又有着与年纪不相符的沉稳。

高佳艺愣了几秒后反应过来，他是把她当成失踪的旅游团中的游客了。

挂了电话后，她就从队里跑出来直奔大头山。

一跑来就看到了很多媒体挤在山脚下，而曲梦洁没在其中。她只好绕到一旁，从小路上去。没想到山上分岔路多，根本辨不清方向，七绕八绕地就这么迷路了。刚刚走到这里，看到有光有路，就走过来看看。

没想到……在这里还会遇到人。

"哦，没有，我没有受伤。"高佳艺点点头，又马上摇头。

吴三生扶她返回石头边坐下。

高佳艺看见他胸口的徽章，脱口而出："飓风救援队。"

吴三生轻轻颔首："我是专业救援队的，你放心，我会把你安全带出这里，和其他人会合的。"他的声音很轻，音调也在一条直线上，但语气比起刚才和曲梦洁说话时轻柔了不少。

高佳艺心头一震，觉得这声音很熟悉。她认真地打量他的脸，想要把这张脸去和她十四岁那年那个逆光里的脸庞重合。

可是不行，眼前的他太过清晰，反而找不到丝毫与记忆重合的地方。

高佳艺不死心，又看向他的胳膊：“不急，先休息会儿吧，我迷路来到这里，走了很长时间，走不动了。”

吴三生和她并肩，靠坐在石头上：“好。”他吸了一口烟，想起什么，扭头，“介意吗？”

高佳艺摇摇头。

吴三生撸起袖子，露出胳膊，仰头又吸了一口。

高佳艺定住，一把抓过他的胳膊。

吴三生一怔：“怎么了？”

高佳艺没答话，出神地打量着这条胳膊。那年她被那个人救起，醒来后发现自己躺在病床上，很虚弱，她努力想要看清救命恩人的长相，可是只能看到逆光中他模糊的轮廓。但他的胳膊，她看得很清楚。

作为答谢，她送了一个钥匙圈给他，他伸手接过。

她每天不停回想的记忆，在牵挂沸腾的顶点鲜活闪耀。

高佳艺强行把兴奋压住，把手松开：“没……没什么，就是挺诧异的，你的胳膊上有好几道疤。”

“我的工作就是去各种危险中救人，受伤在所难免。”吴三生说得轻描淡写。

“听你的口气，你好像干这个工作很多年了。”高佳艺侧耳。

“嗯，很久了。”

高佳艺顺着往下说：“那六年前你是不是出海执行过救援任务？”

“你怎么知道的？”吴三生看向高佳艺。

高佳艺的心猛地一跳：“我看你的皮肤这么黑，猜的。”

吴三生没说话。

高佳艺鼓足勇气看向他：“那……你救没救过一个小女孩？”

她转身，靠他很近很近。带着急迫表情的精致脸蛋几乎要凑到他眼前。

她撑在石头上的手微微颤动，带着十足的紧张。

时间仿佛定格住。

不知道过了多久，吴三生看着高佳艺平静地说：“我救过很多人。”

这句话礼貌中夹带着疏离，像一盆水，一下子浇灭了高佳艺的期待。

他……不认识我了吗？真的不是他吗？高佳艺不死心，她不想放过这好不容易出现的熟悉感。这些年来，她找遍了无数救援队，寻遍了无数社会救援组织，见过无数人。她只想找到那个在大海里把十四岁的她从死亡的绝望中带出来的那个人。

“你救过的那么多人中就没有让你印象深刻的吗？你好好想想？”

吴三生又吸了一口烟，把燃了半截的烟扔到地上：“我救过很多人，不需要记得，也记不住。”

高佳艺咬唇，对这个答案仍然不甘心：“有没有救过一个让你印象深刻的、送过你东西的小女孩？”

吴三生再次认真地看向高佳艺，突然浅浅一笑：“小姐，你在找人？”他的这句话不痛不痒，却实实在在地堵住了高佳艺的喉咙。

她忽然间不知道该怎么说了。

吴三生起身：“休息得差不多了，我们走吧。”

高佳艺侧过脸，意兴阑珊：“走不动。”

吴三生在她跟前半蹲下：“上来。”

高佳艺盯着吴三生的后背，没动。

吴三生侧过脸，催促道：“快点儿。”

高佳艺怔了怔，他短促的“快点儿”像一块有分量的石头，扔进记忆里的大海，激荡起波澜……

六年前，那个人靠近她的时候，就是说的这句话。

“快点儿，再快点儿！”

这句短促的话语，由远及近，从不清晰到变得很清晰，是让绝望的她在大海上重新睁开眼睛，重新从绝望中活过来的声音。

也成了现在让她心中的火苗燃烧得更加旺盛的一句话。

高佳艺爬上吴三生的后背。

他稳稳地托住她，很绅士地握拳托着她的双腿，站起来。

吴三生的后背很壮实，让人很安心。高佳艺能感觉到他的体温，她仔细打量他的侧脸，伸手，眯眼从指缝间观察，想要让那种熟悉感更多一些。

她想过很多种可能，却没想过那个人会不记得她。六年前她虽然只有十四岁，但和现在的相貌身高差不了太多，只是现在更成熟了些。

那个时候就有很多人说她漂亮，她在人群中是很出众的。

只要见过她的人，不可能没有印象。

更何况，她还和那个人说过话，还送了那个人一个东西。

她还跟那个人介绍了她的名字。那个人，一定不会完全忘了她。

在感受到背上的人很僵硬时，吴三生回过头看她。

高佳艺这时问："你……你叫什么？"

吴三生重新看向前方，顿了顿回道："吴三生。"

"吴三生，"高佳艺欣然一笑，"好特别的名字。"

"缘定三生，我妈特别喜欢这个词，就给我起了这个名字。"吴三生解释道。

"看来阿姨喜欢看言情小说。"透过名字，高佳艺仿佛能看到一个捧着言情小说一脸花痴的老阿姨。

两人说话间，吴三生背着高佳艺通过了狭长的缝隙。就像那句诗，"柳暗花明又一村"，突然出现在两人眼前的是大头山的山脚。

吴三生背着高佳艺快步走向早就等在不远处的救护车，被高佳艺喊停："你放我下来吧。"

"都到这里了，直接带你去救护车那边吧。"吴三生不明就里。

"不用了，那边都是记者，我不方便。"高佳艺推了推他的肩膀，委婉拒绝。吴三生迟疑了几秒，把她放下来。

高佳艺看了一眼那边随时都会把目光转移过来的记者们："谢谢你带我走出困境，我先走了。"

高佳艺快步离开。吴三生盯着她健步如飞的背影，若有所思。

“哎，吴队长——”

曲梦洁高亢嘹亮的声音从另一边响起，其他人也应声跟着跑了过来。

吴三生皱眉，不由得往后退了一小步。

他眼睛的余光注意到刚才高佳艺离开的方向，此时已经不见了她的身影。

“现在最新的情况，旅行团一共21名失踪的游客，在飓风救援队的不懈努力下已经找到了16名，其余的5名还在继续搜救中。目前这16名游客身体情况良好，有2名受了轻微的伤，1名脱水……”

吴三生越过曲梦洁，去和其他队员会合。

他的救援工作还要继续，直到找回所有失踪游客为止。

“去哪儿了？”高佳艺回到队里，秦学东早就在候着她了。

“我让英子帮忙请了两个小时的假，去找曲梦洁。”高佳艺赔笑卖乖，“我保证，下午会多练习两个小时，不会耽误的。”

秦学东绷着脸：“昨天还挺好的，说得了冠军也就是一切归零，今儿个就不见人影了，你这到底是想让我夸你还是骂你？”

“教练，你再絮絮叨叨的，就更耽误我练习了哦。”高佳艺眉眼弯弯，踏着小碎步往后退。

她笑得灿烂，秦学东也无可奈何。她就是和他太熟了，太知道怎么对付他了！每次训完她，最后叹气的只能是他自己。

“唉，你等一下。”秦学东从外套口袋里拿出一张纸，“这是我给你写好的词儿，你背一下。曲梦洁说下午给你做采访，你准备下。”

高佳艺接过纸：“你写的词儿？”

“怎么？”

“没什么，只是我记得你的语文一直很差。”说完高佳艺就一溜烟儿地转身跑了。

秦学东作势在空气里捶了一下。看她跑进练习室，他宠溺的笑容又止不住地挂在嘴角。每天看见她就是他最大的幸福。

原本没有那么强烈的感觉，但十四岁那年她差点儿从这个世界离开的经历，让他每每想起来都很后怕。从小一起长大，感情日渐深厚，秦学东不敢想，如果以后没有高佳艺，他要怎么过。

高佳艺拿着纸回到练习室，只看了一眼就走神了。她在想吴三生。

她忍不住想与他有关的每一个细节，每一句对话，反复推敲。

如果他不是那个人，为什么不愿意正面回答她的问题?

如果他是那个人，又为什么不愿意正面回答她的问题?

她有些懊悔为了躲那些记者而匆匆离开。

她知道了他的名字，却没有告诉他自己的名字。

他……会知道她吗？高佳艺突然很想下午的采访快点儿到来。

不过在这之前，她得先做一件事。

十分钟后，宿舍里。

高佳艺跪在英子的床头柜前，撅着屁股把脑袋伸进抽屉的夹层，从最里边的凹槽拿出一个旧手机。这个手机没有电话卡，就是平时上网用的。

运动员私下不能用手机，英子敢大着胆子夹带进来，很大程度是因为室友是高佳艺。她知道高佳艺和教练的关系铁。

高佳艺睁一只眼闭一只眼，嘱咐英子收敛着点儿。没想到，现在成了她的救命急用之物。高佳艺联上网，搜索飓风救援队和吴三生。

吴三生真的很低调，没有个人百度资料。飓风救援队倒是有介绍和联系电话。高佳艺把号码记下来，跑去电话办公室那里试着拨打。

飓风救援队是专业的社会救援组织，有政府和企业资助。十年前成立，参加过各种救援。

高佳艺想，如果从吴三生这里找不到答案，可以从其他人口中找到。

电话响了两声后被接听：“喂？”是个声音清亮的年轻男生。

高佳艺：“喂，你好，请问这里是飓风救援队吗？”

“是的，请问有什么需要帮助的吗？”那头立刻问道。

“哦，我想问一下这边是不是有一个叫吴三生的队员？”

“您找我们队长？我们队长现在在出任务还没有回来。”

原来他是队长。“哦，没关系，我想问一下，六年前，飓风救援队是不是去过云石海执行过救援任务。”

“六年前？云石海……”电话那头仿佛陷入回忆，没有立刻回答，“您是有什么事吗？”

“我是被你们队长帮助过的人，我想表达一下感谢。请问能告诉我你们队长的手机号码吗？”

“这个……我需要请示一下队长。您好，能告诉我您的名字，以及在哪里受过帮助吗？”

高佳艺握着手里的话筒，顿了顿：“我叫高佳艺，我……”

电话那头的声音瞬间切换成最初的清亮模式：“高佳艺？你、你是那个美女射箭运动员高佳艺吗？”

高佳艺怔住。就这一秒的迟疑就算是给了对方肯定的答复：“天哪，真的是你吗？”

高佳艺立刻挂掉电话，挂完就后悔了。这个男生好像知道她，还表达出超常的热情，或许这就是最好的捷径，可以打听到那个人和吴三生是不是同一个人，可是当这条捷径真的出现，她又有点儿害怕。

怕这个人仍然不是她要找的。

期望就像皮筋，绷得太久，要不就是松弛，要不就是断掉。

想到这里，她原本伸向话筒的手缩了回来。

算了，今天知道吴三生的名字和飓风救援队，已经是很大的收获。高佳艺不知道的是，接电话的男生叫邢镇，是吴三生的好兄弟兼副队长。

邢镇和闷闷的吴三生可不一样，他热情开朗，爱收集新鲜资讯，说得好听点儿是永远充满活力，说得不好听就是24小时都跟打了鸡血似的。

年轻人当下流行什么，他就喜欢什么。

想知道今天有什么新闻，问他准没错。所以当高佳艺夺冠的新闻上热搜后，邢镇就对这个画面里漂亮又飒爽的小姐姐一见钟情了。

之后高佳艺的练习视频被疯转，他就有一种比别人先一步发现宝藏的骄傲感，坚决要做高佳艺的一号迷弟。

他想着如果有机会能见高佳艺一面就好了，不想今天值班居然就接到了高佳艺的电话。如果说当下要评选世界最幸福奖项，他绝对当仁不让。

吴三生带着队员回来后，邢镇第一时间冲到他跟前激动得一边跳脚一边报喜："兄弟兄弟，我的女神给我来电话了！我的女神高佳艺，今天居然给我来电话了！你知道吗？她的声音好好……"

"谁？"站在更衣室脱靴子的吴三生停下来，抬头。

"高佳艺啊。"邢镇眼里冒着光，"就是我跟你说的那个刚夺下第一块射箭金牌的小姐姐啊！哎哎，我没给你看视频吗？"

说着邢镇拿出手机给吴三生播放高佳艺的练习视频。

"你看你看，是不是超漂亮，超有型，超有实力？！"

刑镇突然想到重点："不过她今天打电话来是找你的，你们认识？"

吴三生微微蹙眉："找我？有说什么事吗？"

邢镇挠挠后脑勺，记东西只记个半截："说想向你表达感谢。兄弟，你今天不是去大头山救一个失踪的旅行团吗？高佳艺也在里头吗？哎哎，我话还没说完呢，你去哪儿啊？"

吴三生头也不回，径自回休息室洗澡。温热的淋浴头下，吴三生闭上眼睛，享受这短暂的松弛。高佳艺的话在水声里重新响起来……

"那六年前你是不是出海执行过救援任务？"

"那……你救没救过一个小女孩？"

"有没有救过一个让你印象深刻的、送过你东西的小女孩？"

吴三生的思绪不由得重回到六年前那个夏天，在云石海。

那个夏天很炎热，他是驻扎在海上的一名救援者，海上和陆地的救援很不同，海水的晃动，以及咸湿的空气对人的身体是一种长期的、渗透式的考验。很多人都扛不住，人手非常紧缺。在海上除了要应对一些救援任务，还要应付一些非法渔船。那天他在接到一艘小型游船触礁翻沉的救援任务之前，刚和两艘渔船上的渔民发生了肢体冲突——一个不肯离开的渔民用木棍砸了他的头。

他和队员们赶到事发地，游船大半个船身已经倾斜进海里，很多人在海里挣扎、虚弱地呼救。他第一眼看到的是一个戴着帽子的小女孩，她不哭不闹地抱着木板，满脸泪痕呆呆地望着远方。

旁边有一个男人游过来，看中了她的木板，抓住她的衣领就将她甩开了。吴三生迅速将救生艇开过去，抓住了即将沉入大海的小女孩的手。他把她拉到救生艇上时，她已经晕了过去，帽子也不见踪影，长发凌乱地遮盖住了她的脸庞。他把衣服脱下来给她盖上，将她和其他已被救起的人一起迅速运送回岸边。

他把她送到医院的那一刻，她醒了过来，抓住他的手臂似乎要说什么。他以为她仍在害怕，便说道："放心，你不会有事的，医生马上就来。"她缓缓展开手，把一个钥匙圈递给他。

她紧拽着他的胳膊不肯放手，他只好接过。

游船上还有好几个人没有下落，他必须赶回去继续参与救援工作，没有心思留在医院，更没有注意她的长相。

和时间赛跑的工作，让他无暇记得很多，顾及很多。

只是很久很久之后，他才发现这个钥匙圈一直都在身边，而送钥匙圈的那个女孩早已出院离开，之后再也没有见过。

……

吴三生换上衣服从浴室里出来，后勤组的小梁姑娘从走廊那头过来，她把钥匙圈递上："老大，扣子这里已经修好了，还给你。"

"谢谢。"

“不用谢，举手之劳嘛。”小梁姑娘负责他们这群大老爷们的日常起居和一日三餐，大家都亲切地称呼她为小梁，她长着一张圆脸，常年透着高原红，性格实诚又可爱，“老大，这钥匙圈你一直随身携带，坏了也舍不得丢，一定是很重要的人送给你的吧？”

吴三生瞅着她八卦的样子，淡淡一笑：“一个小姑娘送的。”

这回答太有想象空间了，没否认也没承认，小梁姑娘眨巴着眼睛，待在原地出了神。

回到房间，吴三生穿好衣服，把钥匙圈重新别在腰间，这才躺下休息。

这也是他们作为救生员的基本素养，随时准备好出任务，绝对不能把时间浪费在穿衣服上。枕着枕头的这一刻，吴三生很累，却睡不着。第一次因为一个人而睡不着。

高佳艺的脸在眼前挥之不去，他说他不记得的时候，她失落的样子，像按了重复键一般一遍又一遍地在眼前回放。

真没想到，从前不记得的脸现在却变得清晰起来。

吴三生摸了摸腰间的钥匙圈，这是一个皮卡丘软毛玩偶，耳朵的地方已经被他摸得有些弯曲了。入睡前摸摸它，竟不知不觉成为他的一个习惯。吴三生侧身，理理思绪决定赶紧入睡。

不过很快，他就被邢镇的叫声惊扰了。吴三生愠怒坐起，想要去隔壁把某人的嘴封上，某人却抢先一步地冲了进来——

“我的女神上专访了！兄弟——我不要活了——”邢镇把手机凑到吴三生眼前，“你看你看！”

吴三生被强迫着看向屏幕。高佳艺坐在镜头前，一身可爱的白色运动装，俏丽的五官在镜头下毫无瑕疵，充满着活力。曲梦洁坐在她旁边，采访背景为体育馆的看台，特别符合她运动员的身份。

“对于你的突然爆红，你有什么想法吗？”曲梦洁问。

高佳艺淡淡一笑：“老实说，一开始是蒙的，直到现在也没有什么特别想法。”

曲梦洁继续问："大家都说你很漂亮，是外貌和实力并存的女生。难道你就没有想过要转行，做更能发挥你外貌优势的事吗？"

"你说的是进娱乐圈吗？"高佳艺反问。

握着手机的邢镇惊呼："女神……要进娱乐圈？"

吴三生眯眼。

"没有。"高佳艺摇头，"我觉得我的重心还是在射箭上。大家能通过我更多地关注到射箭这项运动，我很开心。"

曲梦洁打趣："说得这么肯定，不怕之后会后悔吗？或者说……你现在还没想好？要知道，总有一天你会退役，也要为以后做打算。"

高佳艺点头："嗯，你说得很有道理。不过我现在还不到退役的年龄，在那之前我想多拿几块金牌。"

这个回答很完美，曲梦洁点点头："最后你有什么想对大家说的？"

"其实我答应做这个专访的真实目的，是想通过媒体让大家帮我一个忙。"高佳艺直了直腰板，亮丽的眸子闪过一丝忐忑，"我想找一个人，一个我找了六年的人。"

吴三生怔了怔。隔着屏幕，她的眼睛就像是在看着他。

"六年前我的生命差点儿终止，是他把我从死亡边缘拉了回来。我送了一个皮卡丘钥匙圈给他，在这里……我暂且称他为皮卡丘先生吧。皮卡丘先生，虽然很遗憾，那个时候我没有看清你的脸，但我一直记得你。如果你看到了这个节目，我希望你能给我一个亲口向你说谢谢的机会！"

邢镇不喊不叫了，他缓缓转过身，看向吴三生的腰间："皮、皮、皮……"

吴三生面无表情地打断他："别皮了，你可以滚回自己房间了。"

邢镇一激灵，蹿起来指着他："我女神要找的人，真的是你啊？"

这时任务铃响了。吴三生起身抓过外套，拍邢镇的肩："不知道，快走。"

邢镇呼吸漏了半拍，根本反应不过来："皮、皮卡丘先生……"

第二章

我们已经见到了

与此同时，体育馆里。曲梦洁的搭档摄影师喊了“咔”，她脸上的标志性微笑立刻消失得无影无踪。高佳艺不满地皱眉：“不是吧？你这利用完我就翻脸的速度也太快了点儿吧？”

曲梦洁摆摆手：“不是因为你啦。”

“那怎么了？”高佳艺想不明白，自己现在这么高热度，唯一的采访已经给了她，还有什么不高兴的呢？

曲梦洁把手机拿出来翻了翻，递给高佳艺：“就他啊，我想给他做个连续报道，他就是不肯，简直油盐不进！”

手机里是大头山上吴三生进行救援活动的照片。

“是他？”高佳艺怔了怔。

“嗯？你说什么？”曲梦洁扭头。

“哦，没、没什么。我是说你真无情啊，我这个采访刚结束，你就操心下一个目标了。”高佳艺把手机递还给曲梦洁。

“记者和运动员一样，取得了成果后不能为之沾沾自喜，否则就会停滞不前。”曲梦洁忽然想起什么，凑近高佳艺低声道，“怎么样？他是不是你的皮卡丘先生啊？”

高佳艺苦涩地一笑："是的话就好了。"

"唉，是啊，如果是的话，我就可以从你这里走个捷径了。"曲梦洁附和道。这时曲梦洁的手机响了，她立刻打起精神，短促回复说"是"，就回头冲搭档做了个手势。

这是她接到新任务的标志性动作。

"佳艺，我要走了，我的目标又出动了，这次我得抓住机会！"

高佳艺怔了怔，看着他们飞奔出体育馆的背影，才意识到曲梦洁的这次任务目标是吴三生。"吴三生……"高佳艺嘴里呢喃着这个名字，心猛地一跳。她捂着胸口，解释不清这是一种什么感觉。

"佳艺，该练习了。"秦学东走过来，远远地唤道。

高佳艺回过神来，默默点头。

五个小时后，高佳艺气喘吁吁地在地板上躺下。

秦学东拿着记录板站在她身边说道："今天的负重拉伸，做得还不错。明天可以加一组。"

高佳艺"嗯"了一声，一块记录板倏地挡住了她看白炽灯的方向。

"说了多少遍，别直接看光源，对眼睛不好。"秦学东宠溺地责备。

"哦。"高佳艺闭上眼睛。

秦学东蹲了下来："佳艺……"

"想说什么就说啊。"

"这次再找不到那个人，就不要再找了，好吗？"

她望向他。

"我是说……我们已经尽力了。相信他救你也不是图什么回报，你心里记得他就好，我想……"这些话秦学东已经在心里酝酿好久，他看到高佳艺对找这个人那么执着，态度早就从最开始的支持，到挂在嘴边几欲要言明的反对了。

只是不等他说完，高佳艺就爬起来打断道："一定能找到的。"

"佳艺。"

"好了，我去洗澡了。"

秦学东面色凝重，不由得怀疑他这么宠着她，到底是对还是错。

高佳艺走出体育馆，心里堵得慌。这次是她能放的最后一次大招，也是唯一的大招了。用全世界的力量来寻找你，你是会出现的吧？如果这次都找不到，那该怎么办呢？

心烦意乱间，英子走了过来："佳艺，外面有人找。"

"谁？"高佳艺一怔，父母来都会提前打招呼，朋友也就曲梦洁一个，还会有谁找她？

"他说他叫邢镇，一个挺帅的小弟弟哎。"英子眉飞色舞地回答。

"邢镇……"她怎么觉得这个名字没听过呢。

高佳艺推开会客室的门，就看到一个穿着飓风救援队工作服的白嫩少年冲她热情挥手："你好！佳艺女神！我是邢镇，我们通过电话的。你还记得我吗？"

当然记得，他热情的声音太有辨识度了。

只是高佳艺没想到他会来这里找她。

"额……你好。"高佳艺抿唇，有些局促。

"女神来来来，这边坐，别紧张。"邢镇笑嘻嘻地示意她过来坐。

高佳艺有些慌乱："请问你来找我，是有什么事吗？"

邢镇一本正经地清了清嗓子："有有有，有两件事。第一件……"他变戏法般地拿出一本小册子和一支笔，"能不能请佳艺女神帮我签个名？"

高佳艺干笑，这家伙的灿烂笑容让人无法说不："那第二件事呢？"高佳艺心里想，如果这家伙说第二件事是合影，她一定会在快门按下的最后一刻做鬼脸，然后和保安说下次不要放这些粉丝进来。

"第二件事，我看到你的寻人视频了。"邢镇咧嘴笑。

"你要提供线索？"高佳艺俯身，不敢相信。

"我猜你在找的人就是我兄弟，吴三生！"邢镇竖手指。

高佳艺听到这个名字，心里说不出是什么滋味，好像兜兜转转找不到出路，但转到另一个胡同里却柳暗花明：“你有什么证据吗？”

“皮卡丘啊，我见过他有一个皮卡丘钥匙圈。三生对它很重视，每天都挂在身上，出去执行任务的时候都带着的。”

“是吗？”如果真像他所说，那天在大头山她为什么没有发现吴三生挂着呢？不过高佳艺还是开口问道，“你有钥匙圈的照片吗？”

“这个……倒没有。”邢镇不好意思地挠挠后脑勺，“我也没想到要拍兄弟的钥匙圈，再说那家伙木讷得很，不爱拍照。”

高佳艺悻悻地垂眸起身：“我想，他应该不是。”

“啊？”邢镇怔了怔。

“谢谢你喜欢我，再见。”高佳艺不想再和他坐下去，礼貌地挥挥手，便离开了会客室。走出会客室的高佳艺开始意识到，接下来像这样让她一次次燃起希望又一次次失望的事情会源源不断。

原来找一个人这么困难，原来这个世界这么大。

晚上，高佳艺从训练基地溜出来，搭出租车到市中心吃东西。

她不开心的时候就喜欢做这种事。有秦学东罩着，高佳艺有这种胆大妄为的资本，不过她自己有分寸，从来不喝酒，也会注意安全不闹事，顶多是吃点儿小吃看个夜景就回去。

只是这一次，高佳艺想失控一次。夜幕下的小吃街人声鼎沸，热闹非凡，大家都带着唯美食不可辜负的兴致。

高佳艺要了一碗鱼蛋，边走边吃，寻觅啤酒屋。

往里走了一些后，她看到前边密密麻麻聚集着一堆人，这堆人呈半环状聚集，仰望着同一个方向——一家烤肉店往外喷着黑烟，蹿着火星，有一架长梯子靠在一旁，有人正往二楼的窗户里钻。而靠在队伍最前边的一个女人哭喊着要救她的孩子，被人拉着劝阻：“火势太大了，不要进去！”

高佳艺就这样看着二楼的窗户，那一团黑黢黢的烟雾里很快出现一个身影，一个小孩被抱出来了。

群众立刻大声惊呼，拍手叫好。当他把孩子递给女人时，高佳艺定定地望着这个人的脸，正是吴三生。

女人激动万分，抱着孩子扑通跪地。

他扶女人起来时，也看到了高佳艺。

高佳艺自来熟地将吴三生拉进旁边的馄饨店，非要请他吃饭喝酒。高佳艺对老板道："老板，也给我拿一个杯子。"

"好嘞！"

然后两人选了个靠墙的位置坐下，异口同声："你怎么会在这儿？"

高佳艺嘴角往上扬了扬："比起我，你在这里才奇怪吧。救火不应该是消防员的事吗？"

吴三生抿了一口水："今天下班来这里吃饭。没想到……就顺手解决了。"

高佳艺点点头："你是说你是意外当了一回英雄？"

吴三生没接这个话茬："运动员不是管理很严的吗，你怎么会一个人在外头游荡？"

高佳艺微怔："你知道我了？"

这时老板把啤酒和下酒菜端了过来："两位先慢慢吃着，猪脚面一会儿就好！"

吴三生给自己倒上一杯："你是名人，很难不知道。"

高佳艺把空酒杯递过去："我不是在外游荡，我也是来吃饭的。"

他把她的酒杯推回去："那就好好吃饭。"

"今晚我也想喝一杯，不行吗？"高佳艺皱眉，伸手就要拿啤酒瓶。

"不行。"他按住啤酒瓶，"我不允许和我同桌的女生喝酒。"

"切，你管得真多。"高佳艺目光落向他的手臂。

突然间，她偷袭般地伸手去抓他的酒杯，拿过来一饮而尽。

吴三生拧眉。高佳艺笑得花枝乱颤。他一时不知道该怎么办，只好把整瓶啤酒拿过去，扭过头喝了起来。酒精下肚，神经也放松下来。

高佳艺收起大笑：“其实我今天是有点儿难过的。”

“为什么？”吴三生话一出口就有些后悔。以他们的关系，他这么问显得唐突。

她倏地抬眸，嘴角轻轻上扬：“你这是在关心我吗？”

他没说话。

“今天……我比之前任何一天都要害怕，都要没有信心。”高佳艺托腮，“我找了那个人那么多年，万一找不到了，以后都找不到了……我该怎么办？”

“你找他无非是要说感谢的话，只要你好好生活，就是最好的感谢。”吴三生喝完杯里剩余的酒。

“你怎么和秦学东说的一样，连语气都一模一样。” 高佳艺摆摆手，“你们不懂！你们不懂我的感受！我要找到他，不只是要说感谢！”

吴三生怔了怔。只见高佳艺低下头，沉默了一下，身体往旁边倾斜。

他赶忙起身，伸手扶住她。

就这样，高佳艺看到了他腰间的钥匙圈：“咦，这个……”吴三生的心提到嗓子眼，便听她继续道，“怎么和我送给那个人的一模一样啊……”她咧嘴笑，一副完全喝醉的样子。

看着某人已经迷迷糊糊、前言不搭后语的样子，吴三生皱眉叹息，还有些生气。不知道该说她是心大还是缺心眼，一杯倒的酒量还敢和男人喝酒……

“你得好好照顾人家啊，小伙子，把人交给你，放心！”老板笑呵呵地说道。

这么放心的结果就是，吴三生背着高佳艺出了馄饨店。

“你知道吗……我真的很想见到你……

“六年前，云石海，是你救了我的命，是你给了我希望，你知道吗？

“你为什么要走得那么匆忙……阳光，阳光，那该死的阳光晃得我看不清你的脸……

“你到底叫什么名字啊……我叫高佳艺，我叫高佳艺……”

……

吴三生放慢脚步，尽量走得平稳。夜色里的霓虹交错相叠，前方的路若隐若现，六年前的回忆也若隐若现着——

那天，他看到那男人为了求生把她推开，出于本能反应，他先救了她。可也正因为如此，待他把高佳艺拉上船，回头再想救那个男人时已经见不到他的身影了。

时间不等人，当时形势严峻，容不得他多想，必须把其他人先救上来。就是在这样的情况下，那个男人彻底消失在了海水里。后来他才知道，那个男人是有心脏病的。也许，那个时候那个男人突发了心脏病，比高佳艺的情况更加危急。

后来他总会回想起这个画面。吴三生总觉得是自己害死了那个男人。作为一个救援者，是需要判断情况的轻重缓急的，这个判断必须要慎重且正确，否则就会让鲜活的生命消失。

一旦失误，便是伤害。这就是救援。

吴三生把钥匙圈挂在身边，就是为了时刻提醒自己，同样的错误不可以再犯第二次。而这些高佳艺都是不知道的。只是他也不知道，当时救下的小女孩会如此执着地寻找自己这么多年。

“我叫吴三生，我们已经见到了。”

高佳艺做了一个梦，梦到她回到了那片大海，她已经靠着浮板在海上漂了四个小时，她越来越累，感觉身体已经不是自己的，阳光照得她头晕，眼皮也不听话地在打架了。突然一个声音响起：“高佳艺。”

她努力地循声望去，看清那是一张男人的脸，是吴三生。

吴三生向她伸手，她想把自己的手伸过去。伸着伸着，就醒了。

秦学东双手抱臂坐在床边盯着她。高佳艺的睡意立刻消失了大半，环顾四周，她竟回到了自己房间：“嗯……我怎么回来的？”

秦学东的声音跟在冰窖里冰过了一样："这是重点吗？"

高佳艺用胳膊撑起身体，空白的脑子一点点恢复机能。嗯……重点是她昨晚溜出去，本来想吃点儿小吃缓解心情的，结果遇到了吴三生救火，结果偷喝了一杯酒，结果……

"我这不是好好地回来了吗？"高佳艺赔笑，伸手戳了戳秦学东的肩，"别老生气，容易老的。你不是说过吗？最重要的就是情绪稳定。"

"高佳艺！"秦学东生气皱眉，提高了声调，"我平时是不是太惯着你了？你偷溜出去也就算了，居然还醉醺醺地回来！你眼里还有没有规矩，还有没有我这个教练？别以为这次能打哈哈过去！"

他鲜少对她发脾气，看来这次他是真的生气了。毕竟自己理亏，高佳艺也不敢造次，收起笑脸乖乖低头认错："对不起。"

秦学东叹气，顿了顿闷声道："下不为例，不然真别怪我不客气。"

"那这次没事了？"高佳艺凑过去，眨巴着眼睛。

"你想得倒美！"秦学东戳高佳艺的额头，"赶紧洗漱，去操场上跑十圈才能吃早饭！"

"啊……"高佳艺只觉得自己的头又昏沉沉的了。

"啊什么啊！赶紧！不然连你室友一起罚！"

他可真懂得怎么拿住自己，明明知道她的原则就是一人做事一人当，居然拿英子威胁她……高佳艺认命地从床上下来，走进卫生间。

高佳艺盯着镜子里的自己，撇撇嘴，忍不住问："这疯婆子是谁？"

她只记得吴三生扶住她之前的事，之后的记忆就一团模糊了。在清晰和模糊的界限间，她仿佛看到了皮卡丘钥匙圈。

那是真的看到了，还是想象的画面呢？她突然想起邢镇的话来。

高佳艺不敢确定了。所以……是吴三生送她回来的吗？

问秦学东是不可能问出答案的，嗯……问英子。

操场上，高佳艺逮住跑完步要去吃饭的英子："昨晚我怎么回来的啊？"

英子捏着鼻子直躲：“你现在身上还有味道呢，离我远点儿。”

“我早就洗干净了，过来，快老实交代。”见她想跑，高佳艺一把勾过她的脖子。

“你都不记得了，我哪会知道啊。”英子一脸无辜，“传达室打来电话，让我接你回去，我就过去了啊。一到传达室就看到你坐在人家杜大叔的椅子上手舞足蹈地说着胡话！”

吴三生直接把她放到传达室就走掉了？高佳艺皱眉，为什么总觉得这个吴三生冷淡得可疑，很想和她撇清关系似的感觉……

在她出神时，英子推开她跑开了。

高佳艺一个人开跑。这样独处的时间更适合思考，她想到昨晚和吴三生的对话。

他那句“为什么”虽然是冷淡的，可眼神却是温暖的。

他扶住她的大手，隔着衣服也能感觉到是温暖的。

虽然记不得自己都说了什么，可他的背，是温暖的……

“我叫吴三生，我们……”

高佳艺蓦地驻足。这句话，是真实的，还是幻觉呢？

吴三生在基地进行日常检查，发现邢镇鬼鬼祟祟地跟在身后。

“你要帮忙就过来。”

“不不不，你忙。”邢镇嘿嘿笑着，脸上另有目的的表情明明白白。

这时小梁姑娘走过来打了个响指：“队长，外头有一个姑娘找。”

难道是她？昨晚醉酒回去，现在清醒了又要找他验证什么？

“不见。”

小梁和邢镇四目相对。

邢镇眯眼：“三哥，你问都不问是谁吗，还是已经猜到是谁了？”

吴三生没兴致听他的绕口令，看向小梁：“随便找个理由回了吧。”

这时曲梦洁已经进来了："既然没想好理由，就别急着回绝我呗。"

小梁扭头，惊呼："你怎么进来的？不是让你在门口等吗？"

曲梦洁耸耸肩，直接越过小梁大步朝吴三生走去："这么难见的主儿，我总得主动一些吧，您说对吧，吴三生先生？"

吴三生皱眉："你真的是记者吗？我以为你是卖狗皮膏药的。"

邢镇蹿到吴三生旁边，将曲梦洁上下打量："哇，这位美女小姐姐是记者啊，是哪儿的记者啊？是要采访我三哥的英雄事迹吗？"

"是啊是啊，我想给你三哥做一个连续报道，将你们飓风救援队推送到所有人的眼前。怎么样？"曲梦洁眼尖得很，一看就知道这个邢镇是个会来事儿的人，赶忙顺着他的话往下说。

邢镇眼眸发亮，刚要说什么，吴三生立刻捂住他那的嘴，看向曲梦洁："我们不需要让别人知道，更不需要大放异彩。救人是神圣的使命，不是炒作的噱头。"

曲梦洁拍拍小手："你看你看！就是因为你有这么高尚的品德，所以我才更想要采访你啊。吴队长，只要你不觉得救人是作秀，那我们这次的专访就是实事求是地还原事实，新闻稿会先给你过目再发表，你看如何？"

吴三生算是领教了一个记者的死缠烂打有多恐怖。

邢镇凑到吴三生耳边低语道："算了，采访就采访吧，反正也没什么损失。你要是不答应，我看这小妮子是不会罢休的，到时候烦死你！"

吴三生斜睨某人："既然你这么随和，那就你来吧。"

"啥？我来？"邢镇怔了怔，吴三生把他推给曲梦洁，正要转身离开，刺耳的任务铃突然响了起来。

吴三生和邢镇几乎是同一时间转向器材架子，表情是同样的严肃和专注。

"那什么，美女小姐姐你先走吧，我们有事！"

曲梦洁怎会放过这个新鲜素材："我也要去！"

吴三生很凶地说："我们是去救人，没空照顾你！"

她愣了一下，但很快扬起下巴回击：“不用你照顾，我自己能行！”

他不再和她多费口舌，飞快地跑了出去，邢镇紧随其后。

这次接到的救援任务是在一个海边景区寻找一个被海浪卷走的孩子。孩子被海浪卷走时抱着游泳圈，所以还有救援的可能。

吴三生等人抵达目的地后，第一时间开上小船，分三四支小队，朝三个方向开展搜寻工作。曲梦洁注意到吴三生在短暂评估救援情况后，指挥迅速，分派果决，却在踏上小船的瞬间有些犹豫。

邢镇凑到他身边，低声道：“要不你在这里坐镇，我上船去好了。”

“不用。”吴三生皱眉拒绝，深吸了一口气踏了上去。

曲梦洁跳上吴三生和邢镇的小船，主动穿好了救生衣。无视他们投来的充斥着不悦与无奈的目光。

吴三生和邢镇各自拿着望远镜观察，曲梦洁趁机采访：“你们每一次救人的心情都是怎样的？是不是每次行动前心里已经有了结果？比如知道基本是救不回来的，其实就是去把遗体带回来？”

邢镇放下望远镜，望着曲梦洁，神情有些紧张。

这时一直拿着望远镜在搜寻目标的吴三生开口：“我们做救援评估确实是在评估生存的概率，可我们每一次的行动都是带着百分百要去救回一条生命的信念的！”

邢镇看了一眼吴三生，冲曲梦洁坚定地点点头。

曲梦洁还想继续发问，吴三生发现了目标：“在那儿！”

经过十余分钟的救援，六岁的小孩顺利地被找回来。他因为身体肥胖的原因被游泳圈卡住，但他在被海浪带到礁石上时游泳圈被刮破了，求生的本能让他死死地抓住礁石，如果救援队再晚一点儿来，他真的不知道要被冲到哪儿去了。

回到岸上，受到惊吓的小孩抱着吴三生哇哇大哭。

孩子的妈妈对吴三生不停鞠躬感谢。

曲梦洁一直在旁边默默地记录着这一切。很快，其他媒体的记者赶来，不善言辞的吴三生就退到一旁，推邢镇顶上。

“面对被救援对象的家人的感谢，你一定习以为常了吧？”曲梦洁问吴三生。吴三生没说话。

“可如果人没救回来，他们一定也会指责你吧？”

“人之常情。”他用简单的四个字来阐明他的态度。

“那你自己呢？”曲梦洁问，“你自己会自责吗？”

吴三生又没说话了。一旁，邢镇接受采访，聚集着所有人的目光，吴三生大步迈向另一边，只有曲梦洁一个人看着他。

曲梦洁突然想起第一次见到吴三生时的样子，那时他也是这样，像一座稳重的大山。曲梦洁忍不住对着这样一个背影，按下快门键。

训练基地。

“所以，你终于，追到、追到你的目标了吗？”高佳艺一边做引体向上，一边问旁边吃着炸鸡整理材料的曲梦洁。

“算是吧。不过说到底他还没有答应我呢，他这个人很难采访，前路漫漫啊。”曲梦洁苦笑，抬眸想了想某人，又笑了一下。

曲梦洁扭过头，高佳艺一脸汗地冲她笑：“你这脸上是怎么回事？”

“什么，什么怎么回事？”

高佳艺眯眸：“脸颊泛红，嘴角上扬，好像有什么好事的样子。”

“我、我哪有啊？”曲梦洁提高声调，忙乱地拍了拍自己的脸，“好不容易采访到要采访的人，当然是好事啊。”

高佳艺继续眯眸，她和曲梦洁混了这么久，对方是不是口是心非还是分得清楚的。

“是吗？”高佳艺一把抢过曲梦洁的手机，翻看她拍的照片和视频，“那这张照片是怎么回事？偷拍的背影吗？”

曲梦洁涨红脸一把夺过去："都说了，这是我的采访素材！"

"曲梦洁……你该不会……"

曲梦洁噌地跳了起来，一拳打在她的脑袋上："我还有事，先走了！"

"好疼……"高佳艺捂着脑袋倒吸一口气，"你这家伙居然敢打运动员？你不想活了？"

"算了，我要走了！"曲梦洁急吼吼地起身要走，被高佳艺一把拉住："先别走，借我半个小时。"

这是她们之间的黑话，"借"的意思就是当替身，两个人互换身份，她代替高佳艺留在训练室，这样高佳艺出去不会被发现。

"啊？你又要出去？"曲梦洁瞪大眼睛，"我听说你不是才因溜出去被罚了吗？"

"欠你一顿烧烤。"高佳艺微笑着拍拍她的肩，就开始脱她的外套。

"不行，三顿！"

"两顿。"

……

高佳艺成功溜了出来。

曲梦洁的照片没有拍到吴三生腰间有钥匙圈，可是她说吴三生在上船的时候很奇怪地犹豫了。昨晚模糊的记忆里，她看到的皮卡丘和听到的话难道都是幻觉？

她要去找吴三生，搞清楚这些。

转秋的黄昏，入夜比之前更早。

高佳艺打车到达目的地，见铁门没上锁，直接拉开插销推门入内。

她就这样看到了在院子里洗澡的吴三生。

吴三生穿着短裤扭头，和高佳艺四目相对。

两秒后，院子里发出尖叫声。

高佳艺捂住脸："你……你怎么在院子里洗澡啊？"

吴三生把最后一瓢水淋了，把瓢子放进空水桶里，转身："我在哪里洗澡是我的自由，你怎么会进来的？"

高佳艺透过手指的缝隙瞟了一眼，又立刻闭上眼："我……我是来找你的。"

吴三生把宽大的浴巾披上身，走到高佳艺跟前："什么事？"

高佳艺感觉到他到了跟前，不由得全身僵硬："你，你穿上衣服了吗？"

吴三生把她的双手挪开。高佳艺看到洁白的浴巾遮住了他大半个身子，咽了咽口水……他刚才是被她看光光了吗？也不算吧，他穿着短裤呢。

不过他的身材真好……

他见她红着个脸，又不说话，便提醒她道："找我什么事？"

她的思绪暂时停止乱飞，清了清嗓子："你，先放开我好不好？"

吴三生一怔，才发现自己一直抓着她的手。

这回轮到他慌乱了。

高佳艺抿唇："昨晚……是你把我送回去的吧？"

废话。

"嗯。"他的回答也很废话。

"我想知道……昨晚我有没说一些不该说的话啊？"高佳艺停顿片刻，决定循序渐进，从好回答的问题开始问起。

"什么是不该说的话？"他反问。

"我……"水顺着他刀刻般的脸部轮廓不停地往下滴，他的眼中似乎带着温暖，给人十足的安全感。高佳艺失神地陷在他的目光里，忘记了要说什么。

"老大——可以吃……"小梁姑娘从后边跑出来，本来要通知吴三生晚饭已经做好了，结果就看到他和一个姑娘相对而立，还是以湿淋淋的方式。

"你们先吃。"

高佳艺回过神来："那姑娘是？"

吴三生用浴巾擦了一把脸，走到一旁放干净衣服的椅子旁："你还有什么关于昨晚的事情要问的吗？"

见他要就地脱掉湿裤子换衣服，高佳艺赶紧转身：“你是不是有一个皮卡丘钥匙圈？”

吴三生的动作顿了顿：“没有。”

高佳艺咬唇又问：“你送我回去的路上是不是跟我说了一句话？”

吴三生把长裤穿上，趿着拖鞋走到高佳艺跟前：“没有。”

他的两次“没有”斩钉截铁，不带一丝波澜。

可为何他越是这样，她心里的疑惑越深呢?

高佳艺皱眉：“你确定没有？”

她拉过他，往里走去。

吴三生反手推开：“你做什么？”

“如果真的没有，那就带我去你房间搜搜看。如果真的没有，那我就去找邢镇，问他为什么要说谎。”高佳艺直直地盯着他，“如果我得到了满意的答案就会离开，以后再也不来烦你。”

吴三生盯着她，淡淡说道：“好，我满足你的好奇心。”

他拉她进房间：“你找吧。”

高佳艺也不客气，真的就认真找起来。房间不大，能放东西的地方一目了然，可是她把床单床垫都掀起来了，却还是没找到她想要找的东西。

大开的门外，围满了得到消息蜂拥而至的队员们。

邢镇冲在最前面，看到高佳艺来了，不由得脱口而出：“佳艺女神？”

高佳艺无心搭理他们这些旁观者，走到双手抱臂的吴三生跟前：“还有一个地方我没找过，你把双手举起来。”

如果邢镇说的是真的，他没把东西放在房间里，那就是随身携带了。毕竟她突然过来，他事先不知情。

邢镇赶忙把其他人都推开，把门关上：“好了好了，有什么好看的，赶紧回去吃饭！回去啦——”

门隔开了外边的一切，只剩下他和她两个人。

室内格外安静，让高佳艺莫名地燃起一丝期待。

只要吴三生有一丝的犹豫和拒绝，她都可以保持希望。

可是……吴三生目光转向别处，缓缓抬起手臂。

高佳艺伸手。

这时门被推开，是邢镇："佳艺女神，你的教练好像来了。"

高佳艺扭头："什么？"

目送着高佳艺被秦学东带走，吴三生问站在旁边的邢镇："是你打电话叫来的吧？"

"嗯。"邢镇叹气，"不然你怎么躲得过搜身？"

"那个钥匙圈你就放在口袋里吧？"

吴三生垂眸。

"我能理解你为什么不想和她亮明身份啦。"邢镇拍拍吴三生的肩，"可是你有没想过，这对佳艺女神有多不公平？救命恩人就在眼前，却避而不见。"

"别再说了。"吴三生把手伸进口袋，紧握住躺在里边的皮卡丘钥匙圈，刚刚他是在赌自己假装的自信能唬住高佳艺。

不想她真的把手伸了出来。

她的动作，在邢镇推门进来时停住了。

以后，他不会再见到高佳艺了吧。

那一年大海上的黑色记忆，他不想再被提起，但也不会将其忘记，这些年他始终都负重前行，拼尽全力不错过每一次挽救生命的机会。

"谢了，兄弟。"

邢镇怔了怔，等回过神来，吴三生已经转身往里走了。

回到房间，吴三生重新把钥匙圈挂上，又再一次拿了下来。

算了，有些习惯还是要改改，就让它暂时休息一段时间吧。

他把钥匙圈放到盒子里，把盒子放到床底下。

处理完这件事，他以为会有如释重负的感觉，但心里竟是空落落的。吴三生往床上躺去，一阵疲惫感袭来，是比参加救援行动还要严重的疲惫。

有人敲门，是小梁的声音，她端着一碗面条进来了："老大，你没吃饭，看你也没心情继续和大家吃饭了，我就下了一碗面条给你。"

"谢谢。"吴三生用手臂枕着脑袋，没有动。

小梁姑娘把面条放到书桌上："老大该不会是为了刚才那个女生心情不好吧？"

吴三生坐起："没有。"

"我虽然不知道老大和那个女生发生了什么事，但我看得出来老大对那个女生挺特别的。"小梁姑娘竖手指，"因为老大对着她的时候会出现别扭的神情。"

吴三生怔了怔："你看错了，并没有。"

小梁姑娘捂嘴笑："你看你看，就是这个样子。"

吴三生抬眸，小梁姑娘立刻绷住笑，握拳咳嗽了一下："老大，那我就不打扰你吃面了，等会儿我来收碗筷。"她识趣地把门带上，吴三生望着冒着热气的面条，不由得想起院子里高佳艺突然闯进来的样子，她害羞大叫的样子，满脸通红的样子……

"我虽然不知道老大和那个女生发生了什么事，但我看得出来老大对那个女生挺特别的。"

吴三生回过神来，端过面条，告诉自己，不要再想她了。

第三章

到哪儿都能碰上你

偌大的体育馆里，高佳艺举着哑铃以认错的姿势跪步，秦学东围着她在走，手里拿着教鞭，气氛异常紧张。

“所以，你认定吴三生就是那个人，你那晚喝醉酒也是因为他？你什么时候和他接触上的？你是不是早就和曲梦洁合谋了？只是瞒着我？你还有什么事瞒着我的？你说话呀！”

最后一吼让高佳艺回过神来，她不知道要怎么回答秦学东，也不知道怎么抚慰自己的情绪。就差一点点就可以完全断了自己的念想，可是秦学东突然出现把她带走……关于吴三生是不是那个人，无端地又有了需要考证的空间。

“你想打就打吧。”沉默半晌，高佳艺只说出这几个字来。

“你！”秦学东的教鞭高高扬起。

“哎哎哎！”曲梦洁不知道从哪儿冲了出来，一把抓住秦学东的教鞭，“你还真打啊！”

“你放开！”

“不放！佳艺身上有伤了，还怎么训练啊？”曲梦洁就是不放，叫嚷着，“你平时对佳艺最好了，现在干吗为了一个外人这么凶啊？佳艺你还杵在这里干什么啊？还不快走！”

高佳艺皱眉起身离开。她倒不是真的怕挨打，只是脑瓜疼，脑子里一团浆糊。

曲梦洁看着她走远，把教鞭松开了。

秦学东把教鞭扔在地上，闷声问道：“你怎么还没走？”

“我如果走了，你这鞭子可真没理由不打了不是？”她斜睨他，“真打了，你不心疼？”

秦学东盘腿就地而坐，托着额头，气得浑身颤抖。曲梦洁叹了口气，在他旁边坐下：“你越是不想她找到那个人，她越要找，这叫逆反心理。更何况……你不是不知道那个人对佳艺有多重要。”

“我就是知道有多重要心里才不安。”他叹气，眉宇间是满满的担忧。他太了解高佳艺了，她执拗起来可以倾覆整个世界。

秦学东冲进门的时候，她看着吴三生的眼神不对劲极了……他介意她看吴三生的眼神。

曲梦洁望着秦学东，除了叹气也不知道说什么才好。有一句话搁在心里不好说出口——秦教练，你这么不安，是不是因为嫉妒呢？

倏地，他扭头：“他是佳艺要找的人吗？”

曲梦洁一愣：“这个……还不确定。”

秦学东拍拍曲梦洁的肩：“尽快确认一下吧，拜托。这对佳艺、对我们大家都好。”他的眼神带着疲惫，似把她当成了唯一的支柱。

曲梦洁忍不住想，高佳艺你到底知不知道，有一个男人对你抱有这么深切的感情呢。

另一边，高佳艺回到宿舍翻找英子偷藏的手机，却发现它已经不在原来的位置了。见英子正好从浴室出来，高佳艺问道：“手机呢？”

英子没好气地边用浴巾擦头发边翻白眼：“你还好意思问，都是因为你，教练把它收走了。”

高佳艺不死心地问：“你还有没有备货？”

“我哪有备货啊！唯一的备货都被你祸害没了！”

“真的没有？”高佳艺直接上手搜。

“哎呀，你干吗？我真没了，哈哈哈，好痒，快住手！”英子被挠得一阵痒痒。

最后，高佳艺果真搜出一部古董机来，随即打给了邢镇。准确地说，是打到了救援基地办公室。接电话的是一个女生，声音软软糯糯的，让高佳艺想起叫吴三生吃饭的那位。

“我想找一下邢镇。”高佳艺说。

小梁姑娘犹豫了一下，让高佳艺稍等。很快，电话那头响起了邢镇的声音。

这回轮到高佳艺犹豫了：“嗯……我是高佳艺。”

邢镇果然很捧场地热情高喊：“佳艺女神——我是你的头号迷弟！”

“邢镇，我有重要的事问你。”高佳艺努力把自己的严肃和认真传达过去，“我希望你认真地回答我，你上次跟我说你们队长吴三生有一个总是随身携带的皮卡丘钥匙圈，是真的吗？”

邢镇这次没有痛快回答，顿了一会儿才说：“我骗你的啦，我就是想找个机会和你套近乎。这件事是我做得不对，我向你道歉。”

高佳艺听着邢镇的道歉，怔了怔，随即把电话挂了。

真的是这样吗？一切真的都是自己想多了？可高佳艺只要一闭上眼睛，吴三生的每一句话、每一个表情就会循环播放，不肯放过她！

她等了这么多年，让她接受这样从希望到失望的过程，比让她负重训练三个月还难受。高佳艺感觉自己的心脏快要炸裂了一般，非常难受。

第二天一早，吴三生在院子里锻炼，小梁姑娘照常拎着从小吃店买来的油条回来给成员们加餐，不过她的身后还跟着个人。

“吴三生！”曲梦洁笑嘻嘻地冲他挥手。

吴三生看到她，整个人都不好了，放下手里的杠铃就要往里走。

曲梦洁跑跳到他跟前：“哎，看到我就躲，怎么，我比那些意外事故还要可怕吗？”

“曲小姐你很闲吗，一大早就往我这里跑？”

“你就是我的工作啊。”曲梦洁耸肩，“你好像忘记了，我说过对你的采访是要连续报道的，不是一次采访就完事儿的。”

眼看吴三生是不打算配合的，这个曲记者也是执拗得很，小梁姑娘赶紧提着早点示意两人一起去吃早饭：“那个……曲大记者这么早来，应该还没吃早饭吧，正好，和我们一起吃吧。”

“好啊。”曲梦洁一点儿也不客气，直接往里走。

吴三生想到自己放在床底的东西，眼神不由得凌厉了几分，但转念一想只要看着她就好，太过刻意反而引人怀疑，便不再说话，跟着她们往里走。

基地的后边是个院子，吃饭的地方在一个露天的庭院里。这里原先是个大户人家的老宅，很讲究。尽管器材放置室和员工宿舍经过改建，但也尽可能地保留了原本的结构，没有破坏其美感。

“哇，你这里真是不错。”曲梦洁随大家入座，环顾四周，由衷感叹。

“自然是不错的，我们这里冬暖夏凉，没事儿的时候拉一张躺椅在这里，看看天，看看这灰檐青瓦上叽叽喳喳的喜鹊，真是人生一大美事儿！”邢镇热络地介绍道，“不过我们都没什么机会这么做罢了。”

曲梦洁点头表示理解：“我工位下放着我给自己买的按摩椅，可就是没时间拿出来享受一下，工作忙啊。若遇到采访对象不配合，就更忙了。”说到此处，她不忘看一眼吴三生。

吴三生只当没听到，淡定地吃油条喝豆浆。

这时曲梦洁起身：“我去一下洗手间。”

小梁姑娘给她指了方向。

几分钟后，曲梦洁还没回来。小梁姑娘拍拍其中一个队员的手：“哎，你别都给吃光了，曲记者还没吃几口呢。”

吴三生意识到曲梦洁去得太久了，他的心突然一紧，起身奔向自己的房间。当他推开房门时，果然看到曲梦洁已经把东西翻了出来。该死，他忘记锁门了。

“原来你真的是佳艺要找的人。”曲梦洁坐在床边，手里拿着他放钥匙圈的盒子。

吴三生一把夺过盒子。

“你今天来的目的就是为了找这个？你和高佳艺……”她的目的如此明确，吴三生意识到自己可能忽略了什么。

曲梦洁起身：“我和高佳艺是好朋友。”

吴三生垂眸，他应该想到的，曲梦洁能拿到高佳艺的第一次谈话首秀，应该不单单是她的坚持。

“你为什么不愿意承认？”想到高佳艺那么难受，想到秦学东第一次对高佳艺动怒，曲梦洁百思不得其解，吴三生到底有什么再三逃避的理由。

吴三生皱眉侧过脸：“我不需要告诉你，请你从我的房间出去！”

他的口气足够让人生气，但他这个人又足够让人好奇。他的冷淡游离在人群之外，可她分明是见过他热忱救人的样子的。

曲梦洁转念一想，也就不生气了：“我为什么要出去？”

“现在你的把柄在我的手里。”曲梦洁指了指他，又指了指自己，最后拍了拍他手里的盒子。

吴三生最终接受了她的采访，条件是不能把他是皮卡丘先生的事告诉高佳艺。表面上曲梦洁是占了大大的便宜，可只有她自己知道，她只是做了有利于自己的选择，要瞒着高佳艺和秦学东，她的心里也是很不好受的。

为了不让愧疚感翻来覆去地折磨自己，曲梦洁不怎么往训练基地跑了。

不过高佳艺还是通过电视看到了曲梦洁对吴三生的采访报道。

高佳艺不解，曲梦洁是怎么啃下吴三生这块硬骨头的，要知道前几天曲梦洁还在为他的油盐不进束手无策呢。

“高佳艺。”食堂里，高佳艺听到秦学东在喊自己，她抬头看了一眼，便低头忙着吃盘子里的东西。秦学东端着盘子在她对面坐下，旁边的队员们立刻识趣地作鸟兽散。

“连吃饭都不让我好好吃吗？”高佳艺问。

“你在好好吃吗？”秦学东用筷子轻敲她的餐盘，餐盘里两个鸡蛋还好好地放着，土豆饼被她的筷子戳成了筛子，米饭也一点儿没动。

“我在吃。”高佳艺恶狠狠地给自己塞了个鸡蛋，可是刚咬下去，一阵恶心感翻涌而出。她捂着嘴就跑了出去。

没胃口，强行进食，果然适得其反。有些事，不是靠努力就可以完成的。

高佳艺握拳捶着胸口，秦学东拿手帕擦拭她的嘴：“你这个样子，哪还能好好训练？”

她直起身迎上他心疼又严厉的眼神，开玩笑道：“那你是想给我放个假吗？”她宁愿他生气，拿教鞭狠狠抽她，也不愿他用这种眼神看她。从小到大，她爱闯祸、叛逆，最讨厌他这种明明生气却忍着，只对她投以哀怨目光的态度，就像一只大手死死地钳住了她的手脚，让她动弹不得。

“吴三生不是你要找的人。”秦学东轻轻叹了口气，“梦洁确认过了，你可以死心了。”

“梦洁确认了？”高佳艺怔了怔，“她怎么确认的？”

她为什么没和自己说过？

“她没有在吴三生那边找到皮卡丘钥匙圈，这还不算铁证吗？”秦学东扳过高佳艺的肩，恨铁不成钢地说道，“你别再想着那个人了好吗？”

高佳艺没说话。

“我看你的状态，确实需要放假。”秦学东侧过身，“正好，老家那边在改造，你也好久没回去了，回去看一下吧。”

高佳艺张了张嘴想说什么，秦学东却转过身：“趁我还没改变主意。”

她没再说什么，越过他往前走去。就算秦学东不放她假，她也真的没有任何心思和气力专注地投入训练了。

吴三生真的不是她要找的人，这个结果抽走了她所有的气力。

高佳艺打电话给曲梦洁，想问她有没有时间载她回老家。可是电话总是没人接。曲梦洁一旦忙起来便是昏天黑地，高佳艺虽然很想问问她到底是怎么确认的，但是即使打破砂锅问到底，得到的也不会是她想要的答案。

想到这里，她也就不想问了，坐大巴车回了老家。

老家靠海，六年前在大海上遭逢大难后她对大海有了阴影，后来和秦学东去了市里训练，也就几乎没再回来过。

如今到处都在搞建设，老家也不例外。那些记忆里的老旧街道经过了整修，焕发出新的生机来。高佳艺的父母常年在国外做海鲜批发生意，六年前那场海上旅行是他们安排的，却没想到出了意外，高佳艺在医院里躺了一个星期后，拒绝了父母让她出国的提议。

父母在国外生意越做越大，起初坚持过要她出国，但后来因为高佳艺的坚持，加之秦学东答应说会好好照顾她，也就放弃了。

得知父母终于放弃让她去国外的想法后，高佳艺才觉得自己是真的活了下来，那时候她闻到海水的味道都会全身起疹子——医生说这是创伤后遗症。这六年，她一直在给自己做心理治疗，也在找那个人。当高佳艺重新回到老家，从大巴车上下来的瞬间，她敏感地闻到了空气里飘荡的咸咸的海水味。

可是这一次，她只觉得心里空荡荡的。

大概是早饭什么也没吃的缘故？高佳艺耸了耸背上的背包，凭借着记忆走向之前和秦学东经常去的早餐店。那家早餐店是一个姓黄的大妈开的，最拿手的就是肉夹馍和干拌面。如今，这位黄大妈也不知道还在不在。

转了两个巷子，终于到了。店面比高佳艺记忆里的大了不少，古色古香的招牌上用楷体写着：黄大妈早点。一个身材臃肿两鬓有白发的大妈在烧着炉子，虽然老了不少，但神形依旧，高佳艺一眼就认出来了。

黄大妈看到高佳艺过来，热情打招呼："姑娘，吃口早饭不？"

高佳艺点点头："老规矩，一碗干拌面，一个肉夹馍，再来一杯热牛奶。"

黄大妈怔了怔："姑娘是老顾客啊，但我怎么看着有点儿面生呢？"

"六年前，我每天都来你这里吃的呀，黄大妈。"高佳艺比了比自己六年前的身高，"和小东子一起，你那时都叫我小佳艺。"

“哦，小佳艺！”黄大妈的眼神忽然亮了，“哎呀呀，都长这么大这么漂亮了啊！怪不得怪不得，女大十八变，黄大妈都认不出来了！”

高佳艺腼腆地笑。

“小东子呢？小东子怎么没和你一起来？”黄大妈直探头，“你们两个怎么样了？结婚了没？结婚一定要记得回家里来结，让大妈也去参加婚礼啊！”

高佳艺眼看黄大妈的热情跑偏了，赶紧摆手：“黄大妈你误会了！”

黄大妈领着高佳艺往里去：“还和大妈害羞是不？来来来，坐！”

这时高佳艺看到了一个身影，很像吴三生。她第一反应就是高佳艺你是疯了吗，真是走火入魔了，看哪个都觉得是他！

高佳艺自嘲地摇摇头，在他后边的空位坐下。

黄大妈笑眯眯地说：“坐会儿，干拌面、肉夹馍还有热牛奶马上就来。”接着大妈往里喊：“老头子，刚才的照着再来一份。”

“肉夹馍要放香菜吗？”用玻璃隔着的简易厨房里传出一声询问。

高佳艺听到另外一个声音和自己一起回答：“要。”

她扭头，和吴三生相对而视。居然，真的是他。

“你跟踪我？”高佳艺立刻假装板脸皱眉。

“这话从何说起？”吴三生淡淡地应了这么一句，转过身继续吃着已经上桌的面。

高佳艺起身，在他对面坐下：“不然你怎么会出现在这里？”

吴三生不回答。

黄大妈端上牛奶，看到高佳艺换了位置，咦了一声：“你们俩认识？”

高佳艺好奇地抬头，听黄大妈这意思，她也认识吴三生？

“三生在我们这里教救援培训的课，他人长得帅，救援技术好。”黄大妈笑呵呵地拍吴三生的肩，一副丈母娘看女婿的宠溺模样，“大家可喜欢他了呢。”

吴三生抬头看一眼她，似在说“听到了？我是有正事来此，请不要自作多情”。

高佳艺噘嘴，小声道：“切，到哪儿都能碰上你。”

可你为何偏不是我要找的那个人。

干拌面和肉夹馍很快上桌，高佳艺瞟一眼他手里的肉夹馍：“你也喜欢吃香菜？”

“嗯。”依然惜字如金。

“你就不问问我为什么会出现在这儿？”她不甘心地问。她每次出现的时候邢镇都会激动，这人每天都和刑镇待在一起，为什么差别会这么大？

“刚才听到了。小时候你和什么小东子经常来这里吃。”

“小东子是我小时候的玩伴。”高佳艺往椅背上一靠，微微仰起下巴，“这里是我老家，虽然当运动员后已经很久没回来过了，不过到底还是熟悉的。既然你这几天在这里上课，我可以勉为其难给你当导游，带你到处转转。”

“不用了。”吴三生礼貌地拒绝。

“为什么？”她不解，皱眉。

“我有导航。”说话间，吴三生已经迅速地把肉夹馍消灭了。

高佳艺顿了顿，赶紧起身：“黄大妈，打包！”

她拎着没吃几口的早饭，跟着吴三生从饭馆出去，他驻足扭头：“你要跟到什么时候？”

高佳艺眼珠一转：“干吗，怕我知道你在哪儿上课？这地方就那么点儿大，你还怕我打听不到？”

他眼中闪过一丝无奈，也想不到要说什么，只好转身继续往前走。

不知道为什么，她看到他那一闪而过的无奈，心情莫名地好。

就这样，高佳艺跟着他到了小镇上的一处二层小楼外，门口贴着安全宣传标语，他的授课点应该就是这里了。

不等他开口，她就先摆手告别：“那我先走了，不打扰你了。”

吴三生张了张嘴，还是什么也没说，目送她笑着离开，眼底渐渐浮起一丝不安。为什么在这里还能遇到她？难道说这就是命中注定，想躲也躲不掉吗？

另一边，并不知道他的担心的高佳艺开心地飞奔回家，迅速换了衣服，打扫家里的院子。这是父母在老家的老房子。父母常年在国外，她又很久不回家，平时都是拜托隔壁的邻居帮忙看着，灰尘和老鼠自然肆无忌惮，打扫起来是个大工程。高佳艺却不知疲惫一般在中午之前就打扫完了，还去菜场买菜回来，做了一桌丰盛的午饭，然后重新出现在吴三生的授课地点门口等他下课。

当他被一群“学生”簇拥着从里边出来时，她冲他挥手大声喊道：“吴三生——”

所有人都循声望过来。

“小吴，这小姑娘是谁啊？”

“小吴你有女朋友了啊？”

“小吴，你不是跟阿姨说你没有女朋友的吗？”

某人笑得越发灿烂，吴三生却有口难辩。

“我已经做好饭了，走吧。”高佳艺拉过吴三生，忽视周围人探询的目光，径自将他带走。

“高佳艺，你……”

“三生，我的手做饭的时候被油烫到了，你轻点儿握。”她用眼神示意他，如果他当着这么多人的面拒绝，会有更夸张的表演等着他。

人群中有一个人听到“高佳艺”这个名字时，目光不由得亮了一下。

高佳艺牵着吴三生走出一段路后，吴三生主动把手抽回来：“谢谢你刚才帮我解围。”

“既然知道感谢，那就更不能拒绝我的这顿午饭了。”高佳艺摊手，“我为了做饭可是被烫到手了的。”

吴三生稍稍俯身过来，仔细打量：“很严重吗？”

“你在关心我？”她敏感挑眉。

他一怔，迅速收回目光。

“赶紧的，菜凉了可就不好吃了。”她抿嘴笑，要重新牵他的手。

吴三生大步一迈，主动走在了前边。切，还不好意思了。高佳艺的心情雀跃得像蝴蝶的翅膀，飞舞在香甜的空气里。

两层高的房子，有一个院子。隔壁邻居爱种花，把花和盆栽都种到她家院子里来了，郁郁葱葱的，给老房子带来不少生气。

“是不是和你的救援基地挺像的？”高佳艺引他进来，摊手道，“一样的宽敞，一样的温暖。”

吴三生点头。高佳艺示意他坐，然后从厨房里把菜端出来。

他起身要帮忙，她摇头说不用，往他手里塞筷子：“你尝尝我的手艺。”

四菜一汤，高佳艺是凭借模糊的记忆和视频教程做出来的，都来不及检验是否过关，就奔出去截他去了。

“嗯，挺好吃的。”他每道菜都尝了一口，没有皱眉也没有异样。

“真的吗？”她半信半疑地也尝了一口，顿时心花怒放。还真的和食堂里做得差不多，看来自己在这方面也很有天赋，“哎，还真的挺好吃的，那你多吃一点儿。”说着她给他夹菜。

吴三生有些不好意思地顿了顿：“我自己来。”

从车上下来的时候，高佳艺的心情是低落的。但在饭馆看到他的那一刻，她的心情就像正函数一样逐渐升高。明明知道他不是她找的那个人，明明没有再靠近他的理由，但她就是抑制不住要接近他的欲望。

“你怎么不吃？”吴三生意识到对面的她一直没动，抬头发现自己被她这么直勾勾地看着，心下一紧。

“嗯，吃、吃呢。”高佳艺回神，赶忙用筷子戳米饭。

“你一个人回来的吗？”他环顾四周，偌大的老屋，没有其他人。

“嗯。”高佳艺点头，顺手用筷子将长发盘成一个髻，“父母都在国外，这老屋好多年都没人回来过了。”

吴三生垂眸，桌上一尘不染，她应该是短时间内干了不少活儿。望向她额头的汗珠，他起身收拾碗筷。

高佳艺一怔，起身和他抢：“怎么好让客人做家务呢？”

“你教练舍得让你拉弓的手洗碗吗？”他的气势稍展，显露出说一不二的威严，“还是我来吧。”

高佳艺跟着他进厨房，倚着门说道：“秦学东说了，运动员最重要的是平常心，只有保持平常心才能稳中求胜地拿下第一名。做菜、洗碗、过日子，也是训练平常心的方式。”

吴三生一边洗碗一边点头：“你的教练说得很对。”

他见过秦学东两次。第一次是把高佳艺送回基地的那个晚上，不放心地站在传达室外，看到秦学东把她背起来，动作小心翼翼；第二次是他过来把高佳艺领走，目光里满是生气和嫉妒。从高佳艺连名带姓地叫他这点上，可以看出他们的关系不只是教练和学员那么简单。

“他也不都是对的。”听到吴三生夸秦学东，高佳艺想起临走时秦学东说的那些话，不爽地反驳。

“你们吵架了？”吴三生望向她别扭的神情，“不然你怎么会被发配到这里来？”他试探道。

“我是回来休假的好吗，”高佳艺没听出吴三生话里隐藏的好奇，撇撇嘴，“运动员密集训练一段时间后是需要放松的。”

他不置可否，也不知道是不是真的相信。

高佳艺抿抿唇，下意识地又看向他的手臂。他手臂的弧度真的和记忆中的很像很像……出神间，她站到了他身边，伸手摸了摸那结实有力的肌肉。

窗户挡不住外面绝好的阳光，透进来的金色光线像是一幅暖暖的油画，将他们框在画里。吴三生眉头轻颤，知道她是又情不自禁地将他当成那个人了，他侧过身艰难地开口：“我不是……”

“我知道。”她打断，“暂时假装是他可以吗？”

她拉过他的手，把脸贴上去。吴三生很想拒绝，可是话到嘴边怎么也说不出来。因为他好像感觉到一丝丝的冰凉落到了手臂上……她是哭了吗？

厨房里一时静默无声。他仿佛听到了自己怦怦的心跳声。

她的脸贴着他的手臂，那粉嫩的皮肤，带着温热。他看不到她的表情，但能够想象那是一种怎样的失落和伤心。

吴三生心里不是没有自责，因为他的自私，才让她如此难受。

他缓缓抬起左手，想要拍拍她的肩。

这时外头传来了声音："高佳艺——高佳艺？高佳艺——"

停滞的时间一下子重新流动。

高佳艺飞快地擦掉眼泪，放开了吴三生。她甚至不敢看他一眼，迅速走出厨房："谁啊？"

高佳艺打开大门，看到外头站着一个个子很高的精神抖擞的小男生，正咧嘴冲她笑，目光里带着打量："你是？"

"高佳艺，你真的是高佳艺。"小男生激动地拍拍胸脯，"我是小东子啊！还记得我吗？"

高佳艺一愣，目光也亮了起来："小东子？裴子东？你真的是小东子？"

"是我！"小东子用力点头，一把抱过她，开心得原地蹦起来，"刚刚在2号楼那里听到有人叫你的名字，我还不敢相信是你呢，特意跑过来确认一下。"

没想到一转眼，当初的那个小个子小东子已经长成了一米八的大男生了，高佳艺被抱着，除了感觉到身高的差距，也感觉到了他臂膀的有力。

"天哪，你都多久没回来了？我以为你不回来了呢……"小东子又开心又埋怨地摸她的脑袋。

高佳艺不好意思地低头道："一直忙，才得空。你呢，一直待在这里吗？"

他们正要开聊，吴三生适时地出现在了高佳艺的身后。

"吴老师？"小东子一怔，唤道。

"进来聊吧。"吴三生侧身。

"不用了，我和佳艺出去聊。"说着，小东子就热络地要拉高佳艺的手。

吴三生一把抓住了高佳艺的另一只手。高佳艺怔了怔，看向他。

"碗还没洗完。"吴三生突然来了这么一句。

高佳艺回过神来，看向小东子："那你先进来吧，我切点儿水果给你吃。"

小东子看看吴三生拽着高佳艺的手，便没坚持，随和地一笑："也行。"

门关上，高佳艺请小东子在院子里坐下，进厨房把买的新鲜水果端出来，再给他倒了一杯茶："这么多年没见，差点儿没认出来。"

小东子腼腆地笑："你还是和以前一样，还是那么漂亮。"

高佳艺像小时候一样轻拍他的脸："哎哎，会说话了！"

他也跟小时候一样抓过她的手往外推："都多大了还拍我脸？"

吴三生拉过椅子，手里拿着小刀，抓过一个苹果："他就是你在餐馆里说的小东子？"

小东子诧异地看向吴三生："啊，吴老师您知道我？"

高佳艺缩回手，点点头："我们小时候一起玩的，我以前经常到他家蹭饭，他妈妈很喜欢我，还一直说要我长大后当他家儿媳妇，管我一辈子的饭。"她说到这里呵呵直笑，没注意到吴三生瞥了她一眼，热情地拍了一下小伙子的肩问道："哎哎，裴子东，你现在有女朋友了吧？"

小东子定定地看着她："没呢，一直在等你。"

高佳艺愣了一下。吴三生的苹果皮断了。

"哈哈哈，你真会开玩笑！"高佳艺抓过吴三生手里削了一半的苹果，直接塞进小东子的嘴里，"小心我会当真。"

"就是要你当真才好啊。"小东子抿唇，又忽然想起什么，看看高佳艺又看看吴三生，"不过刚才我在 2 号楼看到你们……你们是……"

"哦！我是他女朋友。"高佳艺挽过吴三生的手臂，脑袋靠过去，十分"不好意思"地说道，"小东子你来晚了一步，我已经被人收了。"

小东子怔了怔，圆圆的大眼睛中透出失望。

气氛在短暂的静默后又重新热络起来，高佳艺把话题转移到家乡的变化上，又谈到他现在的工作，再简短地介绍了一下自己枯燥的日常生活。

末了小东子主动告辞："晚上我们在海边有个派对，你这次回来休假正好可以一起参加。群里说要帮忙，那我先去准备了，晚上你可一定要来啊。"

"好。"高佳艺点点头。

"晚上八点，一定要来！"

"好，知道了。"

"那一言为定，不见不散哦。"

"好——"

裴子东被送出门后，吴三生放下手里的水果刀，淡淡道："高小姐的人气真是不容小觑。"

"啊？"高佳艺怔了怔，摸了摸自己的头发，"小时候的朋友这么久没见，难免热情一些。"

吴三生起身："那我也该走了。"

"这么快？"高佳艺瞪大眼睛，被忽然上门的小东子打搅了他们独处的时光，这是她没想到的。

"快吗？我都完整地听了一遍青梅竹马的故事。"吴三生神色如常，声音也始终低沉，只是这语气高佳艺怎么听怎么觉得不对劲。

她从门口一步步走到他跟前，双手背在身后，笑而不语。

吴三生警惕地侧过脸："做什么？"

"你是在吃醋吗？"

吴三生绕开她，往前走。

"哎，你站住！"高佳艺扭头大喊，"我们是男女朋友，就算是假装的，那你假装吃醋一下又怎么了？逻辑上根本没问题啊——哎哎，晚上会有很多小时候爱慕我的竹马去的，你不跟我一起去吗，吴三生？"

吴三生头也不回地走出去，眉头紧锁，他刚才为什么要那样说？他刚才那样说是在吃醋吗？明明想和她拉开距离的，怎么就变成现在这样了……

第四章

在他的眼睛里看到了恐惧

晚上，海边。

五颜六色的小灯泡串连成一片灯海，将笼罩在夜色里的大海点亮了，随着夜风泛起好看灵动的涟漪。

白色长桌连接起来，纱幔在搭起的木架上唯美翻飞。

一张张年轻的笑脸在海边绽放开来，有些人在往桌上摆食物，有些人在烤肉架边忙碌着，有些人则已经玩开了。

小东子拿着手机站在他们之中，一直在往远处眺望。

突然他眼前一亮，挥手大喊："佳艺！"

所有人都闻声扭头——一个外形靓丽的姑娘披着长发，穿着一条飘逸的抹肩黄裙出现。不是高佳艺是谁？

待她走近时，以前有过接触的同龄玩伴又看到小时候见过的风景，心底不禁涌上一股熟悉感。而这份熟悉感里，又有着对于最近最火热的运动美少女的陌生感。

大家本来都听裴子东说过高佳艺会出现，但真的看到时，又纷纷惊讶于这位重量级嘉宾的到来。

裴子东小跑上前，开心地说："佳艺，我还以为你不来了呢。"

高佳艺看看手表："不是说八点吗？"她从不迟到的。

裴子东点点头："过来吧，大家都在了，就差你一个人了。你男朋友没跟你一起来？"看到就高佳艺一个人来，他自然是高兴的，但还是忍不住小心翼翼地试探着问。

高佳艺笑而不语。

裴子东也不多问，拉过她往大家那儿走："走走走，看你还能不能认出谁是谁。"

高佳艺被带到人群中，大家礼貌地和她打招呼，隔了这么久没见，还有些放不开。

高佳艺主动地一一报出大家的名字，实在认不出来的便说自己记性不好，先认错求原谅。见她平易近人，没有摆出高姿态，大家便慢慢地放开，说起了小时候的事。

很快，海边充满了欢声笑语。

"哎，高佳艺，你知不知道东子一直喜欢你啊？"长桌上，大家入座，小曼给大家一个接一个地倒上果汁，回到位子时突然抬头问高佳艺。

小曼比高佳艺和裴子东大两岁，以前就是一个大姐姐的形象，现在在这一拨人中依然是她最稳重，高佳艺没想到她会突然问这个问题。

大家十分默契地、眼神亮晶晶地看向高佳艺。

齐大海勾过裴子东的脖子嘿嘿笑："就是啊，东子这臭小子小时候就喜欢跟在你屁股后边，你去哪儿他就去哪儿。长大后也一直不交女朋友，真的是对你很执着了。远的不说，就说今晚这个派对……"

高佳艺心下一紧。

裴子东一把捂住齐大海的嘴："行了，别说了。人家有男朋友了。"

大家纷纷一怔，眼神比刚才更亮了。

射箭美少女有男朋友了，这可是个大新闻啊。

"是吗？谁啊？可以说吗？"

“该不会是佳艺你为了让东子死心故意说的吧？”

“对啊对啊，佳艺你这样可就不厚道了。”

高佳艺有些尴尬。她对大海的恐惧已经没有之前那么严重了。出现在这个派对一方面是因为答应了裴子东要来，另一方面其实是抱着一线希望，以为吴三生也会来，万万没想到把自己推进坑里了……

“那个，我……”

“我来晚了。”一个熟悉又低沉的声音适时响起，高佳艺愣了两下，扭头望去——

吴三生一身黑色运动服，一贯清冷的表情，双手插在口袋里，也没有看她，就这样很酷地登场了。

今天上过他的课的同学不由得瞪大了眼睛：“吴老师？”

高佳艺起身，风扬起她的裙角。

吴三生视线下移，看着她露在外面的腿，迅速把外套脱下来，走上前弯腰将外套系上高佳艺的腰。

他的这个举动，胜过千言万语。

裴子东的神色像坠入深海的石头，又硬又凉。

高佳艺心里泛起甜，嘴角止不住地上扬：“你来了。”

吴三生没去看她，转头迎上大家出神的目光。小曼是最先反应过来的人，她走到一旁，把备用的椅子拉过来：“吴老师，坐。”

吴三生在高佳艺身边坐下，有人起哄：“那什么，既然吴老师来晚了，那得自罚三杯才行。快点儿，拿啤酒来。”

高佳艺有些紧张地看向吴三生，不知道他会是什么反应。

吴三生一直静静地坐着，连眉头都不动一下。

男生拿来啤酒，往杯子里倒满。

高佳艺伸手阻拦：“三生不喝酒的。”

“哎哎哎，高佳艺，不带这么护短的！”

“就是，这是规矩，别不给大家面子啊。”

吴三生拿起酒杯一饮而尽。

“哇，吴老师爽快！”

又是一杯倒满，吴三生仍然一口喝完。

就这样一连三杯，大家掌声如雷。

高佳艺看向他微微闭着的唇，心跳加速。他就坐在她身边，以她男朋友的身份前来，这三杯酒也是为了她喝的……

小曼拉过起哄的男生，适时控制局面，柔声问道：“吴老师和佳艺是怎么认识的呀？”

吴三生垂眸沉默了一会儿：“在大石山救援的时候遇到了被困的她。”

小曼点头调侃：“哦，就是英雄救美的套路呗？”

高佳艺道：“是啊，很老套的套路。所以不要好奇了，大家赶紧吃东西吧，刚烤好的肉就这么放着，冷了会不好吃的。”她求助地看向裴子东，裴子东心领神会，张罗着大家赶紧吃起来，没一会儿又说放焰火的时间到了，一团风一样，带走大半的人。

高佳艺这才稍微宽心地坐着，偷瞄旁边的吴三生。

刚才她挺怕的，怕那些家伙对着他们问长问短，吴三生会直接把他们虚假的关系给交代干净，然后起身离开。

远处的熙熙攘攘，映衬得她这边格外安静。

高佳艺抿唇，清了清嗓子：“我以为……你不会来了。”

吴三生没说话。

“那个，我给你拿些吃的吧。”高佳艺说着起身，后退间不小心被椅子绊住，她下意识地想要去抓住什么来保持平衡，随即被吴三生伸手稳稳地扶住。

高佳艺站稳，怔了怔扭头看向他。

吴三生：“小心点儿。”

高佳艺低头，感觉脸有点儿发烫。

“不去拿吃的吗？”

“嗯？”高佳艺回过神来，再次看过去，脸彻底地红透了——她还抓着他的手，忘了放开。被提醒后，她赶紧松手，俯身去拿长桌上的吃的。

吴三生缓缓地把手缩回来，自然垂放在膝盖上，清冷的眸子涌动着不易察觉的暗流。自己到底还是来了。

下午上完课，回到旅店的他莫名地有些恍惚。

高佳艺说的话在他耳边反复回响，裴子东看她的眼神在眼前不停闪过，在海边的派对，还是在晚上，想到她怕水……纠结再三，他还是鬼使神差地过来了。

“火龙果低脂，牛肉去掉大半油了，配这个全麦面包片很好吃，你尝尝看。”高佳艺挑拣了些食物，把盘子放到他面前。

吴三生看她。

高佳艺笑：“我看你特别注意身材，所以……”

“救援需要保持身材，保持体力。”

她点点头：“我明白。”对上他的眼睛，她突然想起那天早上闯进飓风救援基地的时候看到的他在院子里洗澡的画面，“咳咳，你快吃嘛。”

吴三生用叉子叉起火龙果，顿了顿，突然递到她嘴边。

高佳艺吓了一跳，瞪大眼睛。

“裴子东在看。”吴三生蹙眉解释。

高佳艺咽了咽口水，僵硬地张开嘴。这还是她第一次被秦学东以外的异性投喂，感觉妙不可言：“谢谢。”

“你说的，咱们假装男女朋友，这么做根本没有问题。”

高佳艺吃瘪，他真的很会用她说过的话来回怼她。她索性伸手抓过他，又叉了一块火龙果，道：“那你再喂我一次。”

吴三生的目光顿了一下，落在她霸道的手上。

远处的焰火终于燃起来了，“啪”的一声巨响，瞬间一束光高高升起，他清晰地看到万千色彩落在她的眸子里，也看到她眸子里的自己失神的脸。

他们靠得很近，她的下巴微微扬起，温度通过手传递过来。

他把手稍稍送过去，高佳艺迅速坐好，吸了吸鼻子，幸好披散着的头发盖住了她红到不像话的耳朵，不然某人一定会看到吧！

余光里，吴三生淡定地拿着她吃过的叉子，叉起肉片塞进自己的嘴里。

焰火一朵又一朵，能盖住她快得不像话的心跳声，却盖不住这莫名拉近的距离。高佳艺没谈过恋爱，她不知道这算不算是代表着什么，只知道自己整个人都在燃烧，只知道……希望时间就此停住。

“我很好看吗？”吃东西的他突然开口。

“啊？”高佳艺被吓到，直起了腰。

“你总盯着我，我怎么吃东西？”吴三生说。

“谁盯着你了。”被这么直白地戳破，高佳艺的脸挂不住了，“这里又没别人，我看着你，是礼貌。”

吴三生看向前方，这次却没有挑破她这句话的不合逻辑：“我以为你来这里是欣赏夜海的。”

高佳艺的目光暗淡几分：“我不喜欢大海。”

吴三生看向她：“抱歉。”

她扭头苦笑：“你一定不是我要找的人，才会不知道我曾经遭遇过什么吧。”

吴三生没说话。

就在这时，突然一个不和谐的声音响起：“东子？东子——哎呀不好了，救命啊，救命——东子——”

高佳艺循声望去，齐大海正着急地大叫着要往海里冲，其他人也聚拢过去，连最稳重的小曼也是满脸惊慌。借着灯光，高佳艺看到一个人在海里扑腾。

不好！高佳艺站起来时，旁边有一个人影已经先一步蹿了出去。

她紧跟着跑过去，到了岸边。海潮并不汹涌，但是暗流已经把裴子东带到了二十米外，裴子东不停地拍打水面，却距离岸边越来越远了！

高佳艺着急地看向齐大海：“东子不是会游泳的吗？”

“哎呀，东子肯定是腿抽筋了！他经常抽筋！”齐大海身上绑着绳子，手里拿着救生圈，但绳子系得松松垮垮，好像随时就会松掉的样子。

“算了，你还是别去了，让……”高佳艺一把夺过救生圈，转身要给更专业的吴三生，“三生？你怎么了？”

情况紧迫间，吴三生本该是第一时间跳入大海的，或者寻找绳子和救援工具，总之……不应该是像现在这样一动不动地站在岸边，盯着远去的裴子东，像雕塑一样出神。

他的脚在颤抖，眉毛压得很下，神情竟是痛苦的，好像陷入了一个不能动弹的陷阱里，身体不由自己控制。

“吴三生？”她叫他，他也好像听不到了。高佳艺不知所措，只听背后有人“哎呀”了一声，她手上的救生圈重新被抢走。

大家惊呼间，齐大海已经跳入了大海中，奋力地向裴子东游去。其他人有的跑去岸边找人，有的在打电话，有的则是跑到礁石那边焦急地观望。

高佳艺站在吴三生身边不知道要不要离开，但看到他额间沁出的汗珠，她的脚便怎么都挪不开。他怎么了？好好的为什么突然变成这样了？为什么会在他的眼睛里看到恐惧？刚才拉近的距离，在这一刻一下子又变得遥远，他连靠近一步的勇气都没有。

“抓到了抓到了，大海抓到子东了！快，快往回游！”

“怎么回事？他们怎么不游回来？”

“哎呀，好像是有什么困住他们了！”

“不是吧？这可怎么办啊？！天哪——”

高佳艺循声望去，心猛地下沉——去救裴子东的齐大海好像也陷入困境了。忽然间，一望无垠的大海显出凶恶的面目来。

她的瞳孔迅速缩小，呼吸急促起来。

仿佛又回到十四岁那个噩梦中。

无尽的海水一点点淹没视线，一点点将呼吸包围……

高佳艺强行让自己从混沌中清醒，伸手去拉吴三生，结果扭头一看，身边已经没有人了。

“吴老师，把手给我！”

“快点儿，大家搭把手！”

高佳艺踉踉跄跄地跑过去，看到吴三生已经把裴子东和齐大海带到了礁石边。齐大海还保持着清醒，在大家的帮助下自行爬上岸，裴子东却已经昏迷不醒了。吴三生还泡在水里，一动不动地望着裴子东。

齐大海跪在地上给裴子东做人工呼吸，时间一分一秒地过去，几个女生抱在一起害怕得哭了起来。

远处有救护车赶到，警察也过来了。大家一窝蜂地都往这边赶。

“咳咳……”终于，随着裴子东吐出一口水来，大家纷纷松了一口气，觉得自己也活了过来。

齐大海骂了一句，一拳捶在裴子东的胸口，吼道：“老子还以为今天要替你收尸了呢！”

裴子东呛了水，还没回过神来，虚弱地咳嗽着。

回过神来的大家看向还泡在水里的吴三生，有男生把手伸向他：“吴老师，我拉你上来吧。”

吴三生没有伸手，而是双手一撑自己上来了。他全身湿透，一边走还一边滴着水，绕开了所有人往岸边走去。

高佳艺轻拍小曼的肩，拜托她来处理一下这里的情况，追上吴三生，把腰间的衣服解下来给他披上：“全身湿透了别吹风，会感……”

吴三生像触电一般，推开了她的手。

高佳艺没想到他会有这么大反应。

“我不用，你自己留着吧。”他稍稍侧过脸，没有看她，“晚了，回家吧。”

高佳艺能听出他的声音在发抖，虽然他在极力掩饰。她很想说不，可是张开嘴，却怎么也发不出声音，只能眼睁睁地看着他拖着沉重的步伐离开。地上的水渍也渐行渐远。

高佳艺盯着地上的外套，在原地呆立了好一会儿。

回到家，高佳艺辗转反侧，难以入眠。

她不停地回忆着沙滩上的吴三生，和在水中仿佛被困住一样迈不开腿的吴三生。那明明是同一个人，又不像是同一个人。前者清冷中透着温柔，而后者则是清冷中透着戾气。

他盯着海水里挣扎的裴子东的恐惧目光那样熟悉……难道，吴三生怕海？不可能的……他明明是地表最强的救生员，邢镇也说过，他在陆地上与海里都救援过，怎么可能怕海？

真的害怕的人，是她才对。

那是只有在受到创伤后才会有的恐惧。

半梦半醒间，高佳艺又回到了十四岁时的那天，闹哄哄的医院里，她虚弱地拉住那个人，看见阳光里他模糊的脸和格外清晰的胳膊。那只胳膊一点点地放大，她很努力地想把手里的皮卡丘递过去……那张模糊的脸开始变得清晰起来，先是眉眼，再是鼻子，然后是嘴巴……她看到了吴三生。

就在她想要确认清楚时，一个声音很讨厌地闯入梦里："高佳艺——高佳艺——我亲爱的小艺艺——"

高佳艺十分不情愿地睁开眼睛，听着那熟悉的声音越来越近，从床上坐起来。尽管这个声音的主人不该出现在这里，但是"不该"这个词用在她身上也同样不该。正这么想着，曲梦洁大力地推开她房间的门，笑眯眯地背着双肩包出现在门口："你还不起床啊？太阳都晒屁股了。"

高佳艺重新躺下："你怎么来了？"

曲梦洁看向高佳艺："我怎么不能来了，我来看你啊。"

"呵呵。"高佳艺把冷笑挂在嘴边，她才不信呢。曲梦洁这家伙她还不了解吗，典型的工作狂一个。之前去训练基地看她还是因为离工作单位近，借着摸鱼的工夫出来，万一有什么紧急情况可以随时赶回去，现在自己都跑回老家了，曲梦洁怎么可能真的是大老远来探望她的。

“别这么冷淡嘛。”曲梦洁撇撇嘴，“你被你家秦学东流放到这里来了，我这个做好朋友的总不好完全不闻不问吧？过来看看你的死活，也算是聊表一番心意。哎哎……”

高佳艺直接把枕头抡在她头上。

“你那双手是射箭用的，可不是打人用的。”曲梦洁抱住枕头严肃警告。

“你那张嘴是报道事实用的，可不是乱说话用的。”高佳艺瞪眼，以牙还牙。

“我乱说什么了？”

“每个字我都听着都不得劲。都说几万遍了，秦学东不是我家的！”

“哦哦哦，不是你家的，那也不是我家的呀。”曲梦洁挑眉，后半句只嘀咕给自己听。

“说吧，来干吗来了？”被她这么一折腾，高佳艺是彻底醒了，她下床，拍了拍曲梦洁鼓鼓囊囊的双肩包。

“就吴三生呗。”曲梦洁故作随意地丢出这个名字，又偷偷地瞥一眼高佳艺，“你……没碰到吴三生？”

高佳艺打开行李箱将衣服拿出来，隐隐觉得这句话问得有些奇怪：“我一定要碰到吴三生吗？”

“哦，没有，我是想说，这镇子很小嘛，你们应该有碰到吧。”

高佳艺把睡衣脱下来，套上粉色套衫：“梦洁，听秦学东说，是你确认了吴三生不是我要找的人。”

曲梦洁双手抓紧背包带：“嗯……”

“你是怎么确认的？”高佳艺把手腕上的头绳取下来，将长发扎起来。

“就……你不是说那人有个皮卡丘钥匙圈吗？我去他房间找过，没找着。”曲梦洁耸肩，尽量说得自然。

“那你是怎么说服他接受你采访的？你明明前一天还跟我抱怨，说他是块很难啃的骨头呢。”高佳艺把裤子套上，又问。

“这个嘛……我也不知道，可能他的队员做通了他的思想工作吧。哎呀，其实这也没什么好奇怪的，很多人前一天还对采访抗拒得很，第二天就改变主意了。”曲梦洁摆摆手，“你怎么对这个好奇上了？”

“没什么。”高佳艺越过她，又转身拍拍她的肩，“作为朋友，对你的工作表示诚挚的关心。”

曲梦洁顿了顿，跟她出了房间。

从二楼下来，高佳艺进厨房拿水喝，顺便丢给曲梦洁一瓶：“早上想吃什么？”

“都可以啊，不然出去吃吧。你对这儿熟，肯定知道哪家好吃哪家不好吃。”曲梦洁挑眉。

“……好吧。我本来想亲自下厨给你做点儿的。”

“别了，要是让秦学东知道我让你下厨了，他会直接封杀我的。”曲梦洁耸耸肩。

“你真是秦教练的好徒弟。”高佳艺摇头感叹。

拿上手机，高佳艺领着曲梦洁出门，就近在长街找了一家早餐店。自然不是黄大妈的那家，黄大妈一开口，说不定就会把她和吴三生的事给说破了。不过转念一想，经过昨晚的那场派对……好像泄露是迟早的事。

高佳艺买了两份早餐套餐，和曲梦洁入座，考虑再三，开口道：“梦洁，其实我和吴三生……”

“你不会还觉得他是你的皮卡丘先生吧？”曲梦洁突然拍桌子，语调高了一个八度。

高佳艺因她的反应瞪大了眼睛。

曲梦洁意识到自己的失态，抿了抿唇：“我是说，佳艺啊，学东哥说得对，你执着了那么多年……何必呢？该放下的时候就放下，这才是聪明人啊。”

服务生把豆浆端过来，动作急了些，豆浆从碗里洒出来了一些，滴到桌上。曲梦洁抽过纸巾垫上：“你看，过犹不及，就跟这豆浆一样会洒出来。”

高佳艺苦笑道："你有时候和秦学东一样讨厌，不，你比他更讨厌。"

听到这句话时，曲梦洁的心被刺痛了一下。她垂眸，失去了和高佳艺对视的勇气。她和高佳艺做朋友这么久，从没有隐瞒过对方什么，可是在高佳艺最在意的事情上，她居然隐瞒了。

"不过，就算他不是我要找的那个人，他也很迷人。"高佳艺忽然说。

曲梦洁愣了两秒，抬头。

高佳艺已经低头开始认真吃早餐了。早饭过后，曲梦洁要去找吴三生，高佳艺想到昨晚吴三生奇怪的样子，便说她也要跟去看看。

"你也去？看什么？"

"反正我回来也是散心，没什么事干，既然你要去采访他，我就跟着看看呗，放心，不耽误你的事。"高佳艺笑道，其实她昨晚回家后就放心不下，早上起来就想去找他的，只是没想到曲梦洁会过来。

曲梦洁推脱不过，无奈答应。

到了吴三生住的酒店式公寓，她们敲了好一会儿，门才被打开一条缝。

高佳艺下意识地整理头发，思索着要怎么打招呼才比较得体。但她想多了，门虽然打开了，却根本没看到人影。

曲梦洁尝试着推门进去，窗帘拉着，屋子里漆黑一片。曲梦洁狐疑地看了一眼高佳艺，高佳艺也奇怪，他还在睡吗？那刚才谁开的门？

两人挪步到床边，才发现是怎么回事——吴三生躺在床上，手背压着额头，满头大汗，胸口起伏得厉害，一看就是生病了。

曲梦洁："吴先生！吴先生！"

高佳艺伸手摸了一下他的额头，不由皱眉："这么烫……"她扭头："我去买药，梦洁，你照顾一下他。"

见曲梦洁点头，高佳艺立刻冲了出去。

吴三生刚才是勉强撑起来开了门，脚上还穿着拖鞋，一条腿还挂在床边。曲梦洁见状，便帮他脱掉拖鞋，将他的腿放到床上。

这一次，曲梦洁本来是抱着把自己的绩效全部都押在他一个人身上的想法过来的，没想到刚见面就见到了被采访者病恹恹的样子……

她替他拉被子的时候，他的手忽地抓住了她的手腕，曲梦洁蓦地全身一紧。

他紧闭双眼，低声呓语着什么。曲梦洁凑近，只听他说：“不会的……不是这样，不要……”

曲梦洁怔了怔，有一瞬间以为自己听错了。

依稀还记得第一次见他时，他神情的清冷和目光里的坚毅，他给她的第一印象是天不怕地不怕的铁汉子，好像他的字典里没有恐惧。也是这种笃定的气场震撼了她。可现在，她感觉到了他手心的冷汗，听到了他近乎怯懦的求救。

曲梦洁望过去，近在咫尺的距离。是以将他的脸看得清晰无比。

她的耳边忽然响起高佳艺在早餐店的话：“不过，就算他不是我要找的那个人，他也很迷人。”

曲梦洁的心莫名狂跳，就在这时，吴三生的眼睛缓缓睁开了。

高佳艺的敲门声也适时地响起。

曲梦洁赶紧站起身：“来、来了。”

她转身去开门，高佳艺气喘吁吁地跑进来，把药放到桌上，看向吴三生：“他怎么样了……”

吴三生皱眉，看着房间里的两个女孩：“你们……”

高佳艺赶紧指了指曲梦洁：“哦，她说要采访你，我闲着没事，跟着她过来的。然后你……生病了。”

曲梦洁局促地点头：“嗯……你、你发烧了。”

吴三生的脑子很混沌，无法应对面前的情况。

高佳艺把药拿出来，迅速地扣出两片药，倒了一杯水，走到吴三生跟前：“这是快速退烧药，你先吃了吧。”

吴三生盯着她，又看了一眼曲梦洁。

他用胳膊肘撑着坐起来，伸手接过水杯和药片服下：“谢谢。”

高佳艺抿抿唇，也客气地摇头道：“不谢。”曲梦洁在，她努力地想要把昨天的那段亲昵的回忆给暂时清零。

只听曲梦洁清了清嗓子道：“我特意过来，是想采访你这几天在这里授课的情形的。没想到你生病了……那，你先好好休息？”

吴三生轻声打断：“你们先出去等我一下。”

高佳艺和曲梦洁对视一眼。

吴三生下床进到洗手间，很快听到里边传出淋浴的声音。曲梦洁转身出去，催促高佳艺跟上，高佳艺一边应和着一边倒退着走。她第一次来到他住的地方，刚才着急奔出去买药，还没来得及好好看看——简单的行李箱放在角落，桌上摆放了一台笔记本电脑和一个应急工具箱，没有其他东西，整洁干净得就像是有强迫症一样，连昨晚换下来的脏衣裤也整齐地放在了椅子上。

“高佳艺，快出来啊。”

曲梦洁叫得也太大声了吧，高佳艺尴尬地快步走出去，如果让吴三生听到，会以为她滞留在房间偷看他洗澡吧。

曲梦洁双手抱臂，看向高佳艺，极力压制住自己的紧张：“你在房间里磨磨蹭蹭干吗呢？”

“没干吗呀，就是欣赏一下单身男人的房间，不行啊？”高佳艺也学着她双手抱臂。

“高佳艺，你这个样子很危险啊。”曲梦洁眯眼，审视的目光越发犀利，“对一个男人过分关注是感情失控的危险前兆，你明白吗？”

“你这个样子也很危险。”在和人斗嘴上，高佳艺从来都不肯服输，“对吴三生如此执着，现在还要把采访内容扩展到他的私人生活方面了吗？”

两双眼睛互相瞪着，各自怀着不能告诉对方的心事僵持着，谁也不肯先挪开。

“你们在做什么？”吴三生打开门，打破她们的对视。

高佳艺和曲梦洁同时扭开头：“没什么。”

“没什么就走吧，上课要迟到了。”吴三生的声音里透着深深的疲惫，他穿了一身浅灰色的运动服，越过她们往前走去。

高佳艺小跑上前：“你……生病了还要去上课？”

吴三生则是转向曲梦洁：“我希望你的采访能在我去上课的路上或者下课回来的路上完成。我还要休息。”

曲梦洁愣了一下，说：“好的。”

他们迅速进入工作模式，高佳艺忽然觉得自己变成多余的了，一时间不知道是该跟上还是该离开。不过高佳艺最后还是跟上了，她担心吴三生在硬挺。

经过昨晚海边的风波后，今天2号楼小院里人格外多，不过裴子东没来，齐大海说裴子东还躺在医院里。

不算大的教室坐满了人，有人把吴三生救人的过程拍了下来放到投影仪上，希望吴三生能针对性地就此事来说明一下，遇到这种事情要怎么处理。

高佳艺看到投影仪上的画面时吓了一跳，幸好没看到自己出现的画面，大抵是他们有考虑到她的身份吧。她心虚地坐在最后一排，隔着攒动的人头望向一直站在讲台旁边拍摄吴三生的曲梦洁，心中波涛汹涌。

吴三生说得认真，大家听得认真。授课过程中他的声音一直沙哑着，还时不时咳嗽，高佳艺注意到他后半场几乎没有移动过，一直单手撑在讲台上。

下课后，大家围上前，还想和吴三生合影要签名什么的。

高佳艺正想上前帮吴三生解围，曲梦洁抢先一步将吴三生带走了：“各位，不好意思，我还有进一步的专访要和吴老师进行。时间紧迫，大家谅解一下，让一让，让一让——”

她像个特别尽职的保镖，以一己之力将所有人推在外面。

高佳艺在教室后门口站了一会儿，又默默跟上。

吴三生上了曲梦洁的车后人就不行了。曲梦洁坐在驾驶座上，扭头看向倒在后座的吴三生，焦急地对高佳艺说：“这样不行，得送他去医院。”

高佳艺点点头，没有反对。吴三生这时握住了高佳艺的手：“送我回宾馆。”

他的手滚烫，却带着不容分说的倔强，高佳艺只好妥协："那……就听他的吧。"

曲梦洁叹了口气，发动车子。

听到不去医院了，吴三生的手终于松了下来，不过仍然是握着她的手。

忽然高佳艺觉得肩头一沉——他的脑袋靠了过来。

仿佛……他失去了最后的力气，只想要好好休息。

高佳艺看向前方，默默挺直腰板，一动不敢动。

她暗暗调整呼吸，想要和胸膛内狂跳的心脏和解。

曲梦洁不时看向后视镜，看到高佳艺不时偷看吴三生的目光，看到吴三生倚靠她睡得沉稳香甜，嗅到了空气里正隐隐散发着什么。

回到宾馆，曲梦洁和高佳艺合力将吴三生搬到床上，曲梦洁忍不住吐槽："怎么这么沉，像石块一样……"

高佳艺也是累得上气不接下气："没办法，个子高又结实的。"

两个人对视了一眼，曲梦洁说道："佳艺，我留下来照顾他吧。"

高佳艺怔了怔。

"反正我这次过来也是为了他，这样方便些。你回去吧，好好度你的假，别浪费了。"曲梦洁拉过椅子坐下，说得有理有据，让高佳艺无法反驳。

比起曲梦洁，高佳艺没有留下来的理由，她动作机械地转身，双腿却不想离开。从床头走到床尾，磨蹭了一下，再扭头看了一眼吴三生，直到曲梦洁抬头，她才走向门口，在门口站了一会儿，无奈地开门离开。

高佳艺站在门外的走廊上，又贴着门听了一会儿。

她知道自己这个样子很奇怪，可是曲梦洁说"这次过来也是为了他"时看向吴三生的样子，总让她心里怪怪的。

盯着黄色的门，高佳艺忍不住想，这样一个狭小的空间，孤男寡女的是不是很容易发生点儿什么呢……保洁阿姨已经推着车来回经过两次了，每次都用狐疑的目光打量她，高佳艺决定不再胡思乱想，暂时离开。

出了宾馆，她往医院走去。

裴子东还躺在医院里，她作为发小，不管怎么说都得去看看人家，顺便给吴三生买点儿药。到了医院，裴子东正在和护士小姐姐聊天，看到高佳艺出现，他高兴得把手里的苹果直接扔了：“佳艺！”

高佳艺笑：“怎么样，还活着没？”

裴子东不好意思地挠挠后脑勺：“活着活着，没敢死呢。”

“来看看你。”高佳艺拉过椅子坐下，打量他手臂和脸上的擦伤，笑意一点点消退，“疼吗？”

裴子东也收起了笑意：“对不起，让你看到这事儿……”

他知道高佳艺十四岁那年遇到的灾难和她对大海的恐惧，这声抱歉是因为他的明知故犯。而高佳艺永远也不会知道，他昨晚是因为看到她和吴三生在一起的亲密画面心生不快，才想跳海游个泳排遣。

高佳艺垂眸：“如果你死了，这道歉我永远也不会接受。”

裴子东点点头，不知道要说什么，突然的四目相对，一下子让空气变得凝重起来。过了一会儿，裴子东说道：“我还可以继续喜欢你吧，高佳艺？”

高佳艺一愣，抬头。

裴子东淡笑：“喜欢了你这么多年，一下子让我不喜欢了，我做不到。不过看到你和那么优秀的人在一起，我也很替你开心，真的。”

高佳艺奇怪：“你怎么知道他很优秀？”

“有的人的好坏一眼就能看出来，就像有的人一眼就能喜欢上。”裴子东耸耸肩，“没什么好奇怪的啊。”

高佳艺琢磨着裴子东的话，若有所思地眨眨眼。人和人之间的情感真的很难说清楚，那么久没见的裴子东居然心里一直有她，她却一点儿也不知道；而她呢，把那个人放在心里那么多年，那个人也一点儿都不知道。

谁说感情一定是两个人的事呢？只要有一个人动了情，那也是谁都无法抹去的情真意切啊。

第五章

喜欢一个人是什么感觉

“佳艺？”

“谢谢你喜欢我。”高佳艺回过神来，报以感激的笑。她希望有一天那个人也能知道她的心意，不会讨厌她的喜欢。

裴子东愣愣的，又不好意思地伸手挠后脑勺，不小心扯到了伤口：“哎哟……”

“别乱动。”高佳艺起身，“我来得匆忙，没给你带什么。你要喝什么？我去买。”

裴子东：“啊？不用这么客气的，我……”

“是我想喝可以了吧？”高佳艺摆摆手，走出病房，就这样看到了秦学东。

秦学东从那头跑过来，将高佳艺上下打量一番，然后猛地将她拽入怀里。

高佳艺被他急促的喘息和动作给吓到了：“喂，你干吗……”

秦学东不说话，只是紧紧地抱住她，像是受到了很大的惊吓。

她起初推了几下，推不动，就索性被他这么抱着，直到听到耳边他的呼吸慢慢平缓才问：“你怎么了？”

“我还想问你怎么了，我让你来度假，不是让你冒险的。”秦学东终于放开她，半晌深吸了一口气，开口说道，“海滩是怎么回事？”

高佳艺怔了怔，第一反应是曲梦洁通风报信，可是曲梦洁并不知道她昨晚去过海滩，秦学东是怎么知道的？

“不用和我装傻，我问了你的朋友尹小曼！”

高佳艺暗暗在心里吐槽一句，笑着在原地转了个圈：“我好好的，没事，有事的是我发小。我纯粹是来医院看看他。不过你怎么来了？”他一定是回来后才找到尹小曼的，不然尹小曼又不知道他的号码，怎么可能给他通风报信！

“我看到了新闻，你就在这片儿，我能不过来吗？”秦学东一脸严肃。

高佳艺“哦”了一声，她常年在训练营，对网络实在不熟悉，所以也没往那方面想：“你看到了，我没事，赶紧回去吧，我的假期还没结束呢。”

“我改变主意了，你的假期从现在开始取消。”

“哪有你这样的啊？”高佳艺瞪眼惊呼。

“就有我这样的。”秦学东面无表情，拉过她的手就要走。

“你放开我！”高佳艺甩手，“我不要回去。”

秦学东盯着她，目光逼人：“给我一个理由。”

高佳艺避开他的目光：“我去买杯咖啡，小东子还等着呢。”

以前，高佳艺很庆幸秦学东不仅是她的教练，也是最了解她的人，有时候不用说话就会有默契，这样就不必费力解释，对于不怎么爱说话的她来说还是挺方便的。可是现在她觉得很麻烦，即使是一道目光、一次打量，就多一分被看透的危险。

秦学东一直跟着她来到饮料机前，盯着她空空的两手：“你没钱，怎么投币？”

高佳艺想起自己把包落在病房了，这下可好，两手空空来买咖啡，更像是拒绝跟他回去的借口了……这事闹的……

他伸手把硬币塞进凹槽，问高佳艺要喝什么。

她点了两瓶雀巢咖啡，蹲下身去拿，听到又有一瓶东西掉下来，是一瓶巧克力奶茶。这是秦学东给他自己买的。要知道，秦学东平时从不喝甜的，只有一种情况会喝，那就是心情超级不好的时候。

高佳艺把奶茶递给他，看他咕噜咕噜地喝下半瓶，转身往回走。

两人一前一后，高佳艺觉得很是压抑。

回到病房，裴子东正襟危坐，目光先看向了高佳艺身后的秦学东。

高佳艺把咖啡递给裴子东，拿过自己的包："那你好好休息，我先走了。"

裴子东点点头。

"大家都认识，就不用我介绍了吧？"扭头看到秦学东站在门口，高佳艺尴尬地说了一句。

秦学东："怎么会不认识，这么多年没见，你还是这么笨。"

裴子东："……"

两个男人盯着对方看。在只有他们两个人才会懂的目光里，暗暗传递着另外一些信息。

裴子东发现高佳艺没拿包就出去买咖啡了，拿着包送出去的时候在门口看到了将她拥入怀里的秦学东。秦学东也看到了他讶异的目光。

男人对情敌是格外敏感的，秦学东对高佳艺的紧张让裴子东想起了吴三生；而裴子东的讶异目光，也让秦学东琢磨出了点儿别的什么。

高佳艺自然是不知道这些的，从医院里出来后，她还在想要怎么打消秦学东要带她回去的想法。

"秦学东……"

"既然你那么不想回去，就再在这里待几天吧。"不想秦学东先一步改变了主意。

高佳艺愣住："真的？"

"真的。"秦学东往前走去。

这个执拗的家伙在这么短的时间内是怎么改变主意的？高佳艺实在摸不着头脑，虽然觉得奇怪，但她的心头还是闪过一丝开心。

不过开心过后，她发现她在这个小城已经不自由了。

曲梦洁来了不说，现在连秦学东也出现了。

高佳艺走到哪儿，秦学东就跟到哪儿，她和吴三生，根本不可能再单独见面！曲梦洁那边也不知道把吴三生照顾得怎么样了。到晚上的时候，高佳艺把煮好的粥交给秦学东，让他帮忙送去医院一趟。

秦学东：“你怎么这么关心你那个发小？”

高佳艺：“怎么说人家也是刚刚死里逃生，我关心一下很过分吗？”

秦学东：“你对人家有意思？”

高佳艺：“你觉得呢？”

秦学东看了看她，不再纠结这个问题：“等我回来如果看不到你，你知道后果是什么。”

高佳艺赔笑：“知道知道。”

秦学东这才离开。

高佳艺气呼呼道：“这叫度假？根本就是犯人放风！”

秦学东在外面敲了敲门，表示还没走远。

高佳艺无语，确定他走了以后，提着药飞也似的跑到吴三生住的宾馆，正好看到曲梦洁从里边出来。

高佳艺心头一跳，飞鸟般飞进宾馆，狂按电梯，敲开他的房间门，迎上顶着湿漉漉的头发、穿着浴袍的吴三生茫然的目光。

她傻傻地站在门口，想说点儿什么，又不知道要说什么，也不知道自己狂奔而来究竟是为了什么。或许只是想看看他有没有好一点儿，或许就是单纯地想看到他，又或许是来验证这一天忐忑不安的原因。

总之，高佳艺的思绪从没有这么混乱过。

想到曲梦洁不知什么时候就会回来，高佳艺抿唇开口：“你好些了吗？”

吴三生把毛巾从头上拿下来：“睡了一天，好很多了。”

高佳艺点点头，把手里的药递上：“那就好，这是我去医院买的药。”

吴三生接过：“你去医院了？”

“嗯，去看了裴子东，顺便给你买的。”高佳艺把“顺便”两个字说得格外清晰，脸上努力保持住淡定，不想让他看出端倪。

“谢谢。”他的口吻依然是淡淡的。

高佳艺庆幸自己刚才说了“顺便”，又懊恼他这声“谢谢”跟下逐客令没什么区别。

她要不要干脆说她要被秦学东取消休假带离这里，还有他自己好好照顾自己之类的话呢？这时，高佳艺看到一抹熟悉的身影从电梯那边过来，立刻推吴三生进房间，把门关上。

她身体抵在门板上，惊愕地对上对方疑惑的目光。

曲梦洁回来了，她的第一反应居然是不要被看到……

很快，外边传来曲梦洁用门卡开门的声音。

高佳艺心下一紧，暗想糟了，鼻间忽然闻到清晰的、好闻的沐浴露味，抬头就见吴三生整个人靠过来，伸手帮她一起抵住门。

他俯下身来，穿着浴袍的身体似有若无地挨着她。

高佳艺脑子一片空白。

曲梦洁在外边打不开门：“吴三生！吴三生！”

“谢谢曲记者的照顾，吃的放外边吧，我要洗澡了，不方便开门。”

高佳艺咬唇，侧着脸，只觉得目眩神迷，身体发麻。

曲梦洁在外边站了一会儿，把东西放下：“那好吧。”

听到她走远，高佳艺才总算舒了一口气。

目光就这样不可避免地与他对上。

他还保持着刚才抵门的姿势，直勾勾地盯着她看。

高佳艺被看得满脸通红，她意识到就在刚才，他帮着她一起对曲梦洁撒了谎。

“我……我是怕曲梦洁误会我和你的关系。我们假装是男女朋友关系嘛，我……在海滩边的事没和……没和她说过。所以……”高佳艺越说越混乱，根本不知道自己在说些什么，“总之……那，我先走了。”

她转身要去开门，他的身体往门边一侧，挡住门把手。

高佳艺瞪大眼睛。

“她还没走远，你这么出去，就白躲了。”

“哦……”

吴三生转身进到里边：“待一会儿吧。”

高佳艺的心跳再次漏了半拍，她暗骂自己不争气。他明明就只是很平常地说了一句很平常的话，为什么她总能听出心动的感觉来……

多思误事，多思误事啊！

她僵着双腿往里走，便见吴三生脱下浴袍要换衣服。

高佳艺迅速转过身，撞到桌角发出声响，又疼又尴尬，她倒吸一口气，只听吴三生在身后说道：“躲什么，你又不是没看过。”

“我什么时候……”话一出口，高佳艺就后悔了。那天早晨她闯入他的基地时，可不是看得真真切切嘛。

“那天，我洗澡时你闯了进来。”

可以不用提醒的……高佳艺转过身，硬着头皮道：“那天是意外，我不是故意的。再说了，也没看到什么。”

吴三生换好衣服，看向嘴硬的她，不置可否。

“身体素质好就是好，睡一天看上去就没什么大碍了。”高佳艺清了清嗓子说道。

吴三生走向她，把手伸向她身后，拿过药瓶：“不过药还是要吃的。”

高佳艺的脸红了。

“不过，你为什么不去医院呢？去医院会好得更快些。”高佳艺看着他，想到他在曲梦洁的车上不肯去医院的情形，忍不住问道。

吴三生微微垂眸，将手里水杯的水喝完：“对于救生员来说，去医院只有一种情况，把别人送到医院去救治，而不是自己躺着进去。”

高佳艺突然想到秦学东说的话："运动员就是要把自己的泪水融进汗水里，在拿到冠军前不可以倒下，拿到冠军后更不可以倒下。"

"可是救生员也是普通人啊。"她脱口而出。

他扭头。

"秦学东也跟我说过，运动员就是要比任何人都要坚强。可是除去运动员这个身份，我们也只是普通人。也会哭也会笑，也会累，也会生病。"高佳艺如实说出自己心里所想，"至少……自己对自己，不要这么苛刻吧，不然真的会喘不过气来。"

他没说话，只是看着她，似乎在琢磨她说的话。

他的眼睛很是深邃，像塞外的星空，仿佛没有尽头，会令人迷失在那无穷的浩瀚里。

这一次高佳艺忘记挪开自己的视线，和他对视许久。直到她意识到这对视的时间实在有些过长，才开口道："那我……先走了。"

"吃饭了吗？"他忽然问。

"没。"

"门外的东西拿进来吧，曲记者买了两份，本来说要和我一起吃的。"

高佳艺心里发酸，敢情她破坏了他们共进晚餐的机会，不过她还是开门把外边的吃食拿进来。

曲梦洁很贴心，买了两份粥，还有一些清爽的小菜。

高佳艺偷瞄手腕上的手表，秦学东不知道回家去没有，她出来的时间不算短，估计这会儿工夫他已经被发现那碗粥是在调虎离山了。尽管心里有些发怵，她还是不想回去。

两人相对而坐。

高佳艺把筷子递给他，想了想问："曲梦洁说你原本死活不答应她的专访，你为什么又答应了呀？"

这个问题她在曲梦洁那儿找不到答案，她想看看他这儿有没突破口。

吴三生喝了一口粥："我以为你会问我刚才为什么帮你撒谎。"

高佳艺被呛到。

她瞪他，这家伙真是聪明！明明知道这个问题她就算有心问也不会真的问出口！

可是他越是这样避而不谈，和曲梦洁越默契，越让她怀疑这里边有猫腻。

到底是什么原因让他突然回心转意？

"该不会是因为我吧？"高佳艺放下手里的粥，看向他。

对，她就是想诈一诈他。

吴三生睫毛微微闪动，夹了一点儿小菜放到碗里："就是因为你。"

高佳艺愣了："什么？"

"你一直在找那个人，试图在我身上找到那个人的影子。曲梦洁说如果我接受她的专访，她就帮我'解决'你。"

高佳艺皱眉："解决我？"

吴三生低着头认真地喝粥："你对我这么关心，不也是因为你觉得我是那个人吗？"

高佳艺的胸口被一块石头压住了："你觉得我关心你是因为把你当成了他？"

"难道不是吗？"吴三生抬头，神情冷到极致。

高佳艺语塞，只觉得脸被狠狠地抽了几下。

她没办法说不是，但也没办法说是。

她假装和他是男女朋友关系，是因为心底的那份不甘心，不想离开老家，想尽办法摆脱秦学东过来是因为担心他，这种复杂的感觉让她很难受！

她把筷子扔到地上，转身就走。

吴三生听到门"砰"的被甩上，脸上的表情一点点松弛下来，望着她离开的方向眉头紧皱。

用"解决"这个词太重了吗？

不，重一点儿才好，这样她就可以放下执念，回到自己的生活中。

如果她不主动问出那句话，他也需要找个时机来给她这样“狠狠一击”，所以只是早晚的问题。

他和她……走得太近了。

那晚他不应该去海边，不应该喂她吃东西，刚才也不应该配合她，更不应该把她留下来吃饭……

他居然不知不觉做了那么多不应该的事情。

“吴三生，你到底怎么了？”吴三生往椅背上靠去，惊出一身冷汗。

幸好，授课到明天就结束了。

明天离开这里之后，就不会和高佳艺有什么交集了。

吴三生上床，强迫自己睡觉。

高佳艺回到家，秦学东已经双手抱臂坐在庭院里严阵以待。

可是秦学东还没发火，就看到了高佳艺满脸的泪水。

“你怎么了？”秦学东心下一紧，责问也变成了关心。

“没什么，风太大，迷了眼。”高佳艺嘴硬道。她不是爱哭鼻子的人，但是从吴三生住的宾馆出来，她的眼泪就止不住地往外涌，越是擦就哭得越厉害，根本控制不住。

“少蒙我，到底怎么了，是不是有人欺负你？”秦学东扳过她的肩膀，上下打量她，“你受伤了吗？还是……”

“没有没有，都说了，是风太大！”高佳艺仿佛是被刺激到了，不耐烦地大声道。

秦学东盯着她，脸色僵住，空气瞬间凝滞。

高佳艺用手背再一次擦拭眼角的泪水，越过他往前走，忽然听到秦学东低声说道：“是吴三生吧。”

听他突然提到吴三生，高佳艺的心猛地震了一下，扭头。

秦学东道："裴子东都跟我说了，你和他是男女朋友关系。你去学校接他下课，他去海边派对上接你。"

高佳艺愣在原地不知所措。

该死，裴子东那个大嘴巴，她怎么忘了这一茬……

"高佳艺，你名堂挺多呀。"秦学东怒极反笑，"来这里度个假，给我度出个男朋友来。还是说你早就和他有关系了，这次度假就是特意为了他来的？你们到了哪一步了，你们……"

秦学东连珠炮一样的追问，让高佳艺感到窒息。眼见他越说越离谱，她忍无可忍地抬脚踢他的膝盖。

秦学东捂住膝盖，吃痛地低呼出声。

高佳艺这才觉得好一些。

"我明天就回去。"她深吸一口气，沉声道，"所以别再问了。"

秦学东捂着膝盖，就这么看着高佳艺快步走向二楼，进了自己的房间。他的急躁和担忧不断洇开，泛滥成灾。

高佳艺这分明就是动情的表现，他从来没见她哭得这么伤心过。他看得出来，她不想哭，却控制不住眼泪。他很清楚，那个人对于高佳艺来说就是劫数，只是，怎么会是吴三生呢？

该死，他到底错过了多少？

秦学东懊恼地抓抓头发，没有任何一刻比当下更让他觉得后悔，后悔让高佳艺出来度假。

如果自己没有心软，或许就不会发生这些事了。

他拿出手机打给曲梦洁，那头很快就接起来："喂。"

"出来一下，我有话和你说。"

"好啊。"曲梦洁答应了，约他去镇上的一家酒吧。

秦学东轻轻地锁上门，骑上门口的自行车。

镇子很小，酒吧也只有一间，是个留学生回来开的，装潢不错，环境优雅，是个供人歇脚喝酒聊天的地方。

曲梦洁在靠窗的位置坐着，手里握着一罐啤酒，看上去意兴阑珊。

她今晚和秦学东一样心情不好——她在宾馆外等了一会儿，果然看到高佳艺出来。她意识到那两人最终还是遇上了。

她不确定他们进展到了什么程度，但可以确定的是，高佳艺并不知道吴三生就是她要找的那个人，不然吴三生也就不会继续接受她的采访了。

这是唯一一点让她好过的地方。而这唯一的一点，让曲梦洁不得不去正视另外一点——她好像喜欢上吴三生了。

她在房间里照顾他时，他一直礼貌地和她保持着距离，就连接水时都刻意避开和她的触碰，不和她说一句多余的话，见缝插针地赶她走，可是他却可以和高佳艺贴得那么近。

从房间的门缝下，他们相对的脚她看得清清楚楚。

他对高佳艺的态度和对她的不同。

曲梦洁反复回想着这份不同，心中闷到只想喝酒。

“你在发什么呆？”秦学东在她身边坐下。

“哦，没什么。”曲梦洁回过神来，“我只是在想……喜欢一个人是什么感觉。”

秦学东看她一眼，对服务生说：“给我来一杯鸡尾酒。”

服务生应声而去，秦学东轻声叹息道：“喜欢一个人，大概就是变得不像自己。失控、发狂、别扭、生气、不知所措。”

秦学东端起酒杯一饮而尽。

“你在说谁？”曲梦洁侧身而视。

“佳艺刚刚从吴三生那儿跑回来，哭得很伤心。”秦学东扭头看向曲梦洁，“你知道他们俩的情况吗？”

曲梦洁收回目光，又喝了一大口啤酒：“是吗？”

秦学东闷闷地把酒杯拍到桌上：“我没想到佳艺会喜欢上别的男人！”

“你是没想到她会喜欢上除了那个人之外的男人，还是没想到她喜欢的不是你？”曲梦洁苦笑。

秦学东对高佳艺的在意，既包含了教练对运动员的照顾，又超出了这层身份。她算是半个见证者，秦学东对高佳艺的宠爱，对高佳艺的严厉，对高佳艺的守护，她都看在眼里。

十四岁那年高佳艺差点儿丧生大海，对高佳艺来说是个跨不过去的坎，对他来说也是一个坎。

秦学东心里是有高佳艺的。

秦学东蓦地看向曲梦洁，半晌，他缓缓扭过头看向窗外，将服务员续上的酒再次一饮而尽。

“佳艺明天就要和我回基地了。”他放下酒杯，起身，“你真的确定，吴三生不是那个人吧？”

曲梦洁很轻很轻地“嗯”了一声。

秦学东推门离开。

曲梦洁握着手里早就空掉的啤酒罐，心里怅然若失。她一个人藏着这个秘密，原以为只瞒着高佳艺就好，可是现在看来……像是要瞒着全世界了。玻璃罩暂时可以框住真相，可一旦玻璃罩碎了，她就会被真相刺伤。

曲梦洁垂眸，第一次有些看不起这样的自己。

第二天一早，高佳艺就被秦学东从床上拽了起来。

“快，起床，跑步去。”

“秦学东你是不是疯了？现在不是在基地！”

“我没在的时候哪里都不是，我在的时候哪里都可以是！快点儿，少废话！这几天你偷懒得身上都长膘了！快点儿！”

外人看来秦学东彬彬有礼、恪尽职守，在高佳艺看来，他是把魔鬼的一面都留给她一个人了。

昨晚，她辗转反侧，后半夜才勉强入睡。现在被直接拉起来，头都是炸的。

十分钟后，高佳艺头戴发箍，穿着连体运动服，被拖出家门。

秦学东在前边领跑，不时催促她快点儿。

高佳艺哭了半夜，眼睛肿得跟两个蜜桃一样，她艰难地睁着眼看向秦学东，不解地问道："我不是说了今天回去吗？"

回去后再好好训练不行吗？为什么非要这样？他又是哪根筋不对了？

秦学东："晨跑是晨跑，回去后我自然会给你加训的。"

其实他是想借此来化解他们两个人之间的尴尬，也想要转移掉她的注意力。消耗掉体能是最好的情绪排遣方式。等一下吃完早饭，就直接上车走人。高佳艺会在车上把早上没睡成的觉补了，等回到基地，就会像什么都没发生过。

海风轻轻地吹过，把头发刮到高佳艺的嘴里，连头发都带着咸咸的味道。高佳艺吐了吐舌头，把头发从嘴巴里拿开，强迫自己迅速进入状态。

就这样，她看到了从对面跑过来的吴三生。

吴三生旁边还跟着曲梦洁，曲梦洁拿着手机，一直记录着他奔跑的样子。

他也来跑步。而且也是来这一带跑……是巧合吗？

不，这个镇子就这么大，仅仅就是这里适合晨跑而已，没什么巧合不巧合的。

彼此的距离越来越近，高佳艺在短暂地放缓脚步后重新恢复速度。她努力不去看他，跑在秦学东的左侧。昨晚他对她说的伤人的、冷漠的话，全部回响在耳边。高佳艺强行压住内心的生气和难受，一点点地接近着跑过来的他。

而吴三生就像没有看到她一样，丝毫没有减速就直接往前跑去。就在高佳艺落寞地低下头想要加快速度时，秦学东竟停了下来："吴三生。"

吴三生跑出去一段后停下。

他缓缓转身，秦学东快步上前揪住了他的衣领，速度之快让所有人都没有反应过来。

高佳艺愣了一下，赶紧上前抓住秦学东的手："秦学东你做什么？"

"不要招惹高佳艺，她没工夫也不可能陪你玩！"秦学东冷冷地、一字一句地警告。

吴三生盯着秦学东没说话。

高佳艺拼命想要掰开秦学东的手，可是徒劳无功："秦学东你放手！"

"她才二十岁，思想单纯，什么都不懂，只是把你当成了她想要找的那个人而已。你如果敢乘人之危，再惹她哭，小心我对你不客气！"秦学东甩开他的衣领，不忘捶了他一拳。

吴三生结结实实地受了这一拳，不生气，不反抗，只是平静地理了理衣领，淡淡地问："我可以走了吗？"

秦学东瞪着他没说话。吴三生转身，一句多余的话都没有，继续跑步。

高佳艺觉得自己没面子极了。

秦学东："佳艺，我们……"

"你个神经病！谁让你去找他麻烦的？"高佳艺狠狠地推了他一把，拼命往前跑去。

"佳艺！佳艺！高佳艺！"秦学东在后边喊她。

秦学东的声音渐渐远了，吴三生只觉得阳光落在眼里格外刺眼，他跑着跑着停了下来，用毛巾擦拭额头的汗。

曲梦洁关切地问他："你没事吧？"

他放缓气息，没有说话。

昨晚她哭过了，因为他。他无心伤她，却还是伤了她。刚才秦学东恶狠狠的一拳让他好过不少，虽然这样的冲突在他的意料之外。

就当是他们之间最后的告别吧。这样，就好。

他扭头看向曲梦洁："你应该采访得都差不多了，回去吧。"

"你今天课程结束，我跟你一起回去啊。"曲梦洁笑。

"不必。"

"既然你也这么难过，为什么不告诉高佳艺，你就是她要找的那个人？"他的冷淡让曲梦洁觉得心有不甘，她上前两步问道。

这个问题，她一直放在心里没问过他。起初她只是想让他接受采访，便直接拿皮卡丘威胁他，后来因他不怎么心甘情愿的配合，她忽然就很想知道他隐瞒的原因，只是这个和采访内容无关，她无从问起。

刚才，她在他眼里看到了悲伤和失落。

和高佳艺闹了别扭，他分明也在难过着。

“曲记者，这和采访无关。”吴三生黑了脸，一字一句，如同刚才秦学东那样警告道。

这是这两天来他第一次生气。他的表情太过吓人，曲梦洁张了张嘴，一个字也说不出来，就这么眼睁睁地看着他离开。

不过曲梦洁不是高佳艺，她能当外景记者，并且在一众男同事中杀出一条血路，她也不是吃素的。吴三生如此大的反应，就等于间接告诉她这里边有故事。她拿出手机翻到邢镇的电话，打了过去：“喂，邢镇啊，你家老大让你来接他呢。对啊，我给你发定位哈。”

另一边，高佳艺跟秦学东彻底闹翻。

“我说了多少遍了，昨晚我哭不是因为他！你干吗找他麻烦？秦学东，你别以为你是我教练就可以随便干涉我的生活！这里不是基地，你别拿你教练的身份来压我！”

“你昨晚还说你是风大迷了眼睛，怎么，现在又承认你哭过了？”

“你……”

“是我去找他麻烦吗？你也看到了，是偶然相遇。”秦学东摊手，不接受高佳艺乱扣的帽子，“既然遇到了，警告他几句怎么了？”

“谁让你警告了？你弄得、弄得好像他骗了我一样！什么叫招惹我？什么叫乘人之危？”高佳艺炸锅了，“我已经二十岁了，我知道我自己在做什么。秦学东，我不是小孩子！就算他不是那个人，我和他交朋友又怎么了？”高佳艺高分贝的声音吓走了围墙上的麻雀。

一时间，满园寂静。本来费尽心思想要和解，还是在一瞬间一败涂地。秦学东站在高佳艺的面前，看着她无比生气的样子，开口道："就算他不是那个人，你还是喜欢他。是这个意思吗？"

这就是他们之间的相处模式。有一个人情绪激动时，另一个就会格外的冷静，冷静地找出对方的漏洞。但往往都是秦学东占上风。比如现在，他意简言赅地总结出了她内心真实的想法。

"你怕我这样的警告让他彻底不来找你了，是吗？"秦学东目光凌厉，"不然你这么生气做什么？"

"我懒得和你说。"高佳艺不耐烦地摆手，往楼上跑去，"我去收拾行李！"

秦学东忽然想起曲梦洁说的话，忍不住在心里再次问自己，他这么冲动，又到底是因为什么呢?

身为她的教练，他有义务保护她；身为她的青梅竹马，陪伴就是他与她之间的所有，他从没想过其他可能性。习惯是可怕的，可怕到他不想去思考，也不必去思考。

但当高佳艺喜欢上别人时，他真的开始慌了。

高佳艺拖着行李，没再和秦学东说一句话，默默地坐上大巴车，默默地生气。秦学东也没有主动和她说话，而是在她身边坐下。大巴车很快开动，在出镇的路上的第一个红绿灯前停下，她扭头看向窗外的时候，邢镇的车正好在旁边停下。副驾驶座上坐着的不是别人，正是吴三生。

他抱着背包静静地坐着，似在出神，又似在思索着什么。

这时坐在后座的曲梦洁俯身上前，贴在椅背上给他递上奶茶。

吴三生回头时，高佳艺迅速收回了目光。红灯变绿灯，邢镇的小轿车先一步发动，高佳艺艰难地咽了咽口水，鼻子又不争气地发酸了。

她和他之间，原本明明是向着美好前进的，是从什么时候开始转变成另一个方向的呢?

是从小东子掉海里的时候，还是曲梦洁出现的时候?

那个晚上的海滩，他出现在众人面前，真的如他说的那样，是因为曲梦洁的缘故？不，她不信。她为了瞒曲梦洁，躲进他房间，他为什么会帮她一起隐瞒，又为什么留她一起吃饭？

高佳艺咬住嘴唇，咬着咬着尝到了一股咸咸的血腥味。

她突然觉得好累好累。这种疲惫的感觉是她加训一整天都不会有的。

她隐隐明白了秦学东说的不能被感情所累，是怎么回事了。

第六章

有你在，我什么都不怕

一回到基地，高佳艺就进了体育馆。不用秦学东开口，她就主动进入加训模式。

被秦学东找来帮忙看着她的英子，一来就感觉到了高佳艺和秦学东两个人之间的奇怪气氛，她怯怯地答应下来，看着教练离开，又去看与自己较劲一样倒地举哑铃的高佳艺。

英子：“佳艺，你……休假回来了？”

高佳艺没应声。英子挠挠后脑勺，她问了一句废话，但也不敢问得太深入，便又说：“你……没事吧？”

“我能有什么事。”高佳艺用眼神示意她闭嘴。

英子无奈地吐吐舌头，索性就地坐下，帮她记录运动数据。

高佳艺死死地盯着体育馆上方炽热的灯光，恨不得把自己逼到极限。想到以后没有理由再去见吴三生，想到秦学东问的话，她的心就像被架在火盆上烤那样难受。

“呕——”脑子里空白一片，身体进入高强度锻炼，几个钟头后高佳艺翻身干呕出声。

英子吓得连滚带爬地过来：“佳艺，佳艺你没事吧？”

“小点儿声……”高佳艺脸色苍白地低喝道，“我没事……”

“可是，你……”

她捂住英子的嘴：“英子，帮我做件事好吗？”

十几分钟后，英子回来了。她走到挨着凳子坐在地板上的高佳艺跟前，十分犹豫要不要把怀里的东西拿出来：“佳艺……”

高佳艺伸手。

英子轻叹了口气，小心翼翼地从怀里拿出一瓶啤酒来：“我去餐厅偷来的，只有这个，你悠着……”“点”字还没说完，高佳艺就把啤酒拿过去打开，咕噜咕噜喝了起来。

英子捂额头，不敢直视。她真是倒了八辈子血霉了，摊上这么个队友。运动员偷喝酒，这可是绝对的禁忌。

英子咽了咽口水：“高佳艺，你别连累我被秦队开了，那样我真是要跳楼了，到时候变成鬼都不会放过你的。”

“我知道。”高佳艺看向远方淡淡地回道，“我只想一醉解千愁。”

你知道什么。英子心里暗骂着盘腿坐下：“你这个样子别告诉我是失恋了。”

高佳艺承认得倒很痛快。

英子瞪圆眼睛，倒吸一口气：“就是那个……你给他偷打电话的人？”

高佳艺一直陷在自己的悲伤里，没有细想英子的问题，便“嗯”了一下。

英子挠了挠头：“那……为什么分手？”

高佳艺被“分手”这个词给逗笑了：“分手？什么分手，他根本就没喜欢过我。”

英子又挠了挠头，眉头皱紧：“哦……所以你是单恋？”她不太会聊这种问题，只能顺着话头往下问。毕竟运动员在基地里每天除了训练就是训练，生活枯燥单调，她也不知道喜欢人是什么感觉。

高佳艺没说话，眼神黯淡。以前她从未想过“单恋”这个词会有多伤人，只有自己尝试后才知道原来这么伤人。

英子从没见过她这么沮丧的样子，思索着要不要安慰一下："你看你，你可是我们基地里最美的一枝花，都上了新闻了，大家都说你是射箭界的超级美少女，怎么可能有人不喜欢你呢？对方是骗你的吧？你太好了，他不敢说喜欢。"

高佳艺怔了怔，耷拉着的脑袋像被从水里打捞起来的一样，她扭头看向英子，问："是吗？"

英子无语，她也就是……随便说说。

高佳艺迷茫的眼睛里闪过短暂的光亮，又迅速黯淡："不可能的，他躲我都还来不及……"说着她又喝下一大口啤酒，整个人颓废到不行。

英子郁闷了，觉得自己该做点儿什么。

救援基地，邢镇坐在电话旁正对着电脑玩游戏。

电话响了，邢镇接起夹在脖颈处："喂，这里是飓风救援队。"电话那头没有人说话，"喂？有人听吗？这里是飓风救援队。"

"请问……你认识高佳艺吗？"英子怯怯地问。

听到高佳艺的名字，邢镇的注意力立刻从电脑屏幕上挪开了："你说。"

邢镇的聚精会神立刻让英子有了底气："所以你是这电话的主人对吧？你为什么不喜欢高佳艺啊？你知不知道她为了你难受到喝酒买醉啊？我都快要被她给害死了！你……"

邢镇听得一愣一愣的，就听见电话那头英子一个劲为高佳艺抱不平。小梁走过来，看到邢镇一直拿着电话，表情也有点儿不对劲，便问："怎么了？有什么事吗？"

邢镇张了张嘴，不知道该怎么说。

电话那头英子听到了女人的声音，了然道："哦，怪不得呢，原来你已经有女朋友了？你已经有女朋友的人还和高佳艺联系什么？渣男！别再出现在高佳艺的面前了！"说着，英子"砰"一声把电话给挂了。

"喂喂喂？"邢镇还要试图说些什么，就听到电话那头嘟嘟的忙音。

邢镇想了想，起身示意小梁在这儿坐着，他去找吴三生。

小梁一头雾水的询问声在身后响起："到底是怎么回事？"

是啊，到底是怎么回事？吴三生授课回来也是闷闷不乐的，邢镇怎么问他都闭口不言，本来还觉得奇怪，现在佳艺女神的队员透露了这个情况，不是太过巧合了吗？

难道说吴三生和高佳艺发生了什么？

邢镇快步小跑回到宿舍，没见到吴三生，但门没锁，床上放着换下来的衣服，他往浴室走，果然听到里边传来哗哗的水声。

邢镇走进去，看着站在淋浴头下的吴三生，轻唤了一声："喂。"

吴三生扭头眯眼看了一眼。邢镇没有说话。

吴三生用手擦了一把脸，看向沉默的邢镇："怎么了？"如果是有任务，他不会是这个叫法。

邢镇："你这两天去那个福源镇，真的只是去上课了？"

吴三生关上淋浴，拿过毛巾："不然呢？"

"高佳艺。"邢镇突然抛出这个名字。

吴三生的动作顿了一下。

"你见过高佳艺了，对不对？"邢镇更加确定了。

吴三生把毛巾裹在下半身，推门走出来："你到底想说什么？"

"人家现在为了你喝酒买醉，喝得不省人事。"邢镇上前想要揪住他的衣领，但是没地方揪，只好握拳捶他的胸，"你到底对我的佳艺女神做什么了？"

这一捶，像极了秦学东在海边的那一捶。

吴三生皱眉："你怎么知道她喝醉了的？"

"我怎么知道的？人家的电话都打到这里来了！"邢镇没好气地看着面前这个一直很尊敬的大哥，觉得有些看不透他了，"你不是不想和她有瓜葛的吗，为什么又和她见面了？你说话呀！"

他本以为回来后就不会再和高佳艺这个名字有所牵连，可是这才过了多久，所有的努力就好像全白费了。吴三生有些烦躁地推开邢镇，往外走去。不管是邢镇的追问，还是浴室里的水雾，都让他觉得压抑。

邢镇不依不饶地追问："吴三生，你该不会是在欲擒故纵吧？"

吴三生皱眉，将换上的衣服拉链拉到胸口，抬头对上邢镇审视的目光："你说什么？"

邢镇张了张嘴，一时间被吴三生的气场给压住，别扭地嘟嘟嘴，但还是大着胆子辩驳道："难道不是吗？佳艺女神要找的人就是你，可你却假装不是。既然不是，你又干吗去招惹她？"

吴三生无奈地叹了口气："我没有。"

"我去那边授课，正巧碰到她在那里度假，就是这样。"吴三生穿上裤子坐下，补充道，"不是你想的那样。"

邢镇还想说什么时，就听到他说："阿镇，以后她的电话你不要接。"

她？高佳艺吗？邢镇皱眉，用力踢开门，转身离开。

吴三生看见麻雀在窗外跳了跳，对上他的目光后迅速飞走。他感觉自己的心也被带走了。

高佳艺居然大白天喝醉酒，秦学东会责骂她吧，看他那个护短的样子，她应该不会有什么问题。

这个傻瓜，为什么要学别人喝酒呢？

他不由得想起上次在饭馆时某人一杯倒的模样……

咚咚咚，有人叩门。

吴三生回过神来，是小梁："老大，外头有人找。"

吴三生想了想："曲梦洁？"

小梁摇头："不是，是……"

"不管是谁，我都不见。"吴三生不等小梁说完，打断道，"你去帮我回了吧。"说着，他躺下，用被子盖住脸。

小梁为难地扯了扯嘴角，只好转身离开。

不一会儿，一只手粗暴地把吴三生盖着的被子一把扯开，直接揪住他的衣领，把他从床上拉了起来："臭小子，你不见谁呢？几个月不见，你摆谱摆得挺大嘛！"

吴三生怔了怔，定睛一看，半晌才反应过来："爸……"

老吴身体强壮，大手从他的衣领上挪到他的脸上，轻轻一拍，朗声道："还知道你老子我啊！"

吴三生看向门口，小梁扶了扶鼻梁上的眼镜，一溜烟地跑了。

"爸你怎么来了？"吴三生只觉得自己被小梁摆了一道，他怎么也没想到，远在老家的老吴同志会突然出现。这可是成天只顾着和夫人到处游玩的主，突然出现实在奇怪。

"来看看你呗。"老吴双手背在身后，一头浓密的短发，零星有几根白的，一点儿也看不出是刚过了五十五大寿的人。他双手空空的，左瞧瞧右瞧瞧。

吴三生觉得不对劲："是家里有什么事吗？"

老吴伸手对着他的脑袋又是一拍："我和你妈好着呢，能有什么事！"

吴家一家，单看吴三生是看不出他有个这么活泼的爸，和一个多愁善感的妈的。

"倒是你，你没什么事吧？"老吴挑眉打量他。

吴三生更加觉得不对劲了："我能有什么事。"

"哦，这样啊，那就好。"老吴点点头，"来都来了，我在你这儿住几天。"

"爸，我随时都会出任务，陪不了你的。"

"我有什么好陪的。"老吴摆摆手，"你有任务就出你的任务，我不用你操心的。"

吴三生满脑子都是问号，不过容不得他多想，刚才跑出去的小梁再次回来，这次神情严肃："老大，要出任务了。"

吴三生拍了拍老吴的背："爸，我走了。"

说完他飞快地跑向大厅。其他人已经在井然有序地换衣服拿工具，吴三生看向邢镇："什么任务？"

"高校有人跳楼，120 那边救护车已经派出去了。"

"这次你来主持任务。"

邢镇不吭一声，转头就往外走。

吴三生无奈，这臭小子，看来是要为高佳艺和他别扭到底了。

大家迅速集结，出发去救援地点——某高校体院。

一个男生站在教学楼楼顶天台的围栏上摇摇晃晃地来回走动，学生们仰着头，在草地上围观着。他每移动一点儿楼下的人就跟着一阵尖叫。

邢镇带人迅速往楼上赶去，吴三生则在人群中迅速收集男生的资料——这个男生是举重系的学生，名字叫赵磊，性格内向，平时训练十分努力，也代表学校参加了不少体育比赛，但名次都很一般。最近他突然被举报服用兴奋类药物，今天学校要对他做出处理，他一时激动就上了天台。

吴三生退出人群，拿出伸缩望远镜，调到最大的焦距，清晰地看到了赵磊的脸。

他满脸通红，瞳孔放大，神情异常地兴奋，似乎服用了药物。

这时赵磊突然大叫起来："我要见我的女神，女神——我要见我的女神——啊——女神你在哪里！"

吴三生微微皱眉，这时腰间的对讲机响了，是邢镇："我已经到了天台，他情绪很激动，不允许任何人靠近。他说要见他的女神。"

吴三生看向人群里赵磊的老师："他说的是谁？"

老师是个三十多岁的女人，一脸茫然，给不出答案。

这时人群中有几个低低的声音响起："他说的应该是……高佳艺。"

"对，对，应该是高佳艺。"

"什么？"吴三生以为自己听错了。

"就是那个射箭的，最近很火的射箭冠军美少女。"有人以为吴三生不知道她是谁，便拿出手机迅速翻出视频，给他看高佳艺的视频。

吴三生心里说不出是什么滋味。

那头邢镇的声音又传来了："有问到吗？"

"你告诉他，他的女神马上就来。"吴三生深吸一口气，"他应该是服用了药物，现在神志不清，你努力拖延时间。"

邢镇说好。

吴三生抬头，看到一直冲着楼下叫嚣的赵磊把脸转向了邢镇那头。

时间紧迫。吴三生迅速在脑子里思索起来，从这里开车到训练基地，来回一趟最快要二十分钟，赵磊现在这个情况也不知道能不能挺过二十分钟。

没时间浪费了。

吴三生让老师去把学校的领导找来，向赵磊表示他服用药物的这件事，学校会考虑重新调查，以此来安抚住他，尽量拖延时间。老师和学生们连连点头。

吴三生迅速开车赶往训练基地，却在门口被保安拦住，为了争取时间，他飞身越过了电动门径直往里边跑去。

保安一边吹哨一边叫其他同事前来帮忙，不多时，就有好几个穿着制服的保安大叔从四面八方赶过来，要把擅闯的不速之客给抓住。

怎奈吴三生跑得跟一阵风一样，迅速跑到了主楼区。

那天把高佳艺送回来时，他曾经远远地看过秦学东带她回去的路线，所以他应该能找到高佳艺的活动区域。

说来也巧，秦学东处理完办公室的事，想要去看看待在体育馆训练的高佳艺和英子怎么样了，正巧被吴三生看到。吴三生跟着他到了体育馆，就这样看到两个抱着啤酒瓶在抢着喝的、完全失态了的女生。

秦学东先是一怔，随后勃然大怒，正要上前好好惩治时，吴三生从后边跑过来，一把抱起了高佳艺。

秦学东大惊："你做什么？你从哪儿进来的？"

"我有急事要借用一下高佳艺。"时间紧迫容不得吴三生解释。

秦学东抓住吴三生的胳膊，挡住他："你是不是疯了？把人放下！"

吴三生皱眉，直接冲了过去。英子惊呼出声。

吴三生抱着高佳艺迈步往外跑。

秦学东咬牙："可恶，吴三生你给我站住！"

英子喝了两口酒，坐在地上还没回过神来，半晌，看着眼前人去楼空的一幕，缓缓眨眼："哇……好帅啊。"

一时间，保安、秦学东，都围上来阻拦吴三生。

高佳艺并没有醉得失去意识，处在半清醒状态，她在颠簸中看到了吴三生的脸。她想伸手触碰他的脸，却在快要触碰到时停住了："我是在做梦吗？"

梦是不能触碰的，一碰就会醒。如果这是梦，她不想醒来。

吴三生看了她一眼，抱着她的手臂更紧了一些。

"站住！你给我站住！"身后的叫喊声时远时近，高佳艺微微蹙眉，被箍紧的身体、震动的耳膜都似乎在提醒她，这不是梦……

"我现在很需要你。"吴三生说。

我现在很需要你。我现在很需要你……我现在很需要……你？

高佳艺缓缓睁大蒙 的双眼，吴三生的脸很清晰地在她眼前颠簸，她的心也在这颠簸里起伏，他们离大门越来越近，身后，保安和秦学东正在追他们！高佳艺的酒彻底醒了。她现在正被吴三生抱在怀里狂奔！

她心跳过速，思绪停滞！这究竟是怎么回事？回神间，高佳艺已经被扔进了车子里，吴三生轻声命令道："系上安全带！"

她完全无法思考，机械地服从命令，只听"咔嚓"一声响，安全带被扣上，瞬间，车子就如离弦之箭冲了出去。

高佳艺眼睁睁地看着后视镜里的秦学东和保安们被甩在身后，问："我们这是要去哪儿？"

"去救人。"吴三生看着前方，意简言赅地给她解释情况。

"去救人？"高佳艺怔了怔，把手按在胸口，不解地看向他，依然没有明白过来。

“有人跳楼，他点名要见你。”

原来如此。这回她听明白了，但高佳艺的脑子依然嗡嗡作响。如果不是因为这样，他也不会出现吧。

高佳艺的目光始终没离开过他，不知道是不是酒精在作祟，看到他的瞬间，她的心跳如此强烈。她以为不会再见到他了。没想到冥冥之中就好像有一根线牵引着，他们仍会再次相见。

她还沉浸在不可思议中，只听吴三生道：“坐稳了。”

高佳艺微微一怔，车子瞬间加速，她看向后视镜，天哪……秦学东开车追了上来。高佳艺抓紧扶手，看到吴三生把油门踩到底，不一会儿就把秦学东的车子甩在了车流中。

很快到了体院，吴三生拽着高佳艺的手就往里跑。

原先围观的人群中已经有了警察的身影，天台上的赵磊正在歇斯底里地咆哮，情绪到了崩溃的边缘。

吴三生拉着高佳艺走过去，拍了拍其中一个警察：“当事人要见的人来了，请放我们进去。”

高佳艺道：“我是高佳艺。”

众人循声望去，纷纷惊呼出声，并拿出手机对着高佳艺不停地拍。

警察放行，高佳艺跟着吴三生进到里边，坐电梯上去。

电梯门关上，高佳艺忽然听到他说：“别怕，就是让你露个脸，吸引他的注意力。”

“有你在，我什么都不怕。”高佳艺扭头说。

吴三生没再说什么，也没再看她。

他想要去牵高佳艺的手，但到底还是没有勇气这么做。

很快，电梯升到最高层，门开了。他们走过一段黑暗的楼梯抵达楼顶。铁门被推开的一刹那，高佳艺下意识地眯了一下眼睛。

警察以及谈判专家正在积极营救，邢镇和几个队员也在一边配合。

本来警察是想让邢镇他们下去的，但是赵磊激动地要见高佳艺，邢镇他们充当联络者，为了稳定当事人的情绪，警察示意邢镇他们继续做安抚工作。

见有人来了，他们扭头，目光落在高佳艺身上，眼中立刻都充满了期待。

吴三生冲赵磊喊道：“赵磊，你的女神来了。”

这句话很管用，赵磊弓着的身体一下子定住，扭过来。

高佳艺现身，一下子被赵磊那满是汗的狰狞的脸吓到了。

吴三生的手适时地托住她的背，在她身后低声道：“保持镇定，微笑，和他打招呼。”

高佳艺咽了一口口水，按照他说的抬手：“你好……赵磊，我是高佳艺。我来了。”

赵磊的眼睛瞪得大大的，似乎并不相信自己所看到的，他想要上前，但又警惕地没有动，他的头微微转动：“佳艺……”

高佳艺慢慢跨步上前：“是我，你不是要见我吗？我来了。”

赵磊脸上的狰狞慢慢褪去，委屈涌上来，居然哽咽起来：“佳艺……你终于来了……呜呜呜……你终于来了……”

高佳艺被他这个样子吓到，但还是强装镇定地和他继续说话：“你先下来好不好？我、我恐高。你先下来，我们好好说话。”

不知什么时候，吴三生已经没有站在她身后，而是绕到了一旁，此时赵磊的注意力全都被高佳艺所吸引，并没有发现有一个人在慢慢朝自己靠近。

吴三生穿戴好绳索，另一端由邢镇系在地上的扣锁上，拖着绳索，他小心翼翼地靠近赵磊。

赵磊在栏杆上蹲下来，说话开始变得颠三倒四：“佳艺你知不知道我有多想你？我好想你啊……我做梦都想见到你，我写了很多封信给你，可是你都没有回……我对你毫无保留，我拼了命地想得奖，那样我就可以见到你了……”

吴三生腰间的绳索逐渐绷紧，就在他快要接触到赵磊的时候，不知道是因为高佳艺没有及时回应，还是她的眼神出卖了他，尽情述衷肠的赵磊突然发现了不对劲，重新站起来："你干什么！"

猫着腰的吴三生已经只差两米就能扑过去抓住他了，可还是功亏一篑。他立刻伸手作投降状，试图稳住赵磊的情绪。

可是事与愿违，本来因为高佳艺的到来而安静下来的赵磊，立刻变得跟一个发威的刺猬一样："你骗我？你们都骗我！"

邢镇和在场的所有人全部倒吸了一口气，跟木偶一样僵在原地一动不敢动。

高佳艺伸手大喊道："不，他是我请来帮忙的。我们都是来帮你的，不是来骗你的！"

"你真的想这么跳下去吗？那你可就再也见不到我了。"高佳艺一边说一边看向吴三生，吴三生冲她轻轻点头，肯定了她当下的说辞，这让她更有信心，她想了想，继续道，"我之所以来见你，就是因为知道了你的委屈，我是来帮你的。如果……如果你不想接受我的帮助，我真的会很伤心的。"

赵磊的情绪似乎稳定了一些。

高佳艺暗暗庆幸她说的话还有些用处。

赵磊突然侧过脸，声音十分平静道："好，我接受你的帮助，你过来。"

高佳艺怔了怔。

"你不是说要帮助我吗？那你过来。我只准你一个人过来。否则，我就跳下去。"赵磊的脸只侧过来三分之一不到，但那冷漠的声音和神情无一不显示他已经不相信任何人的话。

她看到吴三生冲她轻轻摇了摇头，身后的邢镇也说道："下面已经放好了气垫，你别过去，他现在很危险。"

高佳艺知道，她可以不过去，但是一个人的生死就在眼前，万一赵磊没有跳到救生气垫上，那她就是见死不救。已经到这一步了，她似乎没有退缩的理由。眼前忽然闪过吴三生猛踩油门说要救人的脸，高佳艺深吸一口气，应声说好，并朝赵磊走了过去。

所有人的心都往下一沉，看着高佳艺把手伸过去，和赵磊越来越近。而赵磊也慢慢地把手抬起来，似乎要伸向高佳艺。

“来，跟我……”说时迟那时快，高佳艺在握住他手的瞬间，突然被他拉了过去！

赵磊的力气很大，像是一个黑洞，瞬间将她吸了过去！等她反应过来的时候，赵磊已经飞出了栏杆，而她的上半身也越了出去！高佳艺看到底下所有人都捂住了眼，纷纷后退，她好像还看到了秦学东的脸。

在那一瞬间，离他们最近的吴三生扑过去抓住了她的腰。眨眼的工夫，三个人像是被抛出去的一串锁链。

冲过来的邢镇试图抓住吴三生的腿，但是绳索下滑得太快了。他身后的兄弟本能地抓住了绳子，三个人才终于在极速下坠了一层后，卡在了从上往下第二层的楼层。

眼睛泛红的赵磊狂声大笑，死死地抓着高佳艺的手说道：“我们一起死，一起死吧！女神你就永远是我一个人的了，哈哈哈哈……”

高佳艺感觉自己的身体被拉长到极限，几乎要被撕扯成两半。她痛苦地皱眉，艰难地回头看去，看到了吴三生坚定的目光。

恍惚间，她听到他说：“别怕，坚持住。”

高佳艺痛苦地说：“不行，我的手……”

吴三生皱眉，赵磊大概有近一百五十斤，这样下去高佳艺的手就要废了，而邢镇他们虽然人多，但是要想把他们三个一起拉上去，需要花费的时间会很漫长。吴三生看到底下的安全气垫被挪了过来，他果断地冲邢镇道：“放手。”

“啊？”邢镇正在拼尽吃奶的力气拉住他们，听到这话一时没反应过来，还在让同事加油用力。

吴三生大喝：“放手！”趁邢镇发怔间用力一踹，接着他们三人一起直直往下坠去。

周围什么声音都有，有邢镇大喊“三生”的声音，有下边此起彼伏的尖叫声。

吴三生在坠落的过程中紧紧抱过高佳艺，抬脚踹向赵磊的腋下。

连成一串的三个人瞬间就变成了两段。

气垫凹陷下去两处：一处是赵磊，一处是吴三生和高佳艺。

短暂的静默后，高佳艺再一次听到周围嘈杂的声音。这几秒发生了太多的事情，她是蒙的，她甚至分辨不清自己是活着还是死了。

直到吴三生把她扶起来，不停地喊她的名字："高佳艺！高佳艺！高佳艺！高佳艺！"

高佳艺涣散的瞳孔重新聚焦："嗯……"

吴三生定定地看着她说："没事了。"

高佳艺伸手一把抱住了他。只有抱着他，她才能真真切切地感觉到他说的没事了是什么意思；只有抱着他，她才能勉强回忆起刚才究竟发生了什么。

周围人来人往，赵磊被警察带走，气垫被人从边缘慢慢收起，惊魂未定的师生被校领导驱散。吴三生的手慢慢地抬起想要回抱住她时，被一只手用力地推开。

他倒在塌陷大半的气垫上，迎上秦学东恨不得要吃了他的目光。

秦学东一把将高佳艺从气垫上拉下来，抱住她，目光阴冷地瞪着吴三生。此时此刻如果不是心里还有一丝理智，他一定会扑过去狠揍吴三生一顿！这个小子简直是疯了！高佳艺吃痛出声。

"怎么了？"秦学东的心猛地一紧，见高佳艺捂着左肩，忙冲一旁的医护人员大喊："快，医生，医生，给她看一下手！"

他护着高佳艺走向一旁的救护车，吴三生从气垫上起来，邢镇等人也从楼上下来了。

邢镇焦急地上下打量吴三生："你没事吧？有没有受伤？"

吴三生摇摇头，轻轻捶他："你三哥是那么容易受伤的人吗？"

邢镇哭笑不得地把这拳给怼回去："你是叫吴三生，你不是真的有三条命的！我拜托你悠着点儿行不行？"这样的台词好生熟悉，邢镇知道说了也是白说，吴三生哪一次不是冲在最前面，承担着最危险的活？他就像个拼命三郎，一到关键时刻就往前冲，怎么拉都拉不住。虽然每一次救援都有绑救援绳，尽可能地做好安全措施，可是危险无法完全规避，比如这次静力绳拉伸到极限，再将他们拉回来，人本就很脆弱的腰就得承受这来回的重力。就是因为这样，他连生气都不能理直气壮地维持太久，不然就辜负了他的努力。

吴三生淡淡地一笑，目光始终没有离开过高佳艺。

尽管刚才做了最有利的选择，但还是不能保证她的手没有受伤。

她的双手是射箭用的，是要拿奖的，何其珍贵。如果刚才秦学东上来揍他一拳，他是一点儿脾气也没有。吴三生抬头看向天台，后怕像一张大网般铺开。为了救人，他居然让她涉险了。秦学东请医生来给高佳艺的左肩做检查：“怎么样，医生？”

“有一点点拉伤，静养几天就好了。”

“你确定吗？她是运动员，她的手很重要，不能有一点点的问题。一点点拉伤是多少？算了，谢谢。”秦学东得不到肯定的答案，烦躁地用近乎驱赶的语气让他离开，随后看向高佳艺，“跟我回去，让孙医生再好好地给你看一下，拍个片。”

眼下，只有基地里的孙医生才能让他安心。

“你别这么夸张，我真的没事。”高佳艺从刚才的惊险里走了出来，“就一点点疼而已。”

“你没事？”秦学东的情绪瞬间被她这句话点燃了，“你被那个家伙强行带离训练基地，一路飞驰到这里，还当着我的面从高楼上掉下来！你跟我说你没事？高佳艺，你不把我当回事，你也不把自己当回事，你是不是连你的前程和这些年的训练成果都不要了？”

高佳艺自知理亏，识趣地没说话。秦学东在她面前来回踱步，跟个移动的火药桶一样。

高佳艺知道他这是在借着骂她来抒发自己心里的害怕，走过去拉了拉他的衣角：“秦教练，对不起。”秦学东瞪她，她就笑给他看。

“高佳艺，你别以为这次还可以蒙混过关！我绝不原谅你！”

“哦。”

“还有你！”秦学东忽然扭头，指着往这边走过来的吴三生，“如果高佳艺的手有任何问题，影响了训练和比赛，我唯你是问！”

吴三生看一眼他，望向高佳艺：“今天，谢谢你。”

高佳艺怔了怔，意识到他说的是救赵磊这件事：“他……会怎么样？”

吴三生：“先去警察局做笔录，然后回来接受学校的处理。”

高佳艺垂眸。虽然被从天台上救下，可是这结果对于他来说是不是另一种毁灭呢？见他要走，高佳艺喊住他：“也谢谢你，刚才……”

吴三生没说话。高佳艺问：“下周有我的比赛，你来看我比赛好不好？”

“高佳艺！”秦学东的吼叫声再次响起。

吴三生稍稍侧了脸，还是没说话，走了。

高佳艺呢喃：“这是答应还是不答应啊……”

“别看了！跟我回去！”秦学东拉着高佳艺回到车上，恨不得立刻飞回训练基地去。

吴三生望着高佳艺坐着车离去，清冷的脸上表情平静。这一次……是客观原因，他才不得不越界了。她的邀请，不必放在心上。

出神间，邢镇的胳膊一把勾他的脖颈：“人家都走远了，还看？”

吴三生扭头，目光已经恢复清冷。

“下周有我的比赛，你来看我比赛好不好？”邢镇模仿高佳艺的姿态和语气，夸张地眨眼道。

吴三生推开他：“我不会去的。”

“是吗？”邢镇挑眉，“我可是要去给我的女神加油的。”

吴三生继续往前走。

“你可千万不要去啊——”邢镇冲着他的背影喊道。切，装吧你就。邢镇在心里撇撇嘴，柠檬树在心里茁壮成长——他在天台上可是看得真真切切，吴三生明明就在意人家，他看到高佳艺坠楼时奋不顾身冲上去的神情和救援别人时是不同的，甚至为了她的手臂不受伤选择抱着她一起掉下去。说是不想和她有任何瓜葛，却还是忍不住要走过去看看她伤得如何。

吴三生啊吴三生，你的心已经不知不觉被高佳艺吸引了呀。

第七章

他真的来了

训练基地。孙医生给高佳艺认真系统地做了一遍全身检查，确认她真的只是轻微拉伤后，秦学东才舒了口气。不过，他的愤怒依然没有减少。

“很好，又要休息两天。下周的比赛，你是绝对有信心了吗，给我搞这一出。”秦学东坐在椅子上，冷冷地看着躺在床上休息的人。

高佳艺望着他：“秦学东，你有没发现你最近特别爱生气？”

秦学东脸上写着四个大字：明知故问！

高佳艺：“救人没错。”

秦学东皱眉，表情阴晴不定。偏就因为这四个字，他甚至都找不到教训的词，反而更生气了！

“救人是他吴三生的事，和你无关。”半晌，他闷声道，“如果所有要见你的人都闹着跳楼，那你岂不是忙死？”

高佳艺扑哧笑出声：“哪有那么多人想见我。”

“是啊，或许想见你的根本另有其人。”秦学东冷不丁地说道。

高佳艺的心跳了一下。

“佳艺。”他轻唤她，“你最近太不务正业了，你知道吗？”

她嗯了一声。她虽然任性，但不是完全不自知，情绪不对，喝酒，还在基地外受了伤，这些事放在别人身上都足以被开除一百次了，秦学东是因为这些年的情分，才用十足的耐心包容她。

还是那句话，他生气，她知道怎么对付，但像这样温柔的责备，反而令她愧疚到不行。

“你还小，什么事对你最重要，什么人是真的关心你，你以后会慢慢明白的。真的不必急于一时。”秦学东说完这句话起身，“好好休息吧，晚饭我会送过来。”

“不用了，我自己去食堂吃吧。”她又不是腿受伤了。

“听话。”秦学东关上门。

房间里只剩下高佳艺一个人。一个素昧平生的赵磊让她经历了一场生死。左肩的刺痛在提醒高佳艺，这事就发生在两个小时前。

她将手缓缓按在腰间，在坠下楼顶的那一刻他紧紧抱住她时的手，仿佛还烙印在她身上。坠落的时候他紧紧抱着她的感觉……还在。她用力抱着他的感觉，也还在。高佳艺一边回味，一边忍不住嘴角上扬。

晚饭后别的宿舍里的人都回来了，高佳艺才发现一整天都没见到英子，她询问后才知道英子在操场被秦学东罚跑，得跑到熄灯了才能回来。

秦学东把喝酒的过错都算在英子一个人身上了。

高佳艺来到操场，果然看到英子，孤孤单单的身影。她上前唤她，英子看了她一眼，像没看到一样继续跑着。无奈，高佳艺跑上前，英子下意识后退三步：“你别过来！高佳艺，我求求你了，你别害我了行吗？我只想好好地受罚，要是再让秦教练看到我和你在一起，我怎么死的都不知道！”

“是我叫你去偷酒的，该罚也是罚我，你回去！”

英子双手合十，叫苦不迭：“姑奶奶，你别闹了！我是有错，后来还和你一起喝起来了不是？跑几圈就当减肥加训了，你赶紧回去睡觉吧！”

高佳艺见英子如今看她跟看瘟神一样，心里很不好受，她想了想便席地而坐：“那我在这儿陪你。”

英子叹了口气，跑着跑着重新绕到她跟前：“你真想陪我？那不妨跟我说说，今天抱着你离开的那个帅哥，是你要找的那个皮卡丘先生吗？”

高佳艺垂眸，顿了顿道：“我觉得他是。”

他抱着她的感觉，和记忆里的感觉渐渐重合。就算全世界都告诉她，他不是她也想当他是。

英子不敢停下脚步，经过她时迟迟没听到后续，只能把剩下的跑完，再重新经过她身前：“什么叫觉得啊？哎，你不是说他不喜欢你吗？他抱你出去干吗了？还那么急地冲进来。我听说他抱着你离开，十几个保安都没追到，神人哪！”

“他是带我去救人了。”

“啊？救人？”

“嗯，救人。体院有人跳楼，指名要见我，所以……”

……

就这样，两个人用一种特别的方式完成了闺蜜间的对话。

回宿舍的路上，曲梦洁来了。英子跑得满身是汗，和高佳艺挥手道：“那我先回去了，你记得早点儿回来，秦教练可盯着你呢。”

高佳艺点点头，借着远处的灯光，她看着面前的曲梦洁，心里涌起无限暖意，笑道：“还能看到你，真好。”

原来意外和明天，真的不知道哪个会先来，每一次的见面都是值得珍惜的事情。曲梦洁上前给了高佳艺一个大大的拥抱。

她的头发凌乱地扎成马尾，身上是穿了两天的灰色外套，带着一路沾染的凉意将她拥入怀中。

“我听三生说了，今天的事。”曲梦洁放开她，自责道，“我这两天在整理他的专访报道，忙得昏天黑地暗，今天又盯着出刊，没想到会发生这种事。我想等一下去找……”

“梦洁，我有事要和你说。”高佳艺打断她的话。

"嗯？"

"我喜欢吴三生。"没有哪一刻比此时更适合把这份心情说出来，说给她听。

曲梦洁怔了怔。

"我喜欢他。"高佳艺重复了一遍，微微扬唇，神情认真，"经过今天的事，我不想再隐瞒自己的心意，我想告诉我的好朋友，告诉全世界，我喜欢他。"

曲梦洁顿了顿："就算他不是你要找的那个人？"

"不管是不是，我对他的喜欢都骗不了人。"高佳艺坦诚地面对自己的内心，"那天在镇上就想和你说的，但我没有说。对不起，梦洁。"

对不起，我隐瞒了你。对不起，我现在才有勇气说出来。

或许，真的是因为经历了生死；或许，真的是因为直到今天才无比确定；或许，是因为我在你的眼里看到同样难以隐藏的情愫吧。

高佳艺伸手握住曲梦洁的手："你会祝福我的，对吗？"

曲梦洁盯着她，心里万千情绪汹涌，但最后她还是温柔地点头："当然。我等一下要去找吴三生，你有什么要我转达的吗？"

高佳艺用力点头："嗯，你等我一下！"

曲梦洁看着她欢快跑远的背影，心中一点点泛起苦涩。高佳艺最终还是比她先一步开口，这样也好，她该死心了。

刚才那一声看似不小心脱口而出的"三生"，高佳艺一定明白的。如果高佳艺再不说，那么今晚坦露心迹的人就会是她。

她们是朋友，也是情感里的敌人。

她们都是会为自己尽力争取的人，但到了必须选择的时候，另一个人会默默地退回到原来的位置，而不是撕破脸争抢。

毕竟，她们之间的感情很珍贵。只是，曲梦洁明白，她的死心不是在这一刻，而是在看到吴三生对高佳艺的不同的时候开始，那时她就知道这场情感里，自己是不配拥有名字的那一个了。今晚也只是再尽力一试。

曲梦洁从训练基地出来，看到高佳艺让她转送的草莓牛奶和便利贴，轻声叹气：“曲梦洁，你失恋了。”

“你们是没看到，三生哥抱着佳艺女神从天上飞下来的情形啊！还有对着那个家伙的腋下那一踹，简直帅到可以去演电影了！”

“对啊对啊，你们是没看到，老大在空中是怎么保护佳艺女神的，把佳艺女神感动得呀，直接就飞扑到老大怀里了。老大还特矜持地没抱回去？如果是我的话……”

“你想怎么样？”

“嘿嘿嘿，不是不是，我是想说，高佳艺确实比电视上看到的还要好看啊，如果能当我们老大的女朋友……”

“都什么年代了，以身相许吗？”

“什么年代？谈恋爱的年代——”

……

大家七嘴八舌，兴奋无比，从体院回来后就围成一团，热火朝天地聊着八卦，一点儿也不怕吴三生听到。

反正是邢镇带头说的，没到现场的小梁和其他几个留守在基地的兄弟们纷纷化身“吃瓜群众”，吃着瓜子和水果，津津有味地听着。

吴三生洗完澡出来，本来以为可以吃饭了，结果就听到一群人都在消遣他，抓起脖子上的毛巾一下下地抽他们，然后被老吴一把揪住了：“干什么干什么？杀人灭口啊？”

有人护着，大家即便都缩着脑袋胆子也大上几分：“就是就是!”

吴三生收回毛巾，冷冷道：“什么时候这里成了娱乐八卦场所了？”

老吴不满地坐在长条凳上，嗑着手里的瓜子：“我来了以后，怎么的？你这明明就是有情况了，还不允许我这个当爸的听听啊？”

吴三生："我没有情况。"

老吴探头问邢镇："哎哎，不是说有个叫曲梦洁的姑娘经常来找他的吗？怎么的，又换成高佳艺了？"

"哦，曲梦洁是记者，来找老大做专访的。老大拒绝了好几次，但是后来不知道怎么的又答应了。高佳艺嘛……那可是最近很红的射箭美少女，拿了金牌，好像和老大认识的样子，还为了老大买醉呢……"

老吴拍大腿："哎哟哟，那两个姑娘，哪个漂亮啊？"

"那自然是佳艺女神啊！"

"可我觉得曲记者也挺好看的呀。"

"你小子说什么呢你！"

……

吴三生转身走向厨房，小梁从后边跟了上来："老大。"

"你不加入八卦吗？"吴三生破罐子破摔，头也不回。这个老吴莫名其妙地跑过来，不知道到底要做什么，他头疼得紧。

"你生气了？"小梁扶扶眼镜，怯怯探头。

"你们都不吃饭，我自己去做点儿吃的。"吴三生走进厨房，打开冰箱。

"那老大，你到底喜欢哪一个啊？"

吴三生"砰"的一声把冰箱门关上，盯着小梁。他原以为这姑娘是好心过来看有没有需要帮忙的地方，没想到是追问八卦来了。

小梁吐吐舌头，继续道："不是，老大，我是看你最近一段时间都很烦恼的样子，我想……帮您出出主意。这救援任务说来就来，你这总是心神不定的，万一分神可是性命攸关的事情，你说是不是啊？"

吴三生重新打开冰箱，从里边拿出西红柿、鸡蛋、面条放到桌上，顿了顿道："是不是你给我爸打的电话？"

老吴绝对不会无缘无故地跑过来，一定是谁像今晚一样起了八卦的念头才打电话给老吴的，所以他才会过来假装要小住几天。

小梁一愣，赶忙摆手："没没没，可不是我。我连叔叔的联系电话都不知道，怎么打呀！"

吴三生看她无比真诚的否认姿态，摆手道："算了。"他打着火，拿锅接水。

小梁想了想又说道："老大，高佳艺我是不清楚……不过我看那个曲记者好像挺喜欢你的。"

吴三生皱眉。

"她每次看你的时候，眼睛都在发亮。喜欢一个人，眼睛是撒不了谎的哦。"小梁清了清嗓子，小心翼翼地伸手指了指他道，"就像老大，你现在分明就是有喜欢的姑娘了的样子。"

"你要不给我煮面，要不就出去。"吴三生的声音里透着满满的威胁。

小梁"哦"了一声，转身出去。吴三生只觉得心被什么用力揪住了。他暗暗地骂了一声，这时门口闪过一道身影："在骂谁呢？"

"你……""还没走"三个字刚要蹦出口，吴三生就看到曲梦洁双手抱臂靠在门口，"怎么来了？"

曲梦洁晃了晃手里的东西："来给你送东西。"

吴三生扫了一眼，目光落在逐渐煮沸的水上："你拿回去吧，我不喜欢喝牛奶。"

"佳艺送的也不要？"曲梦洁歪头。

吴三生神色微怔。

曲梦洁把牛奶放到一旁的桌上："今天我错过了一场大新闻啊。"

吴三生没说话。曲梦洁拉过椅子道："不介意也给我煮一碗吧？"

吴三生抬头，眼神疑惑。她苦笑着指了指自己："我真的就是没吃晚饭，没有想要采访。你放心，不采访。"

他重新垂眸："她还好吗？"

曲梦洁一怔，微笑："嗯，手没事，说是休息两天就可以了。"

厨房里灯光昏暗，她坐在桌子边看着灶台边的吴三生，见他只是问了她一句高佳艺的事后就再没有要和她交流的兴趣，突然无比庆幸自己没有太迟认清这个事实——他，只对高佳艺有兴趣，他是高佳艺一个人的皮卡丘先生。

面条很快就好了，很简单的鸡蛋面条外加几片青菜叶子。

吴三生说：“招待不周。”

“已经很好了。”曲梦洁笑了笑。她说的是真心话，电视台里一忙起来就没日没夜，连泡面都吃不上几口，在外边跑采访常常只有面包加水。她拿起筷子不客气地吃起来。

吴三生则看向了桌上的草莓牛奶，上边贴着的便利贴上写着一句话：下个星期，你会来看我比赛的，对吧？

还画了一个大大的笑脸。她这哪是邀请，根本就是催命。他想要挪开目光，却还是忍不住多看了两眼。

“去吧，你去，她会很高兴的。”埋头吃面的曲梦洁说道，“说不定你去不去，会关系到她会不会拿冠军。”

吴三生刚想说什么时，一个身影走来：“哟，在这里开小灶呢。”

老吴同志的脸像个定时器，定时开启吴三生的黑脸。他嘿嘿笑着背着手进来：“不知道有没有我的份啊？”

“没有。”吴三生干脆利落地拒绝。

曲梦洁放下筷子起身，不等吴三生介绍，老吴同志指了指自己又指了指吴三生：“我是他爸。”

“叔叔好。”曲梦洁伸手，“我是曲梦洁，是……”

“曲记者？”老吴笑笑，“曲记者的大名如雷贯耳啊，听说你经常来找我们家三生。”

曲梦洁笑容不改：“嗯，工作需要。”

“那除了工作以外，有没啥需要的？”老吴大眼珠子在眼眶里灵活转动，“比如男朋友什么的？”

吴三生要插话，但曲梦洁没给他机会，应付自如："叔叔别开玩笑了，你儿子有喜欢的人了。"这话一出，老吴的眼睛瞬间亮了，被晾在一旁的吴三生满脸愕然。

"是吗？谁啊谁啊？"老吴恨不得抓过曲梦洁的手坐下来细聊，吴三生挡住他："曲记者开玩笑的，爸，你别……"

老吴一把推开他，看向曲梦洁："是不是他们说的什么佳艺女神？"

这回曲梦洁笑着看了看吴三生："这个还是让您儿子自己说吧，叔叔，我先走了。"

"哎，曲记者，这么晚了，你一个人多危险啊，叔叔送你！"

吴三生根本拉不住老吴，就这么眼睁睁地看着他追随曲梦洁而去了。

吴三生确认老吴这次来的目的就是为了他的八卦。回想起刚才曲梦洁神态自如的反应，他似乎有了新的怀疑对象。但这个怀疑也只能是怀疑，因为比怀疑更重要的是，老吴有得让他烦了。

吴三生拿过草莓牛奶上的便利贴揣进兜里，想着要不要搬出基地去躲一阵。小梁从那头走过来，跟吴三生说道："邢镇他们拿了叔叔给的钱要出去吃烧烤，你要不要一起去？"

"不用。"吴三生冷着脸说。

小梁"哦"了一声，冲吴三生招手："那我走了，对了，老大，叔叔让我转告你，说如果他回来后发现你不在，你就是心虚逃走。到时候阿姨就会过来了。"

这个吴达致……

坐在曲梦洁车里的吴达致连打了三个喷嚏："这臭小子在骂我呢。"

曲梦洁笑着把纸巾递上："叔叔，真没想到你是这么风趣幽默的人，吴三生一点儿也不像你。"

"是啊，也不知道像谁，闷葫芦一个，讨厌得很。"老吴把纸巾握在手里，笑呵呵地看向曲梦洁，"所以说，他能喜欢上哪个姑娘，简直就是稀罕事啊。我还以为我们老吴家要绝后了呢。”

曲梦洁看向前方：“看来叔叔是真的很想知道那个姑娘是谁啊。”

“曲记者不是为了告诉我这件事儿才打电话给我的吗？”老吴笑。

“可我也说过啊，作为交换，叔叔也得告诉我一件事儿才行。”曲梦洁提醒。

“嗯，你是有说过。不过电话里你没说得太清楚，你想知道什么？”老吴回忆了一下，点点头。

“吴三生有没有什么不能对外说的隐秘呢？比如……这些年的救援行动中有没发生什么特别的事，或者您知不知道什么秘密？”曲梦洁想要知道他拒绝高佳艺的真正理由。可是又不好说得太直接，只能引导性地给个范围。

“三生几年前参加一次海上救援，为了救一个人，造成了其他几人的死亡。因为这件事，他心里特别惭愧，是他跨不过去的坎。好像是从那个时候开始，他就变得更闷、更不爱说话了。”老吴说道。

“原来如此……”曲梦洁隐隐有些兴奋，看来的确是有隐情的，“叔叔，具体时间您还记得吗？”

“应该是……六年前吧。”老吴没看到曲梦洁脸上细微的变化，还是比较关心自己感兴趣的问题，“哎哎，曲记者，现在你可以告诉我三生喜欢的姑娘到底是谁了吧？有照片没有啊？”

曲梦洁回过神来：“您见过的。”

“啊？我见过？”

“佳艺女神。您可以上网搜一下。”

“啊，真的是那帮臭小子说的那个啊！”老吴爱听八卦，但更想知道八卦的真伪，听到曲梦洁确认，赶紧拿出手机要重新搜一下未来儿媳妇，“天哪，三生这臭小子眼光不错嘛！这么会挑！”

“哎哎，曲记者，你当记者的，一定知道很多情报吧？三生和这个什么佳艺女神是怎么认识的？他们发展到哪一步了？你再跟我说说呗。”

曲梦洁打听消息的能力和保守秘密的能力都是一流的，用一个问题交换一个问题的原则直接堵住了老爷子的嘴。

没在她身上套到更多情报，老吴多少有点儿郁闷，回到基地后看到站在庭院里等他的吴三生，赶紧把郁闷收起来，切换成自己什么都知道了的神情，想诈一诈这臭小子。

但知子莫如父，知父也莫若子，吴三生一看他那得意扬扬的夸张表情，心里反而镇定了下来："爸，你老实说，这次来是不是有人找你过来的？"

老吴一怔，皱眉道："你这说的是什么话，我这个当爸的还不能过来看看你？"

"是不是曲梦洁？"

老吴眨了一下眼睛。

"她问你什么了？"吴三生冷脸上前。这几天和曲梦洁接触下来，他很清楚曲梦洁作为记者的敏锐度和挖掘信息的能力。她知道他是皮卡丘先生，却不知道他为什么要隐瞒自己是皮卡丘先生。他以为自己这边堵上洞口就安全了，没想到她会从他的家人下手。

"什么问什么？"老吴的心抖了一下，强作镇定，"我就是想知道到底是不是那个佳艺女神让我儿子动了心。怎么，你动静弄得那么大，还不允许我知道了？"

"就说了这个吗？"吴三生半信半疑。

老吴挑眉，手搭上吴三生的肩膀："还能有什么？你跟老爸说说呗。"

吴三生推开他的手，憋着一口气往房间走去。

老吴笑眯眯地冲他喊："儿子啊，加油啊，你也老大不小的了，赶紧拿下啊——我和你妈都等着你的好消息呢——"

晚上，曲梦洁回到自己的公寓，洗完澡冲了一杯咖啡坐到电脑前。

高佳艺就是吴三生六年前遇到的那个人。老吴说吴三生的心结也发生在六年前。她飞快输入吴三生的救援资料进行搜索——六年前，飓风救援队只有那一场在云石海的救援行动。

那个时候吴三生的救援队还不叫飓风救援队，关于这场救援行动的描述也不是很多，她只知道高佳艺是那场意外中的幸存者，而在这场灾难中死了三个人。

但对于曲梦洁来说也无须太多信息，她只要看到几个关键词，就知道该如何将它们联系起来了。也就是说这就是吴三生为什么会隐瞒自己身份，拒绝和高佳艺相见的原因。曲梦洁思索着，微微走神。

这时手机响了。曲梦洁接听，那头是邢镇开心的招呼声："曲记者，面条吃饱了吗？没有的话过来撸串啊，超级好吃哦——"

曲梦洁眼波流转："好啊。地址发过来。"

时间过得很快，一个星期的时间转眼过去。高佳艺因为肩膀受伤静养了几天后开始加训，各方面都达到不错的状态。

这次射箭比赛，是继上次的亚洲锦标赛后又一次大规模的混合组比赛。高佳艺面对的对手不单单是和她同龄的选手，这次比赛中的单组最高分将会进入车轮赛。

上次的夺冠让她成为最受关注的明星选手，大家都很期待她能再一次地突破自己，获得更好的成绩。这对高佳艺来说是无形的压力。尽管秦学东切断了与外界的所有联系，尽量让高佳艺以真空状态迎接比赛。但他清楚，有些东西是切不断的，她自己也可以想象得到。

所以进场前他递水给她，淡淡地说了一句："尽力就好。"

高佳艺接过水喝了一口，在观众席上寻找吴三生的身影，却没有看到他。

高佳艺收回目光，把水放到一旁。突然听到曲梦洁的声音："佳艺——"

高佳艺扭头，曲梦洁正扛着长镜头相机冲她拼命挥手："这里！"

她比了一个剪刀手动作，对方猛按快门："美美的，棒棒的——"

秦学东扭头瞅了一眼，曲记者很识趣地闭嘴。

高佳艺笑笑，本来还有的一点点紧张也被消磨掉了。只是……他真的没来吗？虽然两次的邀请都没听到他正式的回复，可是她还是期待他会来的，他脸上明明就写着想来的呀。

她闷闷地低下头，踢了一下脚下的泡沫板，迅速收拾心情。

比赛当前，必须心无杂念才行。

观众席很快坐满，比赛时间一点点临近，所有运动员都各自站到自己的位置前，裁判的声音通过扩音器在馆内清晰地回响着。

比赛开始。高佳艺侧身站立，拿起弓箭，对准靶心。

射箭和游泳、跑步等运动都不同，哨声响起后，不需要立刻冲刺，只要在规定的时间内完成规定的发数就好，所以在观赏性上来说不是特别强，但十分考验运动员的心理素质和发挥的稳定性。看似轻松，身体不需要大幅度的运动，但输赢只在箭射出去的那一瞬间。

高佳艺束着高马尾，穿着一件紧身黄色背心，配条黑色短裤——那是皮卡丘的颜色——她依然是闪闪发光的运动美少女。此时的她还没有射出第一箭，而其他选手们都已经完成了第二箭的射击。

秦学东的心渐渐有些紧。

曲梦洁也从镜头后边探出脸，盯着纹丝不动的高佳艺。邢镇等人坐在观众席看台上，手里拿着应援横幅，也陷入了沉默中。时间突然变得格外慢，像锋利的小石子滚在喉咙处，让人难受得紧。

邢镇忍不住大叫一声："佳艺女神——"立刻被旁边的人捂住了嘴，随后引来众人愤怒的目光。比赛过程中需要保持安静，这是最基本的素养！

他这一声叫得突兀，像是推了一把高佳艺，高佳艺终于射出第一箭。黄心外二圈，低分。

出师不利，这对高佳艺来说是很不好的开始。她拾起新的箭，暗暗调整呼吸。她不知道观众席上出现了一个人，她一直在等的人。

吴三生在邢镇身边的空位上坐下，目光始终望着比赛场上的她，清冷的表情下是只有他自己知道的紧张。

秦学东捂着半张脸，侧头就这样看到了吴三生。

他收回目光，重新看向高佳艺。第二箭射出，正中靶心。

所有人终于能够暂时拥有片刻的正常呼吸——高佳艺的状态回来了，但依然不能掉以轻心。

高佳艺拾起第三支箭，盯着靶子，不断地在心里重复："高佳艺，你可以的，高佳艺，你可以的。"

忽然间，眼前浮现出吴三生的脸。他坚定的目光，像是一汪春水将她包围。谁说他没有来的？他一直都在，只要她想，他就在！想到这里，眼前的迷雾一下子散开，视线清晰起来，高佳艺缓缓勾唇，无比轻松地射出去，第三发也是正中靶心。

解说台上的两个主持人激动地握住了彼此的手："11号选手高佳艺在经过第一箭的迟疑和失误之后，状态总算慢慢回归了，如果继续这样保持下去，那么她仍是这次比赛冠军的热门人选！"

"没错，从高佳艺平时的训练视频和比赛资料我们可以看到，她是个内敛话不多的女孩子，上场前不会和选手、教练有过多的交流，沉浸在自己的世界里，这是一种很好的自我保护和比赛状态。旁边的选手们超强发挥也好，失误也好，都不会对她造成影响……"

第一轮比下来，高佳艺以第二名的成绩进入了下一轮的比赛。成绩榜出现在大屏幕上时，高佳艺放下弓箭，转身，就这样看到了邢镇等人拿着的红艳艳的横幅，在观众席上好不显眼："佳艺女神——佳艺女神——"

她看到了吴三生，怔住了。

她第一反应是看错了，可是……吴三生就坐在那儿冲她点点头。在其他人跳跃欢呼的热闹中，他像是个随时会被忽略过去的路人甲。

可她的眼里只剩下他。高佳艺胸脯一下子急剧起伏起来——要知道，她才说服自己他没有来，她是想象着他在才完成第一轮比赛的！

可是，他来了！他真的来了！

高佳艺捂住嘴，不知道该哭还是该笑。那种梦想成真的感觉，实在是太好，太难以形容……众目睽睽之下，她强忍着没有失态，默默地走向秦学东那边拿水喝。

秦学东道："别喝得太急，小心呛到。"

高佳艺很小口很小口地喝着，拿着水的手止不住地发颤，脑海里跑过无数个"幸好"，幸好刚才没有出丑，幸好第一箭后迅速调整了状态，没有让他失望，幸好幸好……

秦学东看她傻乎乎的样子，问："还听得到我说话吗？"

"嗯？"高佳艺怔了怔，意识到他的阴阳怪气，"教练，你不和我分析一下战术吗？"

"我以为你听不进去了。"秦学东拿过iPad，点开他刚才拍下来的另外两位选手的比赛视频，跟她简明扼要地分析对手的情况。其他人都不足为惧，但这两个从战术和稳定性上来说都不容小觑，需要注意。

高佳艺认真听着，心里的火苗在熊熊燃烧。

上场前对冠军的渴求还没有那么强，现在却一下子就变得无比执着了。

她想当着他的面夺得最高荣耀。这是一场意义非凡的比赛。

"我知道你现在在想什么。"秦学东合上iPad，伸手轻弹了一下她的额头，"稳定情绪，才是一切的基础。不用我多说吧？"

高佳艺捂着额头，点点头。

她想再看一眼吴三生，却被秦学东伸手挡住了眼睛："别看了，你现在最应该关注的人是你自己。等比赛结束了，你爱怎么样就怎么样。"

秦学东已经是竭尽所能用平和的态度跟高佳艺说话了，吴三生的出现是他最讨厌看到的，要不是这里是比赛现场，不能做太多动作，他一定要把吴三生轰出去。他的出现让高佳艺的比赛出现了不稳定因素。

高佳艺头上盖了一条毛巾，坐到休息区等待第二轮的比赛，秦学东站在她身后。吴三生手里握着新买的草莓牛奶，看了看自己和高佳艺的距离，手轻轻地搭在另一只手的手腕上。

邢镇清清嗓子，用胳膊肘轻捅吴三生道："不是说不来的吗？"

吴三生跟没听到一样。

"想要把牛奶送过去啊？"邢镇看见他手里拿着一瓶一看就不是自己会喝的东西，"哎呀，只可惜，你不像人家教练可以那么近地挨着女神，干什么都方便。"

吴三生盯着多嘴多舌的邢镇，目光渐冷。

"咳咳，我说，哥，那教练看你的眼神，可是隔着这么远都能感觉到杀意。你想要拿下佳艺女神得过他这一关吧？有想好对策吗？要不然等下佳艺女神夺冠，你上去告白得了？"

吴三生伸手抓住他那两瓣不停歇的嘴。

"呜呜呜——"邢镇瞪大眼睛，奋力挣扎。其他人纷纷掩嘴笑，并不想掺和进来。

第二轮很快就开始了。

高佳艺站在第一个，秦学东说的那两位和她有竞争资格的选手依次站在她的右手边：一个是来自俄罗斯的老将，另一个是来自瑞士的新手。

她们一个胜在比赛经验丰富，一个胜在得分稳定。

第一轮她们的排名并列都压过了高佳艺一头。第二轮除非她们出现失误，否则高佳艺必须要每一箭都射中黄心区域，得高分。

压力一下子到达顶点，高佳艺的头皮发麻，她好像真的被秦学东说中了，越想要得到什么越会心理失衡。糟糕……那种在海水里呼吸不过来的窒息感又一次像蛇一样缠绕而上。

高佳艺越想深呼吸，胸口就越闷。射箭之前乱了节奏，这射出去的箭就一定是不准的。已经到了第一发必须要射出去的时间，高佳艺皱眉，弓呈半圆形，手指放开，她不用去看靶子就知道第一箭没射好。

不允许失误的第一箭，失误了。就算后边的每一发都射得完美，也只能让最后的成绩不那么难看。

提前得知的结局，将高佳艺的心慌全都抹去，她垂眸，拾起第二支箭，回到了平时平静如水训练时的状态。

很快，第二轮成绩比分下来，高佳艺跌了三个排位，名次靠后了。

高佳艺回到休息区，秦学东没有说一句指责的话，只是拍了拍她的肩。曲梦洁从看台俯身过来："佳艺，别气馁，比赛嘛，有输有赢很正常，保持平常心就好。"

高佳艺勉力笑着，没敢看吴三生那边。

这时曲梦洁贴到她耳边低声道："要不要我告诉你一件事儿？"

高佳艺怔了怔，随后缓缓看向他。他也在看她。

隔着无数观众，彼此的目光都在对方的眼中显得格外清晰。

吴三生微微皱眉，望着高佳艺，心中暗自打鼓。刚才……曲梦洁附在她耳边说了什么，她此时看着自己的目光为什么不一样了？

难道他辗转反侧一直担心的事情，到底还是应验了吗？

曲梦洁从老吴那里知道了什么？

他默默握紧手里的牛奶，不知不觉将牛奶盒子捏变了形状。

随着一声闷响，邢镇扭头，瞪大眼睛："吴三生你做什么呢……哎呀，牛奶泼了……"

吴三生回过神来，牛奶从盒子里流出来，弄得他手上和地上到处都是。

他起身："我去一下洗手间。"

休息区里，高佳艺看着吴三生离开，回想刚才曲梦洁说的话——

"我之前给他你送的牛奶时，他问了你肩膀的情况。他很关心你，没你看上去的那么冷漠。"

是了，所以，不是她的一厢情愿，他对她，也是有喜欢的，对吧？就算这喜欢……目前还很少。阴霾豁然散去，第三轮开始，高佳艺全然没了比赛的压力，发挥稳定，虽然没有得到冠军，但也算是后来居上，夺得了第二名的好成绩。

虽然不是最理想的成绩，但至少能安慰自己，没有输得太难看。

秦学东给了她一个大大的拥抱，曲梦洁冲她狂按快门。邢镇依然高举着应援旗帜，喊得最响。

高佳艺站上领奖台，看向秦学东的方向，想要立刻飞奔到他的身边。最被看好的射箭美少女，虽然没有乘胜追击得到金牌，但记者们早就摩拳擦掌要采访她了。

高佳艺统统拒绝掉，让秦学东挡着，进到离开通道，朝观众席跑去。

没想到邢镇他们先一步迎了过来，邢镇手里捧着一束鲜花，腼要送给高佳艺，高佳艺接过，同他们说了几句后问："吴三生呢？"

"老大讨厌吵闹，一个人躲到馆外去了。"邢镇说道。

高佳艺抱着花摆手道："好，谢谢你们来看我比赛，我先走一步。"

"哎哎，佳艺女神——"

高佳艺越过人群，往馆外跑去，焦急地搜寻着吴三生的身影。这时馆外还没有多少人，她在离开的几个身影中看到了他。

"吴三生。"她唤了他一声，飞快地跑到他跟前。

吴三生抬起头来，她连衣服都没换，凹凸有致的身材完全暴露出来。他迅速移开目光。

"怎么走了？因为我没有拿到冠军，失望了吗？"高佳艺抿唇。

"不是。"吴三生顿了顿，"你做得很好。"

"真的吗？"她定定地看着他，如果她没记错的话，这是他第一次这么夸她。

"嗯，再接再厉就好。"他再次移开目光，下一秒，却被她伸手捧住了脸，强行转了回来："吴三生，你还要骗我到什么时候？"

他的心猛地一紧。

“曲梦洁都和我说了。那天你收到我的草莓牛奶，问了我的情况。你关心我，却总是装出一副要和我保持距离的样子。”高佳艺脸微微发红，双手背在身后道，“今天……我在想，如果我得了冠军，一定要当着所有人的面跟你说一些话。现在……”

吴三生的心提到嗓子眼，又重重跌下。

“现在，你请我吃饭吧。”高佳艺并不知道他刚才差点儿会错意，整个人在情绪崩溃的临界点上走了一圈，兀自继续说道，“就当是给我的安慰奖可以吗？”

他定定地看她一眼：“不可以。”然后转身。

清冷的脸在转过去之后慢慢变得痛苦，瞳孔里满是不安，就在刚才，他以为曲梦洁知道了真相，还把这个真相告诉了她。那种被掐着脖子的窒息感提醒着他，他无法跨过心里的那道坎，无法忘记那件事，无法面对她。他鼓起勇气做出的改变，包括今天鬼使神差地过来看她比赛，都因为那件事，统统成为一种讽刺。

她越是用那闪闪发光的眼神看他，他就越忘不了那片海上沉下去的生命。高佳艺看着他走远，走得如此决绝，她愕然地站在原地，完全没反应过来。刚才，他突然变成了另外一个人。就像那晚在海滩，有玻璃罩子将他罩在了她不可触碰的空间中。

他怎么了？他到底怎么了？

第八章

她和之前不一样

曲梦洁等人从体育馆里出来，看到她呆呆地站着，便赶忙上前：“佳艺，我们去……”

看到高佳艺的脸色，大家的笑容不约而同地僵住。

邢镇小心翼翼地问：“佳艺女神，怎么了？没……看到老大吗？”其实他是想问，是不是老大又哪根筋搭错，惹她生气了？

曲梦洁伸手拉过低着头的高佳艺：“佳艺你……”

“你们去吃吧，我累了。”高佳艺推开众人，跑开了。

曲梦洁见状，把沉重的相机从脖子上拿下来递给秦学东：“帮我保管下，我去看看她。”

秦学东皱眉，脸色也好不到哪儿去，他担心的事情终究还是发生了。

体育馆外的街上，曲梦洁追着高佳艺喊：“佳艺，佳艺！高佳艺！”

她上前拽住高佳艺：“喂，你是欺负我不是运动员是吗？走这么快，故意的是不是？”

高佳艺甩开她的手，面无表情。

曲梦洁叹气，歪头瞅她。

“明明来看我的比赛了，明明对我说再接再厉的语气那么真诚，可是当我说要他请我吃饭的时候，他忽然间又……又变了脸，他是在逗我玩吗，还是在耍我？”高佳艺气不打一处来，她活这么大，从没受过这样的委屈，“和我吃饭很难吗？还是说和我这个没有得冠军的人吃饭很丢脸？”

曲梦洁静静地听着，张嘴刚想说什么，身后突然响起了汽车喇叭声。

她们扭头看过去，是一辆绿色老皮卡，从驾驶座上探头出来的人居然是老吴同志。

曲梦洁向副驾驶座看去，差点儿没笑出声来，某人干脆隐身好了，脸挡得再严实也挡不住啊。

“两个大美女怎么在大街上站着呢？赶紧上车吧，我订了寿司，一起去吃啊。”老吴呵呵笑着招手。

高佳艺狐疑地看向曲梦洁，曲梦洁掩嘴低声道：“吴三生的爸爸。”

高佳艺怔了怔，她没想到会在这种情况下见到吴三生的爸爸，她有点儿木讷地冲老吴点头。

曲梦洁还在想怎么替吴三生说话，老吴的及时出现便让一切峰回路转，便赶紧推她上车：“好的，叔叔。”

绿色皮卡车载着四人朝市区驶去。

高佳艺坐在后排不说话，吴三生看向窗外，老吴不时从后视镜里看看高佳艺，一时间静默无声，尴尬无比。

曲梦洁清了清嗓子，率先开口：“叔叔，没想到您也过来了，怎么不和我打声招呼，我好接您进来一起看佳艺比赛啊。”

“我来得晚了些，不过还好不算太晚，刚好遇到三生从馆内出来。”老吴呵呵笑，“我这个儿子什么都好，就是太没眼力见。佳艺比赛完得补充体力啊，怎么能就这么走了，也不说请吃饭。”

“佳艺啊，叔叔替三生道歉。”老吴轻柔地唤了一声高佳艺，很客气地道，“等一下想吃什么，尽管点。”

高佳艺看了一眼始终不说话的吴三生，勉强笑道：“叔叔，人家不愿意，就不要勉强了。”

吴三生的身体轻微地动了一下。

老吴扭头很奇怪地看了一眼吴三生：“你不愿意吗？不对啊，你明明为了过来看比赛准备了新衣服，还准备了……”

吴三生捂住老吴的嘴，用一种要杀人灭口的语气说：“爸，好好开车。”

高佳艺怔了怔，曲梦洁笑着轻拍她的手。

老吴呸了呸，在某人的凌厉眼神下老顽童一般摇晃着脑袋看向前方：“好，好好开车。”

曲梦洁有一搭没一搭地和老吴聊着天，像是故意晾着两个闹别扭的人。高佳艺越发困惑，到底是什么阻止了吴三生靠近她。

她想过是不是因为她的职业，可是心里有一个声音告诉她，并不是因为这个。

高佳艺郁闷地看向车窗外，她明明就坐在他的后边，和他看着的却不是同一片风景。

老吴开了一段路后，在一家高级寿司店前停下。

他让吴三生带高佳艺和曲梦洁先进去，他去停车。曲梦洁则说：“我去买两瓶樱桃汁，寿司店的豆腐汤我喝不惯，你们先进去吧。”

一时间，就只剩吴三生和高佳艺两个人。

大家努力给他们制造独处的机会，他们避无可避。吴三生双手插在口袋里，自顾自地走在前边。

高佳艺咬住嘴唇，心里憋着一口气快步向前，撞开他，往里走。

服务员热情地迎上来，问他们是否有预约。

吴三生报了姓名，服务员引着他们往包厢走去。还不是吃饭的高峰期，店里有人在做清洁工作，拖得锃亮的瓷砖上还残留着一些水渍，高佳艺踩到上边时听到拖地的男服务生低声提醒了一句“小心路滑”，随即就感觉脚下滑了一下。

这时，吴三生伸手稳稳地抱住了她的腰。

她抬头，他侧过脸迅速地把手缩回去，被她一下子抓住："我怕滑倒了。"

幸好，他没有推开，任她牵着，沉默地往前走去。

狭长的走道两旁是古色古香的推拉木门，泛黄的圆筒灯挂在木门外，他们像是穿过了一条只属于他们两个人的花路。

到了包厢前，服务员拉开门，请他们脱鞋上台阶。

吴三生扭头，想要把手缩回来，高佳艺却固执地抓着："我要抓着脱鞋。"

他微微蹙眉，扭过头去。

他越是这样，她越想要逗他。

她脱运动鞋，根本不用手，也不需要扶着什么才能站稳，她飞快地用脚后跟蹭掉鞋子后，踏上台阶，仰脸凑近他："吴三生，叔叔说你为了来看我比赛，准备了很多东西，你都准备了什么？"

吴三生想要后退，后背却被木门抵住。

"让我看看……头发理了，衣服换了新的，还喷了香水对不对？"他那么清冷、神秘莫测，却总带着不肯伤害她的温柔，高佳艺大着胆子贴近他的身体撩拨他，伸手抓过他的领子作势要一探究竟。

吴三生皱眉，握住了她的手腕："高佳艺。"

"怎么？"高佳艺挑眉，"你想赶我走吗？这次吃饭可是叔叔请的。"

吴三生深吸一口气，无奈转身。

高佳艺见他坐下，便凑到他身边也跟着坐下。

"过去。"他很严肃地呵斥她。

"不要。"

"你——"

吴三生正要起来，老吴和曲梦洁进来了。

高佳艺趁势摁住吴三生的膝盖，指了指对面的位置，请老吴和曲梦洁入座道："叔叔，梦洁，坐。"

老吴笑呵呵地看着已经坐到一起的两个人，笑道："好。"

曲梦洁在老吴身边坐下："叔叔，我挨着您坐吧。"

"好的。美女，可以上菜了。"老吴探头对外边的服务生说道。

"好的。"

高佳艺给老吴倒茶："叔叔，谢谢您请我吃饭。"

"没什么，本来想请你去吃火锅的，但考虑到你是运动员，得注意饮食健康，就选了日料，希望你喜欢吃啊。"老吴笑得灿烂，自来熟的功力和冷面吴三生形成鲜明对比。

高佳艺扭头看向吴三生："我很喜欢，这里的环境很好，相信菜也不错。"

吴三生只想从这里出去！

老吴抿了一口茶，微笑道："佳艺啊，你比视频里还漂亮。"

高佳艺微怔，不好意思地笑："谢谢叔叔。"

"我家三生性格怪，铁板一块，但是眼光不错，随我，哈哈哈……"老吴借着自吹自擂打花腔，"不然他也不会长得这么帅，佳艺，我儿子帅吧？"

高佳艺红着脸低头："嗯。"

"今天你取得了第二名的好成绩，叔叔也没什么可以送给你的，就把三生送给你吧，你可喜欢？"

"噗——"吴三生被呛到了。

高佳艺轻拍吴三生的背，他推开她的手看向老吴："爸，您再乱说话，我就要走了。"

"你走一个试试？"老吴瞪眼，"佳艺又漂亮又年轻，还是个为国争光的运动员，被称为什么来着……"

曲梦洁适时补充："第一射箭美少女。"

"对，第一射箭美少女！这么好的姑娘，你不先下手为强，在这里磨磨叽叽地做什么呢？"老吴拍桌，"真被人家撬走了，你到时候哭都没地儿哭，你知道吗？"

高佳艺抿唇，做乖巧状："叔叔，您别逼三生了，他应该是有自己的难言之隐吧。”

“有什么难言之隐？每天都是去救别人，不知道哪天就自己倒下了，就该比别人更懂时间的可贵，生活的珍贵，更没必要犹犹豫豫！”

高佳艺有点儿被老吴这么直白的话给吓到，但心里又默默地燃起了一簇希望的火苗，她看向吴三生，难道真的如老吴所说，他是因为自己的职业充满危险才这么别扭的吗？

这时服务生把寿司套餐端到桌上，暂时打断了谈话。

曲梦洁招呼大家道：“来，开动吧，先吃起来，吃起来。”

吴三生眉头紧锁。

高佳艺不想老吴的话让他有压力，便夹起一片三文鱼到老吴的盘子里，笑道：“叔叔，让我试试呗，我相信精诚所至，金石为开。吴三生没明确地说不喜欢我，我就还是有机会的。”

吴三生目光微侧，又迅速收回，心里涌起一丝难以言说的温暖。

她好像……打定了主意要靠近他了。

他抬头，看向曲梦洁。

曲梦洁对上他的视线，嘴角笑意不减，往盘子里加着芥末。

老吴是个开心果，高佳艺和他聊得很欢快，一顿饭算是在轻松的气氛下圆满结束的。

饭后，吴三生主动提出要送高佳艺回去。

老吴愣了愣，曲梦洁也不敢相信。

吴三生脸色格外平静：“就算我不送，你们也会逼我这么做的。”

老吴拍他的肩，嫌弃他的用词：“什么叫逼啊，真是的。”

曲梦洁暗暗给高佳艺使加油的眼色，客气地说道：“那我们佳艺就麻烦你了。”

高佳艺隐隐感觉到吴三生有话要对她说，都憋了一顿饭的工夫了，他要说什么？不管他说什么，她都不会轻易动摇。

对于运动员来说，最重要的就是坚持。

两人走出寿司店的时候，天已经黑下来了。

寿司店旁边有一个很大的内湖公园，高佳艺和吴三生并肩而走，不知不觉地走了过去。

她没有打破这份宁静，而是耐心地等他先开口。

果然，走到一棵柳树下后，他停住："高佳艺。"

高佳艺扭头望他。

"我不喜欢你。"他盯着她，冷冷开口。

虽然已经做好准备，但真的听到时，高佳艺的心还是不受控制地难受了一下："我不信。"

"也许有一点点好感吧，但这一点点的好感也被你的穷追不舍，和我老爸的自以为是给消磨光了。"吴三生继续道，"我们还是各自忙各自的生活吧。请你不要再打扰我的生活，我也不会再找你。我说得够清楚了吗？"

高佳艺一字一句地说："我不信，你现在说的每一个字我都不信。"

吴三生皱眉："高佳艺，假装男女朋友的游戏，就到此为止。再进一步，就会惹人厌烦了。"

厌烦?

高佳艺抬头，盯着他冰冷的目光，一个字都说不出来。

很好！她亮晶晶的眼中映着他绝情的脸。

吴三生收起直视着她的目光，冷漠转身。

高佳艺看向黑夜下泛着涟漪的湖面。

吴三生走出去约十米远，就听到她在身后大喊道："吴三生——"

他不想回头，继续迈步，忽地听到一声沉闷的落水声响起。

吴三生扭头，没有看到人，只看到平静的湖水泛起了巨大的水花。

他大惊，重新奔回去，听到旁边的路人呼救道："哎呀，有人跳湖了！"

吴三生几乎无法思考，脑子一片空白地踩上铁栏杆，一头扎下去。

他迅速抓到下沉的高佳艺，浮出水面，往岸边游去。

一阵短暂的混乱后，吴三生抱着高佳艺重新回到岸边，明亮的路灯下高佳艺浑身湿漉漉的，在夜风中拼命咳嗽。有人询问要不要送他们去医院，吴三生把外套脱下来盖住她的头，一一谢过关心的路人，表示没事，让他们散了。

等没有人了，他掀开外套，刚要开口大骂，外套下的人像弹珠一样扑进他的怀抱。

时间静止了。

他的心贴着她的心剧烈跳动。

高佳艺睁大眼睛，埋在他怀里的脸满是激动和兴奋——

就在刚刚，她确定了一件事，他就是那个皮卡丘先生。

呛水的感觉十分难受，六年前感觉再次出现，她死死地拽住他环住她的手臂，像那年在海上一样被求生的本能驱使着，感官变得无比清晰。

眼前这种无比熟悉的感觉，与脑海深处的记忆天衣无缝地重叠了。

如果说这还不够有说服力，那么她在他外套内兜里摸到的皮卡丘钥匙圈，还不是铁证吗！

皮卡丘右耳处有一道闪电裂痕，那是她送的，是独一无二的痕迹！

这是比确定他的口是心非还要值得高兴的事情！

她没有错过他，也不会错过他！

“放开！你放手！”吴三生仰着头，拽开她的手，将她推开，“高佳艺，你这种行为极其幼稚你知道吗！”

高佳艺被强行推开后，盯着他怒火中烧的脸不吭声。

“你以为你这么做就会有什么改变？”吴三生怒喝，“你拿自己的生命开玩笑，只会让我觉得我的决定是对的！你……”

他极少发脾气，冷静是刻在骨子里的，高佳艺这种过激行为触碰到了他的底线。他生气到了极点，却想不到能说什么，到底还是卡壳了。卡壳的结果就是不想再说下去，他从她身上扯过被水浸湿的外套，越过她：“我让秦学东过来接你。”

“不用，我自己回去。”她没有叫住他，也没再说任何的话。高佳艺越过他往街边走去，她看了一眼左手边昏暗的路灯，灯旁有很多飞虫围绕，看上去乱糟糟的，就像此时的情形。

表面上，她又搞砸了。可没人知道，高佳艺此时心里有多开心。

本来只是负气地想要用跳湖的方式来证明吴三生说的都是谎言，却意外地发现了另外一个真相——吴三生就是她找了六年的那个人。

曾经，她心心念念地找他，是因为那个人的出现让她活了下来，给了她第二次生命。当时，报恩是她唯一的念头。可见到吴三生之后，她心动了。

高佳艺坐上车，把手指放到嘴边来抑制住心中的激动，慢慢地，她想到了曲梦洁。她为什么会确定吴三生不是皮卡丘先生?

她说没有在吴三生那里找到皮卡丘。

而吴三生一夜之间答应了她的采访，又对答应的原因三缄其口。

把这一切的一切联系起来，高佳艺终于找到了答案——

能说得通的原因只有一个，曲梦洁撒了谎，她在吴三生那儿找到了皮卡丘，吴三生希望曲梦洁保密，两人这才达成了各取所需的共识。

往事一幕幕浮现在眼前，曲梦洁骗了她。她最好的朋友，明知道她有多想找到那个人，却还是骗了她。

回到训练基地，高佳艺把湿衣服换下来，倒头就睡。

秦学东在外面试着敲了几次门，又回去了。

第二天一早，秦学东在食堂看到了和大家一起吃早饭的高佳艺。

有说有笑，啥事没有。似乎……没有被比赛成绩影响到心情，也没有把昨天在体育馆外的坏情绪带回来。

“教练早啊。”高佳艺冲他打招呼。

秦学东拿着盘子在附近坐下，高佳艺却说：“不过来一起吃吗？”

他皱眉，高佳艺这正常得……有点儿过头了。

秦学东走过去，在她对面坐下。

英子等人继续吃着盘子里的食物，气氛融洽。

秦学东用叉子叉了一根火腿，看着胃口不错的高佳艺："梦洁说昨天跟你去吃日料了。"

"嗯，是啊。"高佳艺头也不抬地扒拉着煎蛋，"放心，我没吃多少。日料热量虽然低，但蛋白质还是蛮高的。"

秦学东顿了顿，终究还是没忍住："那你和……"

"曲梦洁没和你说吗？昨天吴叔叔请客，我们都在。吃完饭后，我就回来了。"高佳艺喝完碗里的粥，"好了，要去训练了。"

秦学东轻"嗯"了一声，身边的队员们一个个起身端着盘子离开。

他看见盘子里的牛奶，想到某人在观众席上握在手里的牛奶，心里怅然若失。秦学东不再找高佳艺单独聊了，而是默默地在旁边观察，几天下来，她一直表现得很正常，训练刻苦，吃饭积极，和队员们有说有笑，没有再出去过，也没去休息室偷偷打电话。

好像不是装的。

难道她真的"幡然醒悟"，主动断了和吴三生的关系吗？

秦学东怀着这样的困惑，小心翼翼地处理着和高佳艺的关系。

直到这一天，高佳艺主动敲开他办公室的门。

"秦学东，你这几天是怎么了？"她走进来，在他的对面坐下，"都没来骚扰我了，让我好不习惯。"

"注意用词，什么叫骚扰？"秦学东皱眉。

"就是……不在我耳边絮絮叨叨的。难道是因为我拿了银牌，你放弃我了吗？"她抽出他笔筒里的圆珠笔把玩起来。

"胡说八道什么呢，我又不是神经病，这几天你在好好训练，各项作业又都达标，我有什么好絮叨的？"

高佳艺点点头："那就是说我这几天的表现你还挺满意？"

秦学东警觉起来。

果然，她又说道："那今天晚上批我两个小时假呗？"

秦学东哼笑："我刚想说你这几天怎么这么乖，原来是……"

"哎，你想多了。今天是曲梦洁生日，你忘了吗？"高佳艺用笔指着他，做了一个打住的动作。

秦学东瞅了一眼日历，还真是。高佳艺继续道："往年都是她来基地，跟我聊个通宵就算是过生日了，今年我想给她正经过一个。"

这个理由实在合情合理，秦学东也想不出什么拒绝的理由："那好吧，不能喝酒，不能去人多的地方，不能见……其他乱七八糟的人。"

高佳艺托腮："你这么不放心的话，你也跟着好了。"

秦学东打量着她，不好判断这话是真心实意还是假话。想了想，他还是拒绝了："算了，你们好好玩吧，我相信你。"

高佳艺点点头："那谢谢了。"

"等一下。"秦学东从口袋里拿出一沓钱，"算我一份心意吧。"

高佳艺笑笑，也不客气，伸手接过。

下午，她洗了一个头，换了一身不算太运动风的裙子，从基地出去后，特意没和曲梦洁打招呼，直接去了她的单位。

在门口等了一会儿后，曲梦洁从里边跑出来，不敢相信地上下打量着高佳艺："真的是你啊？"

高佳艺挑眉："怎么，穿条裙子就不认识了？"

"不是不是，我是说你怎么来这儿找我了？"曲梦洁又惊又喜，还受宠若惊，"我本来还打算忙完去找……"

"我这不是来了吗？要多久，我等你。"高佳艺摆手打断。

"那你等我十分钟，我收拾好就出来。"曲梦洁指了指对面的咖啡店，"你去那里等我吧，穿这么漂亮在这里招风啊。"

“好。”高佳艺点点头。

曲梦洁又飞快地跑进去，高佳艺转身看向咖啡店，脸上的笑容一点点地消失。等曲梦洁忙完，拿着包赶到咖啡店，高佳艺看看时间，正好十分钟。她笑着对高佳艺道：“好了，我们去哪儿？”

高佳艺起身，拍她的肩：“去庆祝你生日啊。”

两人坐上计程车，开到了吴三生的救援基地门口。曲梦洁跟着她下车，怔怔地看着这地儿：“我们……来这里做什么？”

高佳艺拉过她的手往巷子里走，走着走着就看到了地上的玫瑰花瓣做的指引，像是在梦境里被魔法棒指引着方向一样，她觉得有些好玩，又忍不住嘲笑自己像小孩子一样。

就这样，被拉着走过几个箭头，曲梦洁看到一个爱心形状的花圃，五颜六色的花圃中放着很多漂亮的礼盒。

邢镇等人不知道从哪儿蹿出来的，穿着玩具充气服，脸上化着小丑妆，笑着对曲梦洁大喊：“曲记者——生日快乐——”

曲梦洁怔了怔。

高佳艺看向她：“怎么样？这个生日祝福还满意不？”

曲梦洁抿唇，一时之间不知道该说些什么。她还从没被这么多人庆祝生日，还被当成公主一样接受惊喜，接受这么多礼物，接受这么多祝福。

“我寻思着你之前生日过得都太冷清，今年来点儿不一样的。正好你和他们又都认识，他们听说你过生日，都嚷嚷着要给你好好布置一下。”高佳艺耸肩解释道。

邢镇笑着上前：“曲记者，别感动得太早哈。我们每个人都准备了拿手好菜，你吃了以后可别忍不住掉眼泪。”

同事捶他：“人家是寿星，怎么想着让寿星掉眼泪呢？真是的！”

但是捶也只是捶在他蓬松的充气服上，邢镇偏还做出一副夸张的受伤样子，惹得大家哈哈大笑。

曲梦洁笑着看向扮作小丑的邢镇，问："那有你做的拿手好菜吗？"

邢镇扬起一个夸张的微笑："那是当然。"

曲梦洁冲他眨了一下眼："别人做得好不好吃我不知道，不过你做的我一定吃。"

邢镇微微一怔，心突然跳了一下，只觉得这曲记者挺可爱挺爽朗的，还对他挺特别的。这么一想，邢镇就觉得之前认为她烦简直匪夷所思。她长得挺漂亮，一笑起来有两颗虎牙，眼睛弯弯，像两颗一闪一闪的星星。

"邢镇，你的脸怎么红了呀？"旁边的哥们用胳膊肘捅了捅出神的邢镇。

邢镇整个人像被闪电击中一样一激灵，连忙推开多嘴的家伙："我才没有呢！别瞎说！"

"切，还不承认！"

几人有说有笑地走进基地，穿过长廊来到后院，大圆桌上早已经上了很多菜。正中间放着一个没有拆封的蛋糕盒子。

众多人中，没见到吴三生。

曲梦洁忍不住看向高佳艺，那晚从寿司店出去后，她和吴三生坠湖的事她是知道的，吴三生表情凝重，说他们之间不会再见面了。

今天，高佳艺特意挑在这里给她庆生，他是故意躲出去了吗？

高佳艺在邢镇等人的招呼声中坐下，曲梦洁和她坐在一起。邢镇要给大家倒酒，高佳艺捂住杯口说道："今天出来前，被叮嘱过不能喝酒。"

小梁姑娘闻言起身："那我去拿饮料。"

邢镇悻悻道："啊，佳艺女神好不容易过来，居然不能喝酒啊……"

曲梦洁把自己的杯子递过去："我可以喝啊，给我倒上。"

邢镇立刻由阴转晴："曲记者就是豪爽，来来来。"

他倒酒的时候忍不住拿眼神去瞟曲梦洁，相对而视，他的心竟扑通扑通地跳了起来，觉得脸上有两团火在烧。

天哪，他怎么又脸红了？

“邢镇，你多倒点儿啊。”见邢镇倒了一点点就停了，曲梦洁说道。

“啊……女孩子喝多了不好。”邢镇腼腆地摇摇头。

“你刚刚不是还觉得佳艺不能喝酒扫兴吗？现在怎么又改口风了？”

“我……”邢镇整张脸都红了，也不知道曲梦洁是故意这么说的，还是无心的调侃。

曲梦洁从他手里拿过酒瓶继续倒酒：“放心吧，我酒量好着呢，千杯不醉，没事！”倒完，曲梦洁笑着用酒杯碰了碰桌面，“感谢大家今天为我庆生，我先干为敬。”

众人鼓掌叫好。曲梦洁很懂得营造气氛，这得益于她的工作，她最擅长的就是和人打交道了。但她今天也是真的高兴，高佳艺一反常态地从基地跑出来给她庆生，这是她从来没想过的。

小梁把橙汁拿过来，高佳艺给自己倒上，和曲梦洁碰杯，说：“梦洁，生日快乐。”

“谢谢。”

高佳艺抿上一口甜到发苦的橙汁，顿了顿道：“我有礼物要送给你。”

曲梦洁见高佳艺起身，问道：“是吗？没在刚才那些礼物里吗？”

高佳艺俯身去解蛋糕盒子上的丝带。

曲梦洁期待地看过去，粉色绸缎被拉开，盒子散开。

她的笑容僵住了——生日蛋糕上的黄色皮卡丘，格外刺眼。大家本来都不明白这蛋糕有什么不对，但是看到曲梦洁的脸色变了，连要去插蜡烛的邢镇的笑容也僵在了脸上。大家一时间都没有说话。

高佳艺把蛋糕拿过来，重新坐下。

曲梦洁听到她说：“你在这里没找到的皮卡丘，我找到了。”

高佳艺看向邢镇：“还愣着做什么？插蜡烛啊！”

邢镇忙点头。高佳艺第一个鼓掌唱起《生日快乐歌》，笑容诚挚，好像根本什么都没发生过，大家也便跟着唱了起来。

曲梦洁勉强扬唇，看着邢镇把代表年龄的蜡烛插在蛋糕上，点燃蜡烛，她心里跟窒息一样难受。

在电视台看到高佳艺出现时，她就应该察觉这个生日会不同往常。

果然不同往常。

唱完生日歌后，高佳艺提醒："来吧，我最亲爱的朋友，许愿吧。"

曲梦洁忧伤的视线从她的脸上缓缓移开，闭上眼睛，只许了一个愿望：愿我和高佳艺的友谊能继续下去。

她刚吹灭蜡烛，一只手就飞快地伸向蛋糕，抹了一把奶油，邢镇带头玩起了抹奶油大战，一群人笑闹着在庭院里跑开了。

曲梦洁怔了怔，盯着面目全非的皮卡丘，耳边的热闹似乎在很远很远的地方。

"曲梦洁，我们做了这么多年的朋友，你却在最重要的事情上骗我。我能听听你的解释吗？"高佳艺收起笑容，直勾勾地看着曲梦洁，看着这个她从来都深信不疑的好朋友，轻微颤抖的语气里是对她隐瞒了这么多天的愤怒和痛苦。

"我……"曲梦洁的嘴巴像是被贴了封印，平时的好口才在这时候全然不见。她伸手去抓高佳艺的胳膊，却僵在了半空。

"为了采访任务，还是因为秦学东不希望我再找下去？还是为了你自己的私心？"高佳艺苦笑，"还是都有？"

"佳艺，你听我说，我……"曲梦洁咬着嘴唇，在心里问自己，说什么？可以说什么？起初没有告诉高佳艺是因为采访任务，后来是因为不想告诉她，再后来听到她说就算吴三生是不是那个人都没关系，就觉得不说也可以……但现在，听起来都是借口。

半晌，曲梦洁低下头："对不起。"

借口万千，都不如一句道歉来得诚恳，可是讽刺的是，一句歉意还不如那些借口，语言在这个时候显得苍白无力极了。

高佳艺侧过脸，不让她看到自己的眼泪滑落。

今天她出来给曲梦洁过生日是真心的，和曲梦洁挑明也是真心的，也早就知道吴三生一定会躲着她。这样正好。

“我不是来听你说对不起的。”高佳艺盯着转眼间面目全非的蛋糕，“你既然比我早知道，那你一定也清楚他拒绝我的理由吧？”

曲梦洁睫毛轻颤：“六年前，他因为救你而错失了救其他人的机会，这成了他的心病。我……我也是从吴叔叔那里知道的。”

“既然你这么喜欢保密，那就一直保密下去吧，为我知道他就是皮卡丘先生这件事保密。”高佳艺把橙汁一饮而尽，冷冷地说。

曲梦洁攥紧自己的衣角，只觉得心脏要在胸腔里炸开了。

她不知道高佳艺是怎么知道这件事的，但她知道高佳艺是在用这样的方式惩罚她。

生日会是怎么散的，曲梦洁记不清了，只知道高佳艺没有立刻离开，而是待够了两个小时才走。她坐了一会儿也起身告辞，是邢镇送她出去的。高佳艺那句继续保密，不知道是原谅她了还是不原谅。曲梦洁盯着脚下的路，觉得整个人都是恍惚的，在她快要跌倒的时候，一双手有力地扶住了她。

她下意识地扭头唤道：“佳艺？”

“是我，曲记者。”邢镇担忧地说道。

曲梦洁看向前方，听到他说：“我知道，佳艺女神知道了。”

曲梦洁困惑地怔了怔。

邢镇朝她点点头：“老大是皮卡丘先生，他让我别说出去。”

原来，他也知道这场生日宴真正的主题。

曲梦洁苦笑，索性让酒精麻醉了不清醒的脑袋，勾过他的脖子问：“要不要跟我去喝一杯？”

吴三生和老吴从外边回来，和高佳艺正面相撞。高佳艺和老吴打过招呼就要走，吴三生被逼着送高佳艺回去。

但是高佳艺只让他送到了巷子口。

“回去告诉吴叔叔，你把我安全送到训练基地了。至于时间嘛，你可以在外面闲逛一下再回去，这样就天衣无缝了。”高佳艺微笑，一点儿也没有要继续纠缠。

吴三生看她一眼，转身，又驻足：“今天你过来……”

“曲梦洁今天生日，邢镇他们也想为她庆生。人多热闹点儿。”高佳艺解释道，“我想邢镇肯定有通知你的，所以你不会撞见我。”

那晚做了跳湖的幼稚举动后，如今再见，她好像格外懂事了，好像连眼神都不带一丝留恋。她冲他咧嘴笑，极短暂的笑，随后转身。

吴三生舒了口气，又觉得失落。看到两个醉酒的男人勾肩搭背地从前方走过来，犹豫再三，他还是快步跟上，走到高佳艺的身边，适时地挡住那两道猥琐的目光，沉声道：“到街上，我看你上车。”

高佳艺扭头，看到了两张不怀好意的脸。

她收回目光淡淡勾唇，没说什么。

巷弄悠长，离可以打车的街边大概有十分钟的路程。高佳艺故意放慢脚步。裙摆轻扬，天色渐暗，喜欢的人在侧，岁月静好。

吴三生双手插在口袋里，一直沉默着。

她不时地偷看他的脸，又不时警惕余光太炽热会被发现。

此时的她，强忍住要抱住他的冲动——终于从曲梦洁那里得知了吴三生的秘密，六年前他为了救她，错过了救其他人，这道阴影一直在心里挥之不去。她的出现，就是在不断地提醒着他那几个人的死去。

高佳艺一遍遍地告诉自己，不可以操之过急，这条路要慢慢走。

“那天，对不起。”高佳艺说道。

吴三生不知道此时的她在一语双关，淡淡道：“知道错就好。”

高佳艺抿唇：“那天回去后，我感冒了。”

吴三生一怔，又迅速看向脚下。

“烧了整整一夜，梦里我回到了六年前。我在想，如果那个时候没有遇到那个人，我已经去天堂了，人生之苦不用再承受，仔细想想其实也挺好的。”

高佳艺还想继续说什么，却被他低声打断了：“没有什么比生命更重要。看来，你还是没弄懂。”吴三生皱眉，“不要总想着过去，现在和未来才是最重要的。”

高佳艺就是要等这句话，她点头：“那你也别老想着过去了。”

吴三生怔住。

“把之前的我忘掉，我们重新认识吧。”她伸手，“你好，吴三生，我是高佳艺，我很想认识你，跟你做朋友。”

他的心猛地一跳，好不容易才重新回归正常：“不必。”

高佳艺淡淡地笑着，把手缩回来时突然听到身后传来了一阵女人的尖叫声。

她和吴三生一齐回头，看到一个女人张皇失措地追着两个男人跑出来：“抢劫啊，抢劫啊！”

高佳艺皱眉，如果她没看错的话，跑在前面的正是刚才那两个嘴脸丑陋的人。吴三生已经先一步跑过去了，高佳艺紧随其后。

女人穿着高跟鞋，追了两步就摔倒在地了，只能拼命地喊。

两人追到巷弄里的十字路口处，吴三生正要加速追去，高佳艺拉住了他。她从包里拿出一把弹弓，拾起地上的石子朝那两个男人的小腿肚射去。他们跑得飞快，但再快也快不过石子，双双中招扑倒在地。

高佳艺收起弹弓，很潇洒地吹了一下额前的头发：“可以报警了。”

吴三生看向她，默默地在心里笑起来。

他们陪着女人等到警察过来，做了笔录。好巧不巧，这个女人是当地红十字会的会长，来这边是为了感谢吴三生的飓风救援队之前帮忙运送物资。高佳艺这一波操作被她用手机记录下来，眼看着这又是要上热搜的节奏。高佳艺看向吴三生：“怎么样？现在可以重新认识了吗？”

吴三生不搭理她，和女人恳谈，希望这件事不要上传到网络上。恳谈的结果就是，这件事不会上传网络，但会长的答谢饭局他们两个一定要参加。

完事后，吴三生走到街边给高佳艺拦了一辆出租车，高佳艺坐上车，低头笑道："吴三生，我们每一次分别都说不要再见，每一次都有再见的机会。不是我不想躲开你，是躲不掉啊。"

他关上门，和师傅说了地址。车子开出去没几米远，高佳艺摇下车窗探出头来，冲他挥手大喊："吴三生——晚安——吴三生晚安——"

不是下次见，是晚安。吴三生站在原地，回想着今晚的一切——她的每一句话，每一个笑容。

她……和之前不一样了。

第九章

他喜欢她，该怎么办

吴三生回到基地，狼藉的庭院被小梁收拾得差不多了。

邢镇还没回来。

老吴拿着杠铃，在庭院里心不在焉地等着，看到吴三生回来，笑眯眯地迎上去，心情激动："送回去了？"

吴三生扫一眼他八卦的老脸，径自往里走："邢镇，邢镇。"

小梁闻声拿着扫把出来："老大，邢镇还没回来。有事吗？"

"我有事找你。"吴三生示意小梁过来。

老吴："哎哎，你去哪儿呢，老爸跟你说话，你打什么岔？"

吴三生拽着小梁走进厨房，把门关上，老吴闷闷地踹了一下门，哼哼着走开。

小梁扶了下眼镜，低声问道："老大，什么事啊？"

吴三生一向开门见山，不喜欢拖泥带水："今天曲梦洁过来，生日会如何？"

小梁眨了眨眼："很好啊。"

"没发生什么事吗？"

小梁再次眨眨眼："没有啊。"

吴三生垂眸。

"对……"这时老吴再次踹门，把小梁的思绪给打断了，吴三生无奈地去开门。

老吴灵活地跳进来，清了清嗓子：“说什么呢，这么偷偷摸摸的？我要拿水喝！”

吴三生摇头，出去了。

老吴问小梁：“哎，他跟你说什么？”

小梁满脸黑线，这回真是没什么了。

吴三生回到房间，拿过手机想要问曲梦洁，但又不知道从何问起。才清静了几天，高佳艺的名字也才从身边消失几天而已。现在……

任何多余的举动都有动摇决心的嫌疑。

想到这里，吴三生烦躁地把手机往床上一扔，结果手机滑到了床边，掉下去了。

他趴在地上把手伸进床下，就这样看到了放在床下的收纳盒。

那盒子里是高佳艺这些年写给他的信。

高佳艺并不知道他的姓名，只是寄给他们团体，收到信的人从信封的内容判断出他是收信人，代为转交，这一转就转了很多年。他不想让高佳艺知道是他，转交的兄弟也很体谅地为他隐瞒。

每一封，他都看过，每一封，他都保存着。

她不会知道，起初收到她的信，他抗拒了足足三个月，不敢看，不敢碰。后来，他不停地问自己，自己真的做错了吗？救了她而没有救其他三个人，是她的错吗？

答案是否定的。

既然是否定的，他就不敢再将她的感谢置之不理。

慢慢地，他用沉默来回应这些信，四处辗转也始终带在身边。直到这些信不会再刺痛他的眼、他的记忆，成为他生活里的一部分……

吴三生把收纳盒拉出来打开，分成两摞的白色信封没有被灰尘覆盖，而是在时光里渐渐地泛起淡淡的黄。她要找到他的决心都体现在了信里。

今晚，她说："吴三生，我们重新认识吧？"

我们重新认识吧？我们重新认识。

我们……还能重新认识吗？

"咚咚咚"，老吴敲门。

吴三生迅速把收纳箱推回去，拿过床尾的吸尘器，用长杆把手机扒了出来。

"你别问了，我不会跟你说一个字的。"吴三生先一步开口。

"我知道啊，所以我也不打算问了，明天我就回去找你妈。"老吴语出惊人，吴三生忍不住半信半疑地看向他。

老吴笑笑："怎么，每天想着赶我走，真听到我要走，舍不得了？"

吴三生："爸。"

"嗯？"

"你真走了才好。"

老吴没好气地翻了个白眼，抓起脚上的拖鞋作势要打他："你个臭小子！"

"我走呢，当然是有条件的。"老吴到底还是没把拖鞋扔出去，"看到你和小佳艺能好好地相处，走上正轨，我就放心了。"

吴三生皱眉："你和高佳艺很熟吗？"

"比你熟。"老吴挑眉，"人家小姑娘长得好，性格好，比你不知道强多少倍，难得她瞎了眼能看上你。儿子啊，人生没几次这样的幸运，我虽然不知道你在别扭什么，但看得出来你心里也有她。"

"爸。"吴三生瞪眼，"你根本什么都不知道。"

老吴起身："是是是，我是什么都不知道，所以不在这里瞎掺和了，免得惹你讨厌。对了，这个留给你，不是我要给你的，是你妈要给你的。"

他把银行卡放到桌上："我们不干涉你对救援工作的热爱，希望你也不要辜负我们对你的爱，就这样。"

他冲吴三生眨眨眼，带上门。

吴三生瞟向桌上的银行卡，心里的郁闷少了几分。不是因为钱，而是因为老吴刚才说的话。

他虽然叫老吴爸，但准确地说，老吴其实是他父亲的同事。

父亲是在四十岁那年走的，那时候他不到十岁。

印象中，父亲经常被紧急电话叫出去，短的时候两三天，长的时候可能就是一个星期甚至更久。每次回来父亲都很疲惫，又或者带着伤。

母亲总是很心疼，但从不在父亲面前表现出来，只是在他回来时给他准备好热水、热饭，帮他上药。

他小时候不懂事，也会跟母亲埋怨，父亲为什么总是这么忙，总是突然离开，母亲告诉他父亲是去救人，而救人是这个世界上最光荣、最功德无量的事。

他永远记得最后一次见到父亲，是父亲四十岁生日那天。

那天母亲很高兴，早早起来打扮，给他穿上了好看的新衣服，说要带他去买蛋糕。

父亲出门的时候，母亲千叮咛万嘱咐今天一定要早点儿回来。

父亲朝他挥手，答应今天一定会早点儿回来。

结果，那天……

父亲接到一个紧急电话，郊外一座矿山发生垮塌，很多工人被埋。

他二话不说带人赶到事发地进行救援。

救援条件十分简陋，了解情况的包工头并不在现场，只有矿工大着胆子开机械车过来挖土，想尽快把人刨出来。

父亲到了以后安排队员控制现场，把没有救援常识的人都隔离疏散，免得造成二次伤害。

他通过图纸了解到塌方点下面有条挖了一半的隧洞，被埋的人可能就躲在这洞中，还有生还的希望。于是迅速挖出一个能容一人进出的井口，准备下去救人。

塌陷的矿洞很有可能会再度垮塌，父亲不顾劝阻，腰间系了绳子就下去了。

具体的救援过程吴三生没有亲眼看到，是听老吴说的。

父亲通过一次次的尝试，终于找到了被埋的洞口，他将绳子解开，绑在需要被救援的人的身上，让上边的同事将他们一个个拉上去。在明知道洞口开始掉土的情况下，还是坚持把最后一个被困者先送上去。

结果轮到父亲的时候，洞口彻底垮塌，他被活埋在了里边。

后来，重型挖掘机姗姗来迟，父亲被挖出来时，他已经失去了生命，在四十岁生日这天，永远离开了母亲和他。

父亲走得早，他便担负起照顾自己和母亲的责任来。当初母亲怕他走了父亲的老路，一直很反对他做救援工作，是老吴主动站出来给她做思想工作，并表示全力支持他。

这些年，老吴为他做了比真正的父亲还要多的事情。

在他心里，老吴不是叔叔，就是爸。

老吴知道母亲对父亲的感情，默默地以朋友的身份守护着母亲，尊重母亲，爱护他。母亲很感激他做的这一切，也让吴三生认他做了干爹。

他是父亲和母亲的儿子，也是老吴的儿子，老吴一直很担心他，但从来没有放在嘴边，从来没有给他压力。这些他都清楚。

所以，老吴再“无赖”，他该给的面子还是要给。

吴三生起身，开门出去，老吴已经不见踪影。

他决定，明天亲自送送老吴。

高佳艺回到基地，没回宿舍，而是一头扎进图书馆。

训练基地的图书馆，和普通高校里的图书馆一样。只是除了偶尔有几个老师来之外，运动员基本都不怎么来这里。

高佳艺在摆放心理学的书架前停下。

她想知道一个心里有阴影的人，该如何去除阴影。

她抱了一摞书，在有些灰尘的桌子前坐下，进入高考生备战的状态，连秦学东过来了也不知道。

两个小时的假结束，秦学东去宿舍检查，没看到她的影子，打曲梦洁的电话又打不通，便到门卫室询问，结果门卫说高佳艺已经回来了。

他在学校里到处找，最后找到这里，才看到了把自己埋进书堆里的她。

怎么想起来看书了？秦学东疑惑地走过去，往最上边的一本书上瞟了一眼，不由得蹙眉。

《PTSD 创伤后遗症》，她看这些做什么？

秦学东清了清嗓子，高佳艺根本就没听见。

他想了想，还是没有上前打扰。只是他没想到的是，高佳艺会泡在图书馆里整整一夜。

第二天在食堂，高佳艺顶着两个大大的黑眼圈出现，秦学东听到英子上前拍她肩道："高佳艺，你昨晚在哪儿睡的？一晚没回。"

高佳艺立刻捂住她的嘴，做了一个嘘的动作。

秦学东哼笑出声，高佳艺居然在图书馆里熬夜了？这真是太阳打西边出来了……

"高佳艺。"

高佳艺循声望去，秦学东正冲她招手。她心里咯噔一下，不知道是不是刚才英子的话被他听到了。

她赔笑点头，瞪一眼英子，心里暗骂这个乌鸦嘴！

她在他对面坐下，秦学东把早餐推到她跟前："高佳艺，你又在闹什么幺蛾子呢？"

"我……没有啊。"高佳艺抿唇，"就是去图书馆看了一些书嘛。"

秦学东歪头，他还不了解她吗，这忽然间看起书来，肯定是有目的的："我记忆里，你不是一个爱读书的人。昨天出去一趟就忽然变得这么爱学习，你要我怎么想呢？"

"以前不懂事，现在才明白读书的重要性。还来得及不？"高佳艺不答反问。

秦学东盯着她，一时语塞。

“教练，我吃好了。”高佳艺眉眼弯弯，三两下吃完早餐，把空荡荡的餐盘一推，起身道，“那我去训练了？”

虽然动机未明，但念书到底是件好事，秦学东心有不甘，却也只能放过她。

但他深觉这事和吴三生有关。

和英子他们做完集训，高佳艺又把自己关进图书馆“刻苦”去了。

作为射箭运动员的她，就算是制订拯救计划也是很有专业风格的——

她把熬夜做出的方案，分别用不同颜色的便利贴贴在靶子的不同得分区域，然后蒙眼进行射击。

射到哪个，就着重实施哪个方案。

每一个方案都是她认真想出来的，鉴于实在难以抉择，干脆就用这种方法来抓阄吧。

蒙上眼睛，来回走动几圈后，站定，射击。

高佳艺扯下一点点蒙眼布，露出左眼看过去。

箭射中了第三环，是蓝色便利贴。没记错的话，该颜色对应的是“以身作则法”。

所谓的以身作则法呢，就是拿自己做例子，用实际行动告诉他，她已经从那片大海的阴影里走出来了，他也可以做到。

这可比嘴上的安慰有效很多。

只是……

浴室里，高佳艺放了满满一浴缸的水，把自己的脸泡进去，不到二十秒就抬了起来，水顺着她的下巴不停地滴落，她一脸惊恐地大口喘气。

说起来容易，做起来难。

她对水的恐惧，还是那么强烈。

当她把眼睛和鼻子，浸到水里时，六年前的大海一点点吞没她的感觉，就会像鬼魅一样侵袭而来。

那种不可言说的绝望，太难忍受了。

高佳艺咬唇，秀气的鼻翼迅速扩张。

……

“现在，你请我吃饭吧。就当是给我的安慰奖可以吗？”

“不可以。”

……

“我不喜欢你。”

……

“高佳艺，假装男女朋友的游戏到此为止。再进一步，就会惹人厌烦了。”

……

不，吴三生对和她一起吃饭的抗拒，还有他说不喜欢她时的冷漠，才是现在最让她害怕的事情。

高佳艺一咬牙，又把脸埋进浴缸里。

这次是三十四秒……

再来!

四十二秒……

再来!

……

高佳艺在体育馆待到深夜才回宿舍，英子打开门，刚想问她要不要喝牛奶，就被她的一脸疲惫给吓到了：“你这是……”

高佳艺越过她，一头栽倒到床上。

“你不是吧，在体育馆待那么久，真在自我折磨呢？”英子以为她是躲在那儿偷懒去了。

高佳艺一个字都没力气回她，脸稍稍往里一侧就睡着了。

很快，英子就听到了她轻微的鼾声。

“这是有多累啊！”

一连七天，高佳艺都把自己泡在体育馆里，每天最后一个回宿舍楼。英子有些害怕地跟秦学东打报告，偏偏高佳艺早就防着她这一手，秦学东过来的时候，她就好好地在体育馆里练射箭。

秦学东愣是什么也没有发现。

不过练闭气只是第一步，之后她还要去游泳馆学游泳。

高佳艺不由得开始思索去游泳馆的事要怎么瞒过秦学东……

“佳艺。”

听见有人喊自己，高佳艺循声望去，刚出去的秦学东又回来了。

“怎么了？”

秦学东脸色有点儿不对，他侧过身，吴三生在他身后出现。

高佳艺怔了怔，上次他出现在体育馆时，二话不说冲进来抱着她就走，这次……她默默咽了口水，放下手里的弓：“你怎么来了？”

更重要的是，秦学东居然肯放他进来！

吴三生双手背在身后，走进来：“我来接你吃饭。”

吃饭？高佳艺一拍脑门，想起来了，是红十字会会长的答谢饭局。

高佳艺小跑到吴三生跟前，再看向秦学东：“可以吗，教练？”

秦学东瞪眼，却无奈，他虽然是教练，高佳艺虽然是基地里的运动员，但也没有阻止她与外来者见面的道理——吴三生登记了名字，以正规流程进来的。基于这段时间高佳艺的勤奋刻苦训练，他就更不能摆出阎罗王那种说一不二的架势了。

“两个小时。”

高佳艺一怔，刚想说两个小时太短了，来回车程就要占不少时间了。

吴三生却轻声道：“好。”

高佳艺跟着吴三生走出去，经过秦学东身边时听到他压低声音道：“吃完饭就回来。”

吴三生迈着大长腿走在前边，一跨就是一大步，很快就和她拉开了距离。

高佳艺跟上，不由好奇地问：“你是怎么说服秦学东放你进来的呀？”

之前他的擅闯，可是让秦学东气炸了。她才不信秦学东会大人有大量，这么快就原谅了他呢。

“没有说服。我只是说你和我早有约定。”

高佳艺眨眨眼，敢情他是拿她当挡箭牌!

“哎，你能不能走慢一点儿？”

吴三生看了她一眼：“那天的事不好外传，所以我代替许会长来接你。”

高佳艺怔了怔，意识到他这是在向她解释，她不由得苦笑：“你能不能不要说得那么官方？吴三生，你这样可是有点儿此地无银三百两哦！”

他又看她一眼，这次的目光越发冷了一些：“曲梦洁是怎么回事？”

高佳艺一愣：“什么怎么回事？”

“我本来是让她通知你的。”如果不是曲梦洁说她没空，几度推诿，他根本不必过来走这一趟。

高佳艺微微一笑，没接这茬，而是看着脚尖说：“你就这么不愿意和我有半点儿牵扯，你就……这么讨厌我吗？”

她语气明明是自嘲的，半开玩笑的。但他听着却有些隐隐的痛，他想说“并不讨厌你”，可是那天在湖边他已经说得那么决绝，还是不要给她任何希望吧。

吴三生喉结动了动，蹙眉道：“对。”

高佳艺拉住他的手，目光灼灼：“可是怎么办，你有多讨厌我，我就有多喜欢你。”

她可不是这么轻易就会放弃的。

对上他的目光，她笑得越发灿烂。

坐上那辆绿色皮卡车，高佳艺扭头看了一眼后座问道：“这回叔叔没嚷着一起来吗？”

“他回去了。”吴三生发动车子。

高佳艺若有所思地点点头：“怪不得……”

他侧视。

她嘻嘻笑："怪不得叔叔会跟我说那些话呢。"

吴三生皱眉："你们见过？"

高佳艺看向前方，故作神秘地卖关子："不告诉你！出发吧！"

吴三生眉头不展，想到老吴离开时的笑容，越发不安。

许会长约定吃饭的地方，是一家老字号餐馆，掌厨的大厨听说是从京城来的，招牌菜酱鸭堪称一绝。

许会长订了包厢，看到吴三生和高佳艺推门进来，欣喜地起身上前道："哎哟，你们可算来了。"

"抱歉，堵车。"吴三生解释。

"我还以为你请不动你女朋友呢。"许会长意味深长地看着高佳艺笑。

不等吴三生张嘴，高佳艺歪头作调皮状："怎么会，他的面子不给，许会长的面子一定得给！"

许会长点点高佳艺的鼻梁："就你嘴甜。"

她拉着高佳艺在身边坐下，让服务生上菜："佳艺啊，你那几下弹弓射得实在是太准太帅了！放网上一定能火。真是太可惜了，你们两个都这么低调。"

高佳艺笑："就是路见不平，许会长没事就成。"

"唉，那晚如果不是你们出手，还不知道后果怎样呢。我现在想起来都还是后怕。"许会长心有余悸地捂胸口，"所以这顿饭你们一定不要和我客气！"

高佳艺微笑："不会，一定尽兴。"

许会长看高佳艺是越看越喜欢，之前高佳艺练习的视频走红网络她是知道的，现在能借这件事认识也算是缘分："佳艺二十岁，我比你大十岁，你就叫我姐姐吧。"

服务员上菜，高佳艺立刻就被最中间的大菜——酱鸭给吸引了。

许会长热情，她也就不客气了，套上一次性手套，抓起鸭腿就往嘴里塞："姐姐，这酱鸭真好吃。"

许会长哈哈大笑道：“这酱鸭最正宗的吃法可不是这样的。你这么吃，吃不出最好的口感。”说着她瞟一眼吴三生，“应该呢，是用刀切成一小片一小片，就着生菜和这特制的米糕一起吃，这样才不会太腻，保持最好的口感。”

“是吗？”

“对啊，三生，你弄一小块给佳艺吃呀。”许会长使眼色。

高佳艺这才反应过来，这许姐姐是变着法地给他们制造亲近的机会呢。她看一眼吴三生，赶忙解围：“我自己来就行，三生他害羞。”

“我可是见过他对他前女友的体贴。”许会长一本正经，“怎么到你这里就害羞了呢？”

高佳艺的脸立刻鼓起来：“前女友？”

吴三生也是一脸疑惑地看向许会长。

“对啊，那次我带物资去基地的时候，正好碰上他们吃饭，三生给那个戴眼镜的小姑娘夹菜的样子就很体贴啊。”许会长神情认真，说这话的时候还比画起来。

高佳艺眨眼，戴眼镜的小姑娘？难道说的是小梁？

“不过我也就是在外边看了一眼，没佳艺你好看，真的。”许会长摆手。

吴三生：“许会长，那是我的队员，处理内勤事务的，不是女朋友。”

许会长眨眨眼：“是吗？那我误会了。”

高佳艺看向吴三生，他的眉毛都快要拧成麻花了，大概是在郁闷刚摆脱了老吴同志的骚扰，又来了一个比老吴有过之而无不及的许会长吧。她觉得有趣，按照许会长说的酱鸭吃法，给吴三生包了一个递过去：“没事，三生现在这样就挺好，我特喜欢。”

他瞪眼，硬是没接。

高佳艺也不收回手，趁着许会长在，她谅他也不会怎样：“快点儿，我的手酸了。”

吴三生勉为其难地张开嘴，一口吃下去。

他不由得想起在海边沙滩的时候，他也喂过她。

那时……他骗她说，裴子东在看他们。

其实，并没有。

意识到自己出神后，他迅速低头。

许会长给两人夹菜，一顿饭大部分时间都是她和高佳艺在热聊，女人的话题总是无限的，吴三生一直静静地坐在旁边陪着，没怎么吃，但手会时不时地拨动转盘。

临走的时候，许会长加了高佳艺的微信，意犹未尽地表示要不是得赶回单位处理点儿捐款的事，她一定不会先走。

“三生，佳艺，那我先走一步。”

“嗯，姐姐慢走。”高佳艺挥手。

许会长一步三回头地离开。

高佳艺摸了摸自己吃撑的肚子，开心地舒了口气：“吃得好饱啊。”

“吃了三盘酱鸭，一盘米糕，还有其他的菜，能不饱吗？”吴三生把手里的外套重新穿上。

高佳艺噘嘴：“许姐姐热情，一定要喂饱我这个救命恩人，能有什么办法？等一下，你怎么知道我吃了多少？你刚才都没吃，光顾着看我了哦？”

吴三生目不斜视。

“吴三生，你去哪儿？”高佳艺拽住他，“被戳穿就甩脸走人是吧。”

“高佳艺，男女授受不亲。”吴三生绷着脸，“你总是喜欢这么和男人动手动脚的吗？”

高佳艺挑眉：“我就是喜欢和你动手动脚，怎么样？”吃饱喝足，她的脸皮也厚了，用吃得硬邦邦的肚子去顶他，“男女授受不亲？我们都亲过那么多次了，你现在才说这话？”

吴三生步步后退，竟有些狼狈地被她顶到墙边，退无可退：“你……”

“怎样？”高佳艺抬下巴。

“我们什么时候亲过，你不要乱说话！”吴三生涨红了脸，怒目圆睁的样子跟那晚在湖边时没什么两样。

“想知道？”高佳艺的“亲”没这个意思，但见他主动跳坑，便顺水推舟朝他勾手指，“你靠近点儿，我悄悄告诉你。”

吴三生鬼使神差地把头低下去。

刚低下头，他的脸颊就被偷袭了。

“这不就亲到了？”她贴在他耳边低声偷笑，“吴三生，你总是被我套路，就没想过为什么？”

他愠怒侧视。

“因为你喜欢我。”高佳艺收起笑，认真地说，“你喜欢我，才会一次次地中招，不然，到底是你蠢还是段位数够高？”

吴三生竟无言以对。

好奇怪，他越是这副浑身紧绷的样子，她就越是心动越是想要撩拨他。

她很享受他一点点地被她攻城略地的感觉，这和射箭比赛时得分一样有成就感。

高佳艺笑得越发开心，贴着他的身体说道：“明明没喝酒，怎么就觉得醉了呢？”

吴三生把她从自己身上挪开，硬声道：“醉了就送你回去！”

高佳艺故意站不稳，就是要闹他。

没想到他突然放手，她一个踉跄就坐地上了。

她抬头，静静地望着他，也不生气，也不让他把自己拉起来，因为看到后边有服务生推着小车过来了，一定会遇到她这个大障碍。她就这么等着，看谁耗得过谁。

服务生是个五大三粗的中年妇女，这种在饭店闹脾气的小年轻她看得多了，看到吴三生站着，小姑娘这么坐着望他，有些没好气地催促道：“能让一让吗？我要到前边去收盘子呢。”

高佳艺冲吴三生挑了挑眉毛。

吴三生转身就走。

没等高佳艺说话，服务生就先扯开嗓子了：“哎哎，怎么把女朋友扔在地上自己就走了啊？搞什么名堂啊？”

高佳艺扭头，故作委屈地泪眼汪汪：“大姐，你不知道，他、他和别的女人不清不楚，我多问了两句，他刚才还凶……”

谎话没编完，她就感觉身体一轻，重新回到了他的怀里。

吴三生的眼珠子都快要瞪出眼眶，脸色铁青，高佳艺微微皱眉，觉得自己的身体要被箍碎了。

但她还是赢了。

“吴三生，你千万别这么快投降哈，我的撒手锏还没使出来呢。”高佳艺得意地笑，伸手摸了一把他比铁块还硬的脸。

从饭店出来坐上车，高佳艺看着车窗外一排排亮灯的街铺，突然喊道：“停车。”

吴三生不明所以，但还是靠边停下了。

车子还没停稳，高佳艺就开门跳了出去。

“哎，你！”只见她绕过车头，往一家蛋糕店奔去。

吴三生皱眉，意识到她又要“作妖”，店里的客人比较多，她这么冒冒失失地进去，万一被人认出来……

他深吸一口气，下车快速追进去。

橱窗前，高佳艺要了两个杯子蛋糕。

吴三生把她的卫衣帽子拎起来套上，高佳艺先是一愣，随后扭头冲他笑着说：“我要草莓味的，你要什么口味？”

“不用。”他的答案一点儿也不出人意料。

“好吧，那给你也拿草莓味的吧。”

她接过蛋糕，拉吴三生到一旁的桌子旁坐下。

“你不是说你吃撑了吗？”吴三生十分不理解地看着颜色鲜艳的蛋糕，以及满脸兴奋的高佳艺。

“那是你不了解女生，女生有两个胃的。吃得再饱也还是有塞下甜食的空间的。”高佳艺舀了一勺塞进嘴里，满意得将眼睛弯成月牙弯，“你说实话，你之前没交过女朋友吧？”

吴三生冷着脸不搭理她。无所谓啊，高佳艺自顾自地说：“忙着救人，忙着和我划清界限，的确是没有什么时间和机会交女朋友。”

吴三生看了眼时间，无情提醒：“离两个小时还有二十分钟。”

“哎，你真的不吃吗？”高佳艺舀一勺递到他嘴边，“你尝尝看嘛，真的很好吃的。你尝尝看嘛，啊——”

旁边有年轻的男女经过，一个个捂嘴笑，甚至还有人拿手机出来拍，吴三生恨恨地张开口，一股草莓味就拥抱了他的味蕾。

“是不是很甜？就跟你说了很好吃吧？你多吃一点儿甜的，脸色就不会这么苦哈哈的了。”

她的笑，其实比草莓还要甜，甜到让他受不了。每一次的厌恶、烦躁，都只是因为他无法承受这股甜。

想到上次她送的草莓牛奶，又看着这一次的草莓蛋糕。吴三生纠结半晌，还是忍不住问道：“你为什么这么喜欢草莓？”

高佳艺舔勺子：“因为草莓很漂亮啊，跟我一样这么漂亮，是水果中长得最好看的。”

这个理由很新鲜，吴三生没反应过来，他以为他会听到她说“草莓很甜”“没有人不喜欢草莓”之类的回答。

“其实草莓没有想象中的这么甜，但只要看到它就会先想到甜，就跟想到你一样。”说着，她伸手握住了他放在桌子上的手。

又是一波猝不及防的套路，吴三生从椅子上弹起：“该走了。”

高佳艺偷笑，噘噘嘴走到橱窗前打包了二十多块蛋糕，上次秦学东给的钱也没花多少，这次都拿来买蛋糕了。

她买上这么多，自然是有优惠券和积分卡的，高佳艺把这些全都偷偷地留在了吴三生的车里。

吴三生把车开到训练基地门口，高佳艺进保安室给英子打电话，让她来接。这样她就还能在门口和吴三生待上一会儿。

她摸了摸肚子："唉，今晚吃的东西要多跑三个小时的步才能消化下去啊。"说完，她瞄一眼他。

吴三生双手插在口袋里，跟一尊雕塑一样。

她又叹气："不过呢，也不亏，吃了那么多好吃的，还吃了甜点，还……"她抿抿唇，偷笑了一下，"好久没这么放肆、这么开心过了。"

吴三生看她一眼，不由得想到几天前她还给曲梦洁办过生日宴，他回去的时候还看到桌上一桌的好吃的。难道她和曲梦洁之间……

英子适时从里头跑出来，一边跑一边摆手："佳艺——"

高佳艺扭头，招呼："快来快来，我买了很多蛋糕，一个人拿不动。"

英子"哎"了一声，看到吴三生，不由得瞪大眼睛，"你是那个……上次突然把佳艺抱走的大帅哥？"

吴三生局促地侧了侧脸。

"哇……真的好帅啊。"英子忘记蛋糕了，将某人从上到下地打量，"你是电影明星吗？"常年泡在枯燥的训练中，在她的印象里，帅的人都被抓去当演员了。

"他不是。"高佳艺捂住英子的眼睛，"好了好了，别看了！我叫你来是拿蛋糕的。"

"别这么小气嘛，我又抢不走，看看怎么了？"英子没好气地扯开高佳艺的手，为什么会左右手各拎六个蛋糕盒子，意犹未尽地朝吴三生这边瞄。她终于明白高佳艺为什么会喝酒买醉了，嗯，很合理。

"你要说什么？"高佳艺连推带踢地把英子赶回到门那边去，转身看向吴三生。

“没什么，进去吧。”吴三生不想说了。

高佳艺略有些失望，但还是点头笑了笑：“好，那我进去了，你路上小心。”

吴三生转身走到车门边，突然被人从身后紧紧地抱了一下。

“吴三生，晚安。”

他扭头，她已经飞快地跑远了。

晚安，又是晚安。明明是晚安，却更像是在说下次见。

吴三生坐上车，没有立刻启动，而是在车上找了一会儿，就这样看到高佳艺藏在座椅边的优惠券和积分卡。

果然，是下次见。

他的手机在二十分钟后响起，接通，那头是高佳艺的声音：“你到了吗？”

“嗯。”

“哦，没什么大事啦，就是我不小心把蛋糕店给的优惠券和积分卡落你车上了，队友们都很喜欢这家店的蛋糕，我答应她们下次再买的。但你知道，我钱不多，得用上优惠券，不然太亏了，所以下次我买蛋糕的时候你能把……”

“我现在送回来给你。”

“哎呀，不用不用的，你都已经回去了，干吗折腾！下次我需要的时候再找你，我要去跑步了，再见。”那头迅速挂了电话。

吴三生拿着手机，听着那头“嘟嘟嘟”的声音，扭头看向电动门里的空地，眉眼中满是无奈。

他发动车子，缓缓驶离。处心积虑地买蛋糕，算准时间打电话过来，全都是属于她这个年纪的小心机。

高佳艺说得没错，不是她段位高，也不是他真的蠢。是相互在意对方，才会让对方钻了空子。

他喜欢她，所以一次次让她得逞。他喜欢她，所以习惯她的坚持，甚至是享受她拙劣的表演。他喜欢她，所以一次次地板着脸做出防御姿态，不让心里那份野兽般的欲望冲出牢笼。

他喜欢她。该怎么办？他不能喜欢她。

第十章

我在这儿，我守着你

回到基地，吴三生看到邢镇一个人呆呆地坐在会客厅里，电视开着，但是他的眼睛根本就没聚焦在电视画面上。

吴三生这才反应过来，这几天老看不到邢镇的人影。

小梁拿着扫把装模作样地在旁边打扫，也在偷瞄邢镇。

吴三生指了指邢镇："他怎么了？"

小梁摇摇头："我也不知道啊，这几天他怪怪的，老不见人影，问他去哪儿了也不说。"

吴三生皱眉，邢镇总是没心没肺地闹腾，还真没见过他这么安静的样子："他从什么时候开始这样的？"

"好像……那天曲记者生日过后，他就开始不对劲了。"小梁想了想说道，"他送曲记者离开的那天晚上根本就没回来！"

这个信息倒是让吴三生很意外："没回来？"

"是啊。"小梁点头，"我们不是每天都有签到的吗？那天他没有回来，我确定！"

又是那天生日宴……吴三生把手里的优惠券和积分卡递给小梁："帮我放进房间，谢谢。"说着他走进会客厅。

小梁看着手里的东西，撇撇嘴：从来不吃甜点的吴三生居然有蛋糕店的优惠券？嗯……他也没对劲到哪儿去啊。

吴三生靠在门边盯着坐在电视前发呆的邢镇，冷不丁地开口："曲梦洁。"

邢镇跟触电一样，手里的遥控器"砰"的落地。他扭头，看到是吴三生，身后并没有曲梦洁的影子，尴尬地回头把遥控器捡起来。

吴三生走到他旁边，拉过椅子坐下："你和曲记者之间有事？"

"啊……没有啊。"他比高佳艺还不会撒谎，满脸通红，分明有事。

吴三生盯着他，用沉默来逼供。邢镇坚持了一会儿，最终还是投降："其实也……也没什么事。就是……就是……就是我……"邢镇涨红了脸，看着吴三生，有些难以启齿地说，"我……我和她不小心睡了。"

吴三生摸了摸下巴，顿了顿道："睡了？"

"嗯，睡了……"

邢镇咽了咽口水，听到自己把事实讲出来，还是觉得有点儿不真实，那天的夜色，那天的曲梦洁，甚至是那天的自己。

"你和她什么时候看对眼的？"吴三生微微蹙眉，回想了一下，怎么都想不出邢镇和曲梦洁有什么关联，她每次一来基地都是直奔他而来。

邢镇抿唇，低声道："也不算是看对眼吧……就是一个眨眼……"

一个眨眼，让他忍不住对这个为了采访老大来基地死缠烂打的曲梦洁有了一点儿关注，关注着关注着，就忍不住想接近她了……

他在曲梦洁的生日宴上，看到那个皮卡丘蛋糕的时候，他就知道了高佳艺真实的目的。

为免曲梦洁尴尬，他先抹了蛋糕掀起奶油大战。他看到曲梦洁忍着难受和高佳艺解释着什么。高佳艺没有发飙，也没有说太多话，只是喝了两杯橙汁便不再言语了。

之后她们装得都很好，可是他看得出来，曲梦洁是在借着酒精勉力支撑。

也不知道是不是因为之前那个莫名的眨眼，他的目光总是不自觉地关注着曲梦洁，她原本的开心和期待，在看到高佳艺的那个皮卡丘蛋糕后就变了，她虽然仍在配合着大家笑闹，但是她的脸色很不好看。

他不放心曲梦洁一个人回去，就去送她。曲梦洁带他到了一家烤肉店里，同样是知情人，她没有什么可以隐瞒的，向他敞开心扉说了很多话。

邢镇一直默默地听着，听着听着就知道曲梦洁不像表面看上去那么大大咧咧，她的心思也如其他小女生一样百转千回。

她没有说太多对于高佳艺的愧疚，但字里行间却透露着对朋友有所隐瞒的自责和难过。

想到自己明明对佳艺女神也是一片赤诚，可最后还是成了隐瞒真相的帮凶，他也觉得不是滋味。

同理心上来，他就没管住，陪她一杯复一杯喝酒。后来……等他清醒的时候，他就和她在床上了。

看到曲梦洁熟睡的脸时，他的脑袋一下子就炸了，根本无法呼吸！慌慌张张地跑下床，却被自己的衣服给绊倒在地。

跪在地上的时候他拼命回想昨晚到底发生了什么，可是看看地上凌乱的衣服和裤子，他还用得着猜吗？

邢镇是第一次，他不知道该做何反应。

本能地想要逃走，但看着躺在床上的曲梦洁，潜意识里又觉得他不能就这么离开。无比纠结之中，他穿好衣服坐在椅子上，等着曲梦洁醒来。

终于，曲梦洁的手机闹钟响了，她醒来坐起身，邢镇下意识地把脸转到一边。她就这样看着他，安静了三秒后起来穿衣服。邢镇抿唇，听到她穿戴整齐后，怯怯地站起来看向她："那个，我……"

"我上班要迟到了，先走了。"曲梦洁十分平静地打断他的话，拿起包就走。

他就被这样晾在了那里。一直到现在，曲梦洁都没有找过他，他打过去的电话也全都被转接到小秘书留言。

"所以你就打算这么坐着干等下去？"吴三生皱眉。

邢镇垂眸，像一个做错事的孩子："也没有干等，我去找过她的，可是……每次都见不着她。"

吴三生哭笑不得："那一定是她故意躲着你。"

"我知道。"邢镇点点头，"所以，我现在也不知道该怎么办了。"

邢镇一个单纯的阳光少年，他跟曲记者的关系突然有了实质性的飞跃，两条不太像会交会的线交会了，吴三生也很意外。

"老大，要不你帮帮我？"邢镇的手忽然搭到吴三生手腕上。

吴三生一怔。

"你帮我去找找她吧，不管是道歉，还是负责，还是别的什么……总之要让她先别躲着我才好啊。"邢镇舔了舔干燥的嘴唇，心乱如麻，这几天他为了这件事焦头烂额，又不敢说出来，简直是吃不下也睡不着。

吴三生握拳捶他脑袋，恨铁不成钢地扭过脸去。

"三生哥，拜托你了，兄弟有难，你不能见死不救啊……"邢镇拽过他的胳膊把头靠上去，这个时候他也只能依靠这个面冷心热的兄弟了。

吴三生把他的头推开，起身。

"三生哥，你会帮我的吧，老大？"

……

第二天一早，吴三生等在了曲梦洁工作的电视台门口的柱子后边，看到她从出租车上下来，他闪身出现。

曲梦洁吓了一跳，往后退了一步，看到是他，脸上的慌乱立刻收起："你怎么来了？"

"邢镇说找不到你，让我帮忙来碰碰运气。"

"吴三生不是最不爱管闲事的吗？"曲梦洁提了提手里的包，"怎么现在也热心起来了？"

吴三生知道一个女孩子身上发生这样的事会有多慌乱，他也不是想打探曲梦洁的隐私，于是顿了顿道："我不是想插手你和邢镇的事，只是替他过来传个话，这么躲着拖着不是办法。不管你这边有什么想法，都可以和他说，他的态度是积极的。”

“我没躲着他，只是工作忙而已。忙完了我自然会去找他的。”曲梦洁皱眉。

“好。”吴三生点头，没有立刻转身。

曲梦洁看他一眼：“你还有事？”

“你觉得呢？”吴三生不答反问。邢镇自然是没跟他说他们喝酒的真正原因，十分简单地含糊过去了，他了解邢镇的脾气，问了他也不会说的。所以他只有来这里诈曲梦洁，“邢镇不是贪杯误事的人，你和邢镇喝酒的真实原因，你觉得我会不知道吗？”

他眼神很犀利，容不得她躲闪。

自那天生日宴后，她就一直拿工作来麻痹自己。高佳艺的话，邢镇的电话，像两座山一样压在身上，让她无法喘息。

她从未想过谎言和隐瞒带来的内伤和后遗症会这么痛，这么漫长。而一旦第一块多米诺牌倒下，之后的就全都立不住了。吴三生知道是迟早的事。

曲梦洁叹气道：“当初我为了采访任务，答应你对高佳艺隐瞒你的身份，现在高佳艺知道你是皮卡丘先生了，她也让我对你隐瞒。我……或许一开始，我就不该那么做，现在弄得自己里外不是人，面对她我心有愧疚，面对你我又无法说出口。”

吴三生最后一点儿侥幸也随着曲梦洁的坦白随风而去了。

她知道了，她知道那个人是他，她知道了……所以她说，重新认识；所以她说，我一定会让你喜欢上我的；所以她说的撒手锏……

“吴三生，我是隐瞒这件事的帮凶，你才是主导的那个。”曲梦洁苦笑着抚了抚凌乱的头发，“我不是想推脱责任，我只是想说，既然她不想让你知道，那你就装不知道吧。至少……别让她再恨我一次。”

吴三生抬头看她，她移开目光，双肩下沉，低声道：“我上班去了。”

他盯着地上的大理石，久久出神。

不用曲梦洁拜托，他都不会主动说他知道的。这是最后一道屏障，如果他坦白了，他和高佳艺之间还有什么阻碍？

她知道了。她什么时候知道的？

是老吴吗？不。是那些信？不是的。算了，这些现在已经不重要了，重要的是，她的坚持已经有了最牢不可破的理由。

所有的一切都有了答案，可是最终的那个答案，他还是无法给出。

今天没有出太阳，天阴阴的，云厚重得像一个个白胖子，在天上缓慢移动。吴三生回到基地，接到了外出救援的任务。

这次救援任务有点儿不同。

是曲梦洁亲自打来的电话，指明找他们飓风救援队。

吴三生和邢镇等人到了事发地点，看到了一个老熟人——赵磊。

他站在大桥上，浑身湿透，手握打火机，笑得很绝望又很兴奋。还没有靠近，就能闻到他身上的汽油味。

曲梦洁和她的摄像组已经架好设备，看到吴三生他们来了，曲梦洁走过来低声说道："我了解过了，他是你们之前去体院救过的那个男学生吧？叫你们过来是他的意思，他说一定要见你们，否则就从这里跳下去。"

吴三生皱眉："你们现在是要现场直播吗？"

曲梦洁皱眉，沉默了一会儿说："是的，上次没有采访到，这次我们要抢先报道，请你谅解。"

吴三生越过她盯着赵磊："我谅解不谅解有用吗？"

他走向赵磊，刚走上人行道，赵磊就大叫："别过来！"

吴三生停下，张开双手："你站在这儿有一会儿了吧？准备得这么齐全，又让电视台的记者过来，还打电话让我们也过来，现在我们来了，你又让我们别过来，你到底想干什么？"

比起之前，赵磊这次冷静很多，虽然身上的衣服皱巴巴的，脸上胡子拉碴，眼睛里布满血丝。吴三生的心一点点地往下沉，看来他还是没能面对残酷的现实，而有了第一次“被欺骗”，他不会再相信第二次。

“我想让你们知道，你们自以为是的救赎是可笑而虚伪的！”赵磊瞪着眼，看吴三生的眼神不是在看一个恩人，而是在瞪一个敌人！

“救人怎么会是虚伪的？”吴三生皱眉反问。

“救人？哼，你们以为你们是谁？是这个世界的救世主吗？呸，你们不是！你们什么都做不了，什么也改变不了！如果那天我就这么跟我的女神跳下去了，我会很幸福，而不是像过街老鼠一样地被赶出学校，流落街头！”赵磊痛苦地抓头，回想起自己经历的事，不禁哽咽，“你知不知道我为了拿金牌付出了多少？你知不知道我有多努力……我只是走错了一步，我……”

“谁都会犯错，你有勇气寻死，为什么没勇气面对错误呢？”吴三生试着朝他伸手。

赵磊冷冷地盯着吴三生的手，目露警惕。

吴三生继续道：“你一定还没吃东西吧，我这里有食物和水，我现在递给你，你要不要吃点儿？”

邢镇赶忙把面包和水放到吴三生手里。吴三生举了举手中的面包和水，向赵磊示好。

赵磊冷笑一声，突然伸手指向曲梦洁那边的摄像机：“喂，在拍吗——”

曲梦洁扭头。

赵磊笑着高声道：“拍下来！好好地拍下来！把我接下来要说的话都记录下来——我的死，就是他们造成的，他们！”他指了指吴三生，指了指邢镇，指了指飓风救援队的每个人。

吴三生心下一紧，只见赵磊的目光猛地一沉，摁下了打火机，火苗瞬间蹿起！吴三生惊惧地伸出手：“不要！”

赵磊已经把打火机对准自己，火般瞬间包围了他的全身！他大笑着摊开双手，往后跌下去！

赵磊选在了本市的跨海大桥跳海，桥面离海面有十米多高。

吴三生追到栏杆边往下看去，眼睁睁地看着火团被大海吞没。他的手伸向那炸开又闭合的海面，只能听到自己虚弱到尘埃里的“不要”。

邢镇等人也惊呆了，他们之前还没遇到过这样惨烈的情况，更没想到惨烈来得那么快——赵磊甚至都没给他们一点儿反应的时间！

对着镜头做现场报道的曲梦洁也看到了这一幕，她愕然地停顿了片刻，很快回过神来，就在她要继续报道时，就看见吴三生要翻越栏杆跳下去。邢镇抓住吴三生的腰大喊：“你要干什么？你这么下去根本就救不了他！老大，你清醒点儿！吴三生！”

可是吴三生跟疯了一样，根本听不到四周的劝告声，疯了似的要跳下去。他最终被几个兄弟拉回来，跌坐在地，发出惊天呐喊。

吴三生从来没有这样子过，在救援中遇到各种困难和意外时，他总是最冷静的那一个。大家都被这样的吴三生给吓到了，围着他不知所措。没有人知道他这时候的疯狂，只有曲梦洁知道他为什么会这样。

那年无法施救的无力感，在吴三生的内心深处再次被触及，痛苦被无限放大。

曲梦洁奔向吴三生，想要抱抱他，但奔到他跟前后还是忍住了：“邢镇，扶他去医院，他需要镇静剂。我已经报了警，这里会有警察来处理的。”

她扭头，看到其他记者也闻讯赶来，现场的人越来越多。

邢镇先是一怔，反应过来后默默点头。他招呼队员把吴三生扶起来，送上车。

医院里，吴三生被打了一针镇静剂后沉沉睡了过去，高佳艺赶到时邢镇正守在床边。

看着搞不清楚情况一脸惊惧的高佳艺，邢镇起身道：“佳艺你来了？”

“怎么了？好好的，三生为什么会进医院？”生日宴后她没有再接曲梦洁的电话，曲梦洁几次打来电话她都故意避开，这次是曲梦洁要英子代为转告自己，她才知道吴三生进了医院。

高佳艺走到床边上下打量吴三生，心提到了嗓子眼，声音都在打战。

邢镇道：“老大没受伤，就是……今天救援的时候受到刺激了，情绪失控，现在打了一针镇静剂，已经睡着了。”

“刺激？什么刺激？”高佳艺抬头，听出不太对。

邢镇皱眉，把今天的事说了一下。高佳艺听完，立刻明白过来吴三生受的刺激是什么。她暗暗倒吸一口凉气，只是听邢镇这么简单地说了一下，就能想象到那时的惨烈场景。

沉默了一会儿，高佳艺问：“赵磊呢？”

邢镇叹气，低声说道：“听说被打捞上来后已经没有了呼吸。”

死了。还是死了。

生命就是这么脆弱。

邢镇抿了抿唇，又说道：“佳艺，麻烦你先陪一下老大。我先走一步了，有些事……要处理。”

高佳艺点点头。

邢镇转身走出病房，给曲梦洁发微信。今天的事情一定会上各个媒体的头版头条，赵磊摆明是要拿自己的命来谴责他们救援队，事关救援队的名誉，曲梦洁不会拒绝见他的。

病房里，高佳艺坐在吴三生床头，看着他即便是在沉睡中还是无法松弛下来的眉头，心疼地伸手想要去抚平。

有一种伤，是身体完好，内在却被掏空了。她的撒手锏还没有来得及拿出来，就眼睁睁地看着他被伤得更深。

她想怪那个赵磊的，可是一个死人要怎么怪？高佳艺握住他的手，感觉着他的温度，后怕和失而复得的珍惜来回交错——在得知他进了医院后，她怕得要命；在确定他没事后，她后怕得要命。

一路狂奔而来，她拼命向上天祷告，只要吴三生没事，要她高佳艺拿什么交换都行。

“吴三生，我在这儿，我守着你。”

别害怕，别难过，别伤心。

电视台。

曲梦洁这次弄到头条新闻，主管开心得不行，表扬她是组里的王牌，升职加薪都是小事。

曲梦洁没有多开心，目光在手机和滔滔不绝的主管之间来回游移，最后踌躇再三还是问道："老大，这次新闻内容需要过滤吗？"

"你指的什么？"

曲梦洁点到为止："就是……飓风救援队的事。"

主管歪头摸了摸眉毛："这次内容很好，不需要过滤。恰恰是爆点的东西怎么能过滤呢？"

曲梦洁垂眸，她知道会是这个结果，但还是不死心地想要争取一下。

被救者和救援队之间本应该是感恩的关系，最后却反目成仇，这当然是爆点，新闻要的就是夺人眼球的爆点。不需要评论，而是把有争议的一切放到阳光下，让观众去评判。

曲梦洁走出办公室，微信再次响起，是邢镇发来的——我到门口了。

曲梦洁脱下手腕上的头绳将头发扎起，走出闹哄哄的办公室。

一楼，邢镇提着吃的站在门口。

曲梦洁看了他一眼，迈步出去："对不起，我尽力了。飓风救援队的名字没办法抹掉，你们会上新闻。做好心理准备吧。"

邢镇微微一怔，提了提手里的东西道："你还没吃饭吧，我买了吃的。我们……找个地方坐下来说吧？"

曲梦洁领他进入大楼，来到花园。

挑了一张长椅坐下，邢镇把食品袋里的盒子拿出来："我买了中餐、日料还有意大利面，你看你喜欢哪个就吃哪个，哦，还有还有，我还买了饮料。"

"我不挑食。"曲梦洁打断他，"邢镇，那晚就是个意外，我们……都是成年人，应该可以正常面对的。”

她终于说到了这件事，邢镇开饮料的手僵住。

电视台里的人每天都很忙，不是在工位上就是在外边。白天都没什么人，更别说晚上的黄金赶工时间了。他们说话时四周是安静的，不说话时更是鸦雀无声。

曲梦洁说：“所以你不用觉得对我有亏欠。”

邢镇把饮料握在手里，挺直腰板：“我不是觉得对你有所亏欠。”他顿了顿，低头嘀咕道，“要说亏欠，也是相互吧……我是第一次。”

曲梦洁被自己的口水呛到了。

邢镇嘀咕得很小声，但这里只有他们两个人，安静得不像话，再小声也显得格外大声。

她瞪大眼睛，看着他委屈得嘟嘴的样子，竟觉得有些可爱！

本来用了好几天做的心理建设此时彻底坍塌。

曲梦洁不知道该怎么接话了：“那你想怎样？”

“啊？”邢镇见曲梦洁好像有些生气地绷住了脸，赶忙摆手，“我不是想怎样，我只是觉得……我……”

曲梦洁皱眉。

“我……好像喜欢你。”邢镇把头低得更低了，耳朵红得不像话。

曲梦洁怔了怔，她是被表白了吗？可是这用词也太模棱两可了：“好像？”

邢镇不好意思地挠挠后脑勺，之前他一直着迷于佳艺，他以为这就是喜欢，可当得知吴三生和佳艺女神在一起时，他除了对吴三生的隐瞒有些生气之外，并没有特别的感觉。

但自从那天晚上后，他的脑袋瓜里出现的就全都是曲梦洁的脸。他也不知道这是不是就是喜欢，所以他用了“好像”一词。

曲梦洁转身，从他手里拿过饮料，啪地打开，仰头灌下。是水蜜桃味的汽水。

她喝了几大口后，用手背擦了擦嘴角，认真说道：“邢镇，看着我。”

邢镇乖乖地对上她的视线。

“你这是错觉，明白吗？如你说的……你第一次碰到这事儿，所以你总觉得不应该就这样结束，想要发展一段比较正常的关系，所以你才会觉得这是喜欢，明白吗？”他的单纯天真让曲梦洁觉得自己有义务给这位小弟弟指明方向。

邢镇若有所思地点点头，听完又摇摇头：“我都没有这么肯定，你凭什么这么肯定呢？到底是不是错觉，得试过才知道不是吗？”

邢镇突然俯身凑近她：“除非，你不敢？”

他的睫毛很长，忽闪忽闪，那双会说话的眼睛下，嘴巴微微张着。

还是……第一次发现这家伙长得挺好看的。曲梦洁愣了愣，皱眉，为什么话题会突然转到这上边来，什么叫她不敢？

“不然，你为什么要这么急于和我划清界限呢？”邢镇似把她看穿了一般，“你没有男朋友，我长得也不丑，你跟我试试也不吃亏的呀。”

这家伙，真的是第一次吗？忽悠人起来一套一套的。

曲梦洁伸手戳他的额头：“不用试我也知道自己不会喜欢你。”

她随手拿起一盒吃的，用筷子胡乱地拌了拌：“赶紧吃吧。”

邢镇没再说话，也拿了一盒一口一口地吃起来。

过了一会儿，曲梦洁听到邢镇问：“辣吗？”

“不辣！”说完她就顿住了，然后听到邢镇偷笑出声。

她吃的是放满红油辣椒的凉面。

“曲梦洁，你露馅了。”邢镇开心地笑了，她口是心非得实在是太明显了。

“邢镇！”被捉弄的曲梦洁恼了，噌地站起身喝道。

“到！”邢镇一激灵，做了一个敬礼的手势。

曲梦洁气急败坏地抓过他的衣领：“你真的要和我试试？”

邢镇怔了怔，然后用力点头：“嗯。”

他也不确定自己对她到底是不是所谓的爱，但是自从生日宴那天醉酒之后，这个小妞就住进了他的心里。他总是会想起她，想她在干吗，想到她风风火火的样子就会笑，偷偷念她的名字心里就觉得甜。

虽然还没想太远，但心里始终有一个念头，想要和她展开一段关系，来确定这到底是不是爱情。

“那你可别后悔！”她涨红了脸，顶着两瓣被辣油辣肿的红唇在他的脸上用力一啄！

以后的日子里，每每回想起她踩着长椅拽过他衣领时那气壮山河的样子，邢镇都会忍不住跟小媳妇一样偷笑出声。

“不后悔，不后悔。我们只是试试，只是试试。”邢镇摸着脸，心神荡漾地嘿嘿笑着，为了不让曲梦洁有压力，他反复强调。

“吃饭！”曲梦洁晃悠悠地坐下，把食盒重新捞起来吃！

这种辣妹子的风格她明明只会发挥在工作上，没想到在他面前表现出来了，连自己都被吓到了。

医院。

“不要……不要……”高佳艺托腮撑着脑袋打盹间，感觉到自己的手被猛然握紧，她睁开眼，看到被困在梦魇里的吴三生低低地说着什么。

她赶紧起来轻拍他的脸：“三生，三生，你在做梦，你醒醒……”

吴三生倏地睁开眼，然后一把抱住了她。他的拥抱让她猝不及防，高佳艺怔了怔，任凭他将自己箍进怀里。

她能听到他急促的喘息声，能感觉到他的害怕。

高佳艺等他的呼吸一点点平静下来，轻拍他的背：“没事了，没事了……”

吴三生的身体微微一僵，赶忙把手松开。额头布满细汗，可见他刚才有多惊惧。

高佳艺伸手想去擦他额头的汗，他避开道：“抱歉。”

“抱歉什么？”她歪头，“我又没怪你抱我。”

吴三生环顾四周，认出这里是医院：“我怎么会在这里……”

“赵磊的事情我知道了。”高佳艺抓过他的手，“你没错，无须自责。”

他垂眸，在梦里，他感觉自己快要被海水窒息的时候，有一只手紧紧地抓着他，就像现在这样。

她一直在这里陪他。他做梦的时候说了什么？吴三生觉得头很疼，他推开她的手，掀开盖在身上的被子下床：“我该走了。”

高佳艺扑过去一把将他按住：“吴三生！”她从后边紧紧地抱住他，“你要不就把情绪发泄出来吧！总这样憋着是想把自己憋出病来吗？”

吴三生皱眉。

高佳艺的气息在他的耳边环绕，她手臂上的力道似乎在提防着下一刻被推开。

“吴三生，我知道你想要救人，我知道你有多懊恼生命在你面前消逝，可你是人不是神，你能救得了赵磊一次，救不了他第二次。就跟我那天想要拿第一名给你看，可是……我最后却拿了第二名一样。尽人事，我们能做的只有尽人事。你明白吗？”她把声音放软放低，“如果你一味自责，除了让悔恨折磨你，什么也改变不了。”

吴三生静静地听着，脸上的神情没有一点儿变化。

高佳艺心疼地看着他，她知道，此时此刻她的安慰就算只有一丁点儿的作用，都是好的。见他情绪稳定下来，没有了抗拒的意思，她稍稍松开一些：“你饿不饿？我们去吃点儿东西好不好？”

吴三生垂眸：“有吃了可以让时间倒退的东西吗？”

“……”

她和吴三生从医院出来，看到秦学东靠着车站在医院门口。

高佳艺抿唇，从训练基地出来没有和他打招呼，这是秦学东最讨厌的事。

见秦学东一步步地走过来，高佳艺下意识地挡在了吴三生跟前。

她刚想要张嘴，秦学东越过她看了一眼吴三生：“上车吧。”

语气平和，没有一点儿不爽。

高佳艺扭头看了看失魂落魄的吴三生，没有拒绝，带他上了秦学东的车。

“学东……”

“你们要去哪儿？”

高佳艺：“想去吃点儿东西。”

秦学东没说话，“嗯”了一声，把车开到一家烤肉店门口。下车后，秦学东领着他们推门进去。这家烤肉店是吴三生和队员们经常去的老店，高佳艺也是听邢镇说才知道的，虽然店面不大，但东西很好吃。不知道秦学东怎么来这里，或许是偶然，或许是故意为之。

挑了一张靠窗的座位坐下，秦学东让老板娘看着上三人份的牛肉，再来一箱啤酒。

高佳艺以为自己听错了，忌酒的秦学东居然主动点了酒，并且点了一箱。

她看向秦学东，秦学东说：“你不许喝。”

秦学东双手抱臂，盯着吴三生。

高佳艺反应过来，从上车开始，秦学东的视线就一直没离开过吴三生。

他今晚来，目标貌似是吴三生，而不是她。

老板娘上了一些小菜，还有喝酒的玻璃杯，秦学东把玻璃杯都推到一旁，直接拿过一瓶酒打开递给吴三生：“来吧。”

高佳艺怔了怔。吴三生看向秦学东，没有接。

“不喝？”秦学东挑眉，作势要收回去，吴三生一把夺过。

秦学东笑着，开了第二瓶，跟他碰杯：“来，我陪你。”

高佳艺明白过来，秦学东这是在用他自己的方式去帮吴三生排遣痛苦。想来今天的事情，已经通过网络先一步传播出去，人尽皆知了。

她没见过秦学东喝酒，也没见过吴三生这样大口大口地喝酒。她默默地坐在一旁，闭上嘴巴，决定等一下自己就帮着烤肉吧。

或许，这种专属于男人之间的安慰方式，最管用。

吴三生喝了一瓶又一瓶，喝得眼睛渐渐红了起来。

秦学东却酒量惊人，面不改色。

席间，只有高佳艺拿着夹子吱吱烤肉的声音，秦学东没有说话，吴三生更是沉默。

不知道过了多久，吴三生就着空瓶垫着手臂倒下了。

秦学东这才放下手里的啤酒，看着吴三声冲着自己倒下的脑袋。

高佳艺问：“他不会有事吧？”

“能有什么事，第二天醒来，就又是新的一天。”秦学东垂眸，沉声道。

吴三生和赵磊之间的恩怨，已经通过新闻传开了。

秦学东总算明白他为什么会消失那么多年不让高佳艺找到，即便被找到了，也打死不承认他就是当初那个人。

原来，他的心里一直都有这样的心结，却不愿意说出来给高佳艺增加负担。秦学东之前对他的讨厌，转变成了几分佩服。

救援这份工作，不是努力就会有回报。生死这个事情，是人无法掌控的，人只能尽力，并不能保证结果。

吴三生作为救援队队长，他应该明白这个道理。但是明白归明白，无法遏制的情绪也是另外一回事，这是人之常情。

但仔细想想，或许六年前那次的海上救援真正让他耿耿于怀的，是做了选择——他选择救了高佳艺，而放弃了别人。而他当时并不知道，别人的情况比高嘉艺更紧急，这才是他真正无法放过自己的地方吧。

毕竟，一个人心里揣着一份愧疚这么多年，是很累的。他把对高佳艺的感情放在心里这么多年，从不表露出来，从某种意义上来说也是一种自我惩罚。赵磊的死不过放大了这份愧疚和难过。

所以既然事情已经到了这一步，他也不想执拗地继续和高佳艺、吴三生闹别扭。

高佳艺没说话，秦学东把现金放到桌上，和老板娘打了声招呼，然后就拉起吴三生扛在自己肩膀上，示意高佳艺道：“走了。”

把喝得不省人事的吴三生送到酒店，而不是救援基地，因为那边已经有记者在蹲守，恨不得立刻采访吴三生。高佳艺看着秦学东把吴三生放到床上，不由得出了神。

借用酒精能逃避一时，但第二天终究会醒来。

更何况，还有外界的注意和压力——曲梦洁是第一家媒体，别家记者也不是吃素的，赵磊之前在体院闹过，有好多信息可挖。说不定连高佳艺也会被挖出来，只是时间问题罢了。

吴三生无处可逃，她也是。

“走了。”秦学东拍她的肩。

高佳艺点点头，给吴三生盖上被子，转身离开。

第十一章

我喜欢的人是最棒的

回到基地，高佳艺把自己泡进浴缸，让水没过头顶。

今天这一天是让人窒息的。

赵磊的脸在脑海里不停地闪现，和仰头灌酒的吴三生的脸来回交替。

她忍不住问自己，如果当年死的人是她，他还会不会这么难过？

如果这些年她没有这么执着地找他，连一封信都不曾写过，大概也不会这么难过吧？

当这些念头像蛇一样探头冒出时，高佳艺从水底坐起，大口地喘息。

她为什么要这么想？不管是哪一种假设，都不能改变什么。

她不应该这么想的。

正如她跟他说的那样，这些不是他的错，也不是她的错。

高佳艺明白，他们都明白，那不过是胡思乱想罢了。

因为吴三生太难过了……她也跟着太难过了……才会有这些乱七八糟的想法。

高佳艺苦笑着抹了一把脸，重新埋入水里，把自己当成鱼，不会淹死的鱼。

第二天。

吴三生从绵软雪白的大床上难受地醒来，窗帘的缝隙里透进的强烈光线让他知道天已经亮了。

他转了个身，昨晚喝酒时的画面逐渐清晰——没想到秦学东会和他喝酒，而且自己喝醉了他都没有喝醉。

他忘记喝了多少，现在五脏六腑都难受得很，像是在身体里放了一场火，将一切燃烧殆尽。

撑着手臂坐起来，陌生的空间逐渐映入眼帘——这里不是自己的房间。

这时手机的震动打破了安静。

吴三生从裤兜里拿出手机，是邢镇。

吴三生皱眉接起："喂。"

"老大，你在哪儿？"

"我……我也不知道我在哪儿。"

"啊？"

"应该在酒店。"

"哦，我来找你吧。"

几分钟后，邢镇来了，将发生的一切说给了吴三生听。

吴三生听完后道："所以现在基地外都是记者？"

邢镇点点头，他昨晚回去的时候也被吓到了，幸好没有直接露面。其他兄弟因为不是他们要找的人，也拒绝配合，这些难缠的记者才没有硬闯。他们却打算守株待兔，不信吴三生一直都不回去。

"老大，现在怎么办？"邢镇看着面色不佳、十分颓废的吴三生，心里也十分忐忑。

飓风救援队之前也因为救援任务上过新闻，可那都是一般的报道，和这次的情况完全不同。

救人变成害人，这是多么敏感的情况啊。

邢镇顿了顿，又说道："曲梦洁尽力了，但是新闻的事她也做不了主，所以关于我们的部分没办法压下去……”

“我知道。”吴三生摆摆手打断他的解释，他从一开始就没想过怪曲梦洁，现在唯一要考虑的是如何挽救飓风救援队的形象。

吴三生揉着太阳穴，思索一番后抬头看向邢镇：“你和曲梦洁……”

邢镇一愣，脸瞬间红了：“哦……我们，我们说好试着处处看。”

吴三生点点头：“那这件事就拜托你未来的女朋友了。”

“啊？”

新闻的热度是一时的，一直拖着反而会让热度的时间变长，既然他们那么想要知道故事的前因后果，索性就召开记者发布会告诉他们。

吴三生把想法和邢镇说了，邢镇也觉得现在除了坦然回应，也没有其他更好的办法，他和曲梦洁说了一下，想知道她的看法 。

吴三生洗了个澡，正准备去吃点儿东西，门铃响了。

他开门，是高佳艺。

高佳艺提了提手里的东西：“我来送早餐。”

吴三生扭头：“不用，我准备出去吃。”

高佳艺往里走：“我都已经买来了，就不用出去了。对了，我还买了蛋糕。”

吴三生关上门，看向她：“昨晚麻烦了。”

“麻烦什么，陪你喝酒的人是秦学东，我只负责烤肉，但你们两个人一口都没吃。”高佳艺耸耸肩。

吴三生低下了头。

“没想到秦学东酒量那么好吧？嘻嘻，我也没想到。”高佳艺没话找话，“我还是第一次看他喝酒。”

“昨晚你喝了那么多酒，头应该很疼，先喝一碗这个解酒糖水。”

吴三生在她对面坐下，帮她把吃的东西从盒子里拿出来，一边打开一边说道：“我没事。”

高佳艺抬头。

“你真正想问的是我有没有事，我知道。”吴三生单手端过糖水，乖乖地一口气喝完，“你说得对，过往不究。”

她本来想把这个敏感的话题绕远一点儿，再绕远一点儿，没想到他主动提起。

高佳艺忍不住在心里偷偷地问，你是真的没事了吗，还是，只是想让我安心才这么说的？毕竟，你的演技太好，我差点儿就以为你不是那个人了。

高佳艺微微一笑，没有接这个话题，亲自把蛋糕从盒子里拿出来推到他跟前：“这个蛋糕是我特意找蛋糕师傅定制的。你不喜欢吃太甜的，我就把原来的奶油换成了榛果，葡萄干也换成了核桃碎，增加了香味，减少了甜腻感。还记得我说过的吗？甜品能让人一天都有好心情的。”

吴三生看着草莓蛋糕上那个大大的笑脸，以及一行小字：加油，加油！

他脸上虽然毫无波澜，内心却觉得无比温暖。

他接过高佳艺递来的勺子，挖了一大块塞进嘴里。

“怎么样怎么样？”她满脸期待。

吴三生点头：“嗯，很好吃。”

高佳艺眨巴着眼睛，试探性地问：“那……看在我给你送早餐和蛋糕，昨晚还帮你烤肉的份上，下午你能不能跟我去个地方？”

他看着她，莫名心疼。

他很想说，其实你不用这样小心翼翼。

“好。”

这个早晨，依然是她在说，他在听。

窗帘外的阳光一点点变得强烈，吴三生的头疼也一点点地好转。

曲梦洁那边很快传来消息，表示可以帮他们安排记者会。

中午，飓风救援队全体成员参加了记者会。台下的记者们蓄势待发，个个摩拳擦掌，闪光灯跟机关枪一样不停闪烁。

吴三生将话筒压到嘴边，不等他们提问就直接开口：“今天这个记者会是我提议开的。我知道你们想问什么，可我不见得都想回答。所以，接下来我要说说我想说的。”

站在僻静处的高佳艺紧张地看着他，她比赛的时候都没有这么紧张过——这个记者会是吴三生说的解决办法，也许是生机，也许是另一个困境。毕竟，舆论这种事，一部分看民意，一部分看记者的意思。

吴三生把在体院的事情详细说了一遍，从开始到结束，没有加入任何自己的想法，也没有删减或增加，而是客观地讲述事实。

接着，吴三生顿了顿，道："以上就是事件的始末。我相信救人没有错，如果时间回到那一天，我还是会选择拼尽全力去救他，不管他本人是怎么想的。生命只有一次，机会也只有一次，我们飓风救援队会继续救人，继续坚持我们的信念。”

他起身，邢镇等人也默契地跟着站起来，跟吴三生一起向大家鞠躬。

这时台下有记者问道："赵磊的死真的和你无关吗？他原本只是想要见一下心里的女神，他原本都要下来了，如果不是你当时擅作主张刺激到他，他根本就不会跳楼闹出那么大的动静，还被学校开除，最终走上了自杀的不归路。你在天桥上情绪失控是怎么回事？赵磊要见的女神，是你六年前从石云海救回的女孩高佳艺，六年前你为了救高佳艺没有去救别的落海之人。在体院时你为了救高佳艺把赵磊从高空踹开，这是在救人吗？你的专业性真的可以保证吗？”

吴三生僵住。

高佳艺脸色煞白。

这段话的每一个字都直戳要害，这人显然是有备而来。而具有讽刺意味的是，没有人注意到到底是谁问出的这段话，而是将目光齐刷刷地看向吴三生，逼着他回答。

吴三生直起身，闪光灯对着他的脸，几乎要将他淹没。

他没说一个字，转身下台。

高佳艺死死地咬住嘴唇，把唇咬破了，该死的，到底是谁，是谁这么狠毒，把好好的解释扭曲成这样？

她看向那群起身的记者，就看到其中一个人扭过头来，看着她不怀好意地笑。

刚才提问的是他。

是他恶意歪曲事实，恶意抹黑！

高佳艺皱眉，她确定自己不认识这个男人，但却确定这个男人认识她，不然他不会挖到六年前的那件事情。

这个男人就是冲着她和吴三生来的！

记者会强行结束，记者们纷纷散了，高佳艺跟着那个男人走出酒店，一直来到一家咖啡厅前。

那个男人驻足，转身问高佳艺："要不要进去聊聊？"

高佳艺看了一眼右手边的咖啡厅，冷淡地拒绝："不用了，我怕被你算计。"

男人笑笑："那你跟着我做什么？"

高佳艺盯着他："你为什么要说那番话？"

男人挑眉："我说的是事实。"

高佳艺恼了："你明明就是在扭曲事实！他已经尽力救人了，当时赵磊把我拉下楼，要带我一起死，吴三生是在救我！他踹开赵磊也只是为了保护我不受伤害，你为什么要恶意扭曲？你到底有什么目的？"

男人笑着盯着高佳艺，她的气愤在他眼里实在是无关痛痒。

半晌，男人道："是吗？那就让他再救一次好了。"

说着，他转身离开。

高佳艺不明白他说的这句话是什么意思。

犹豫了一番后高佳艺最终决定打车去曲梦洁的电视台。

在电视台门口站了很久，高佳艺最终还是没有勇气上去找曲梦洁。

曲梦洁瞒着她的事，让她很生气，但是气消了之后她还是试图说服自己去理解曲梦洁。最重要的是，这么多年的朋友，这么多年的感情，她不想这么轻易舍弃。

可是……

犹豫间，高佳艺听到大厅里传来了曲梦洁的声音："佳艺？"

高佳艺抬头看到曲梦洁三步并作两步地向她跑过来，欣喜地问："你来找我？来，上来说！"

高佳艺就这样被她拉着到了办公楼层。

"有办法查到这个人的资料吗？"高佳艺指着电脑上定格的男人的脸，问曲梦洁。

曲梦洁说："我已经找人在查了，他不是记者，也不知道是怎么混进来的，对不起，是我的失职。"

高佳艺眉头不展，赵磊的事已经让吴三生很难受了，没想到还被有心人盯上，翻出了六年前的事。"和你没关系，这混蛋分明就是冲着吴三生来的，想挡也挡不住。"

曲梦洁张了张嘴，拿过办公桌上的笔，来回按着笔头。

两人相对沉默。

自上次生日宴后，这是她们第一次见面。

准确地说，是高佳艺第一次来找她。

这份友情，她不知道现在还是不是在继续，那天以后，高佳艺是不是已经决定和她断绝关系。

"那你有消息了告诉我。"

高佳艺转身，曲梦洁拉住了她："我们……我们……还是朋友吗？"

"你说呢？"高佳艺扭头，给了曲梦洁一个嫌弃的眼神。

曲梦洁怔了怔，会心地笑了。

这是只有朋友间才会有的，吵架过后又和好的目光，惴惴不安这么久，心中的石头总算落地。以为失去的其实还在，真好。

高佳艺迈步走出电视台，仰头看着天上刺眼的阳光，心里被迷雾笼罩着。

吴三生答应下午和她去的地方，好像也不能去了。

没人知道，记者会结束后她有多想穿过人潮狂奔向他。

没人知道，她有多害怕和他之间的这层朦胧的美好，被坏人恶意曲解之后，会变成什么样。

她拼命想要靠近的希望，却在一瞬间成为泡影。

这种感觉，她讨厌极了，厌恶极了，害怕极了。

正出神间，一辆车停在了门口。秦学东摇下车窗，说："上车。"

不知道从什么时候开始，秦学东没再嚷嚷她和吴三生的事了，却总会在她需要的时候适时出现。或许是从昨晚开始，或许是更早以前。

高佳艺坐上车，看向前方："学东，我不该找他的。"

秦学东没说话。

"你说得对，我的执着真是害人害己。"高佳艺苦笑，"现在我见他也不是，不见他也不是了。"

秦学东还是没说话。

"如果我不找他，今天他就不会被人戳脊梁骨。你们所有人都劝我放弃，我偏偏不听，我觉得你们太坏了，怎么能连我想要感恩的心愿都不肯成全。可是今天，我后悔了。"

秦学东扭头，看到高佳艺的脸上流下了眼泪。

"我那么喜欢他，却害了他。"

秦学东没有出现在发布会现场，但发布会是直播的，他通过手机知道现场发生了什么。其实在烤肉店的时候，他就知道吴三生是高佳艺要找的那个人了。

那种克制、隐忍、想要看她却硬是不看的眼神。

那晚喝酒的时候，秦学东明白过来一些事——

他对高佳艺的心意，更多的是兄长对于妹妹的关心。

这些年来，他对高佳艺的关心，在别人看来是严苛的。高佳艺每次喊他名字或喊他师兄，他的心就会软。

或许，他对她，确实是有过感情的，比爱之深责之切多一些，在她不听劝阻拼命地想要找到救命恩人时也有过生气和愤懑，甚至在吴三生出现后燃起嫉妒之火。

可是不管这份心意到底偏向哪一种，高佳艺喜欢吴三生，单就这一点，他就只能默默地在不远处看着她了。

而吴三生对高佳艺的感情，在一次次的逃避中越发深沉，这也是他看在眼里的。

有些人，有些事，是命中注定，非人力可排，非人力可改的。

说到底，他不希望高佳艺那么坚定地去找吴三生，也是因为被这种信念给震惊到了。高佳艺也不是现在才找到吴三生的，吴三生其实从没有在她的生命里离开过。

秦学东长长地叹了口气，从口袋里拿出手机道："那就看看他还要不要见你吧。"

他手指飞快地按动屏幕："我告诉他，你会在酒店二楼的游泳馆等他，你等着看他会不会来。"

高佳艺怔了怔。

"你这些天偷偷地跑去游泳馆学闭气和游泳，以为我不知道吗？"秦学东又好气又好笑地摸摸她的脑袋，"高佳艺，真不会有比你更傻的姑娘了。"

高佳艺低头，第一次没了反驳秦学东的心思。

他说得没错，她，傻透了。

酒店，游泳馆。

高佳艺穿着紧身黑色运动背心，下搭红色短裤。这不是泳装的打扮，就是她平时练习射箭的行头。

她盯着蔚蓝如海水般的水面，强行回忆起六年前的那片大海。书上说想要克服恐惧，唯有一次次直面它，而不是逃避。

这些天她一直在做心理建设。她要做到自己不害怕，才能说服吴三生也不害怕。

只有经历过的人才会真切地感受到死亡的恐惧——真正折磨人心的是失去意识前的那一瞬间。

要和这个世界告别，要进入从未有过的状态的那一瞬间。

回到那一瞬间，坐在岸边的高佳艺还是无法克制地瑟瑟发抖起来，不过比起之前已经好了很多，她可以在发抖时依然盯着水面不挪开视线。

不时有人进来，男生看到高佳艺一个人坐着会上前搭讪，女生看到高佳艺会多看上几眼。他们中有人认出了高佳艺，有人只当是遇到了一位美女。

一拨人去了一拨人又来了，吴三生始终没有出现。

高佳艺看了一眼墙上的时钟，这一等，就等了三个小时。

她收回目光，从地上站起来，绕着泳池缓缓地走，做入水前的准备运动。

又过去了两个钟头，天色渐渐地暗了下来。

这时服务生走进来道："小姐，不好意思，马上就是游泳池迎客的高峰期了，您……"

高佳艺："今晚，这个游泳池我包了。"

晚上，七点一刻。

高佳艺看到玻璃门被推开。

她屏息望去，熟悉的手臂，熟悉的腿，是他。

他终于来了。

她抿唇，朝他挥手。

等他的时候，高佳艺想过很多种他出现时她的反应。可是当人真的出现，做过的准备全都白费，她只能呈现最真实的反应。

开心，想哭——他没有食言，他没有讨厌她到不想来见她。

吴三生和她呈对角线站着。

高佳艺深吸一口气，走到池边，朝他做了一个手势：“吴三生，看我！”

话音未落，她像一条人鱼般一跃而下。

平静的水面劈开一道水波，吴三生下意识地上前一步，看到高佳艺游了起来，虽然姿势并不熟练。

她一点点地游到他这边，手撑着池沿，探出半个身体：“你看，我会游泳了。我不怕水了。”

吴三生俯视着她，不发一言，他攥紧拳头，微微颤抖，面色奇怪。

高佳艺抹了一把脸，水珠滴落回泳池里，她不敢看他，继续道：“我……我想给你看我强大的样子，我想让你知道，我已经从六年前那片大海的阴影里走出来了，我想跟你说……”

突然一个身影跳进了泳池，把她拉入怀中紧紧抱住。

她睁大眼睛，方才吴三生站的地方已经空无一人，她这才后知后觉地确认，这份拥抱是来自他。

这是吴三生第一次主动靠近她。

吴三生闭上眼睛，将她紧紧地抱在怀中，紧皱的眉头是认输的标志。

他认输了，他是真的认输了。

在房间里待了六七个小时，他不想下来，但还是下来了；不想动摇，但还是动摇了。

原来她说的撒手锏是这个……

这个傻丫头，居然用这种方式帮他走出心魔。

她明明还在瑟瑟发抖，她的眼里明明还有害怕，她努力微笑的样子如重重的一拳击在他的心口。

他保持这么久的无动于衷，最终还是在她面前溃不成军。

“我想跟你说，你也可以浴火重生。”高佳艺轻轻地回抱住他，低声说道。

紧箍着她的手缓缓放开，她对上他沉沉的眸光，试图再次微笑，下一秒，唇上落下两瓣温热，带着隐忍、克制和放纵的温柔。

她温和地闭上眼。

游泳馆里，两个人坦然相对，在夜色里相拥，像酒精在发酵，像花朵盛开。

高佳艺本来想要落荒而逃的，却被吴三生带回到房间。

她全身都湿透了，他说要换上干净的衣服才不会感冒。

于是，高佳艺躲进洗手间，对着镜子不知道要怎么出去……

一切发生得太快了，对她来说，这情感的升温是按了加速键的。

虽然……她是很想要这样的。

吴三生主动抱她，主动吻她，用行动对她告白，她自然是开心到飞起。

可是……也害羞到不行啊，她都不知道该怎么面对他了。

高佳艺看着镜子里满脸通红完全不知所措的自己，心突突直跳。已经淋浴完穿好了衣服，还有什么理由待着不出去呢？

“好了吗？”

糟糕，吴三生在催了。

高佳艺咬咬牙，在心里说：“算了，死就死吧！”

她硬着头皮推开玻璃门迈步出去，吴三生递上热咖啡：“喝这个，会暖和一点儿。”

他声音如常，语气如常，还是那么淡淡的。

就跟刚才在游泳馆什么也没发生过一样。

高佳艺接过热咖啡捧在手心，缓缓抬头，他已经换了一身服，毛巾搭在头发上，身上还有一股淡淡的消毒水的味道。

是她占用了洗手间太久，他放弃冲澡的念头了吗？

高佳艺下意识地又走出来几步，离洗手间远了一些，忽然又想到他还是不要洗比较好，不然两个人都洗得干干净净的，好像有什么事要发生一样，不好，不好……

天哪，高佳艺你在想些什么？

乱七八糟的想法在脑海里横冲直撞，她简直要炸了。

吴三生："我叫了吃的，等一下送你回去。"

高佳艺条件反射般地说："不用的。"

他看向她。

高佳艺的脸猛地红了，赶忙又说道："啊……我是说我可以自己回去。"她慌张地喝起咖啡，又被烫到，"啊，好烫……"

吴三生伸手接住她手里的咖啡，走到她跟前。

高佳艺愣住了——

他单手捏过她的下巴，轻轻吻了上去，紧接着她口中的烫感就被一股冷水给中和了。

高佳艺咕咚咽下，咽得很大声。

她的害羞和慌乱被他尽收眼底，他放开她，不由勾唇："高佳艺。"

"嗯？"

"你害羞了。"

"我、我才没有！"被戳穿的高佳艺声音猛地高了八个分贝。

吴三生笑笑："你之前英勇无畏的样子哪儿去了？"

之前步步为营地撩拨他，现在他真的回应了，她反倒害羞得像一只可爱的浣熊。

"我……"高佳艺听出他话中的戏弄之意，又羞又恼，"我这叫自然反应！才不像你，身经百战的样子，没羞没臊……"

没有对比就没有伤害，明明是两个人做的事情，凭什么就她一个人慌了神？他还是跟之前一样稳如泰山的，让人看了就生气！

吴三生微微一怔，侧过脸："没有。"

"没有什么？"高佳艺没反应过来。

"没有身经百战。"吴三生的声音很低，"只有你一个而已。"

高佳艺抿唇，她好像又被撩拨了。

吴三生清嗓子，把手里的咖啡一饮而尽。

“所以，我是你的初恋吗？”她放下手里的咖啡杯，不知何时踱到了他身边，双眼发亮。

吴三生没有回答。

高佳艺不甘心地伸出手指头戳他：“我也是，你有什么吃亏的？”

“……不是。”吴三生吐出两个字，眼神别扭。

“不是？”高佳艺不由得皱眉，“你刚不是说只有我一个吗？那你之前喜欢谁了？你初恋是谁啊？吴三生你说话呀，别跟我装哑巴！”

服务生送餐很及时，吴三生推开一个劲凑上前，恨不得要用牙咬人的某人，绕过去开门。

吴三生把餐车拉进来，合上门。

高佳艺将他按在墙上：“吴三生，今天你不给我一个满意的回答，我是不会走的！”

高大的吴三生俯视着她气呼呼的脸，挑眉道：“你想留下来过夜？”他凑近她的脸，意味深长地问，“你准备好了吗？”

可恶！高佳艺转身。

餐车上放了各种新鲜的食材，吴三生点了热气腾腾的火锅。高佳艺的脸拉得老长。

他一边把食材放入锅中，一边瞅生闷气的某人：“不吃？”

“你不说，我就不吃！”高佳艺的固执劲上来了，神仙也挡不住。

吴三生轻叹了口气：“我二十六岁了，之前喜欢过人不是很正常吗？我不想骗你。”

“所以到底是谁，你同学？还是同事？有我漂亮吗？”高佳艺斜眼。

吴三生把筷子放下，神色别扭：“高中的语文老师，喜欢过三个月，后来知道她有男朋友了，就没再喜欢了。没有你漂亮可以了吧。”

高佳艺扑哧笑出声：“敢情是暗恋啊？这算是什么初恋？吴三生，你是不是对这两个字有什么误解？”

他夹了一块鱼饼放到她碗里："现在可以吃了吗？"

高冷中泛着傻气，很可爱。

她噘嘴，心满意足地拿起筷子开吃。

小锅滋滋地沸腾着，不断有新的食材放进去，也不断有熟的食材被捞出来，吴三生很照顾她，总是夹给她吃。高佳艺咬着筷子，感受着和他独处的温暖，忍不住想问这样算不算是在交往了。

但每次对上他的目光，这句话又被生生地憋了回去。

吴三生送她回到基地门口，把她之前故意留下的蛋糕优惠券还给她："别忘了这个。"

高佳艺接过："哦。"

"以后不用这些，不用找借口，想见我就告诉我一声。"

她一怔，抬头。

"就是男女朋友要见面。"

男女朋友？要见面……

她极力克制，嘴唇还是一点点地上扬，在原地跳了三跳："男女朋友，你承认我们是男女朋友了？所以我是你女朋友，高佳艺是吴三生的女朋友，对不对？对不对——"

吴三生被高佳艺这个样子给逗笑了，他清了清嗓子，恢复惯有的清冷，伸手拉住好像装了喷射器要上天的某人，摁住她的嘴巴："你安静些。"

高佳艺还是克制不住地想要对全世界炫耀这份守得云开见月明的感情！就算是被捂住嘴巴也要说！

她明亮的眼睛直勾勾地看着吴三生，像是看着好不容易挖到的宝贝。

吴三生微笑，俯身到她耳旁说："我都那样对你了，再不承认，不就是渣男了吗？"

不知道是他的话，还是他的气息，让高佳艺的耳朵瞬间滚烫起来。

她撒娇地轻捶他。

吴三生放开她，双手插进口袋里：“进去吧。”

高佳艺顿了顿，还是说道：“那个，那些无良记者说的话，你不要放在心上。”

他微怔，点头。

“真的不要放在心上！你这个人，总是替别人着想，什么事都放在心里。”

他点头。

“回去后记得给我打电话。”

吴三生：“你接电话不方便。”

高佳艺想了想：“那……”

她还想说些什么，他拉过她的后脖颈，在她额头吻了一下。

“我不会让你担心的，相信我。”吴三生的声音那样温柔，高佳艺入了魔，沉浸其中。

高佳艺去体育馆主动给自己加训三个小时。

不然她全身热血沸腾，根本睡不着。

——明亮的灯光下，靶心的红，怎么看都是吴三生的脸。

——射中一次内环，就仿佛听到吴三生在耳边说……

“以后不用这些，不用找借口，想见我就告诉我一声。”

“就是男女朋友要见面。”

“我都那样对你了，再不承认，不就是渣男了吗？”

“我不会让你担心的，相信我。”

……

高佳艺瘫在地上，打滚、踹腿。

她知道自己犯花痴了，可是控制不住啊。

“你这个样子，晚上应该睡不着了吧。”突然一个声音幽幽传来。

高佳艺一激灵，猛地坐起。

秦学东双手抱臂，哭笑不得地走过来：“别装了，我都看到了。”

高佳艺摸了摸脸，管理好表情，站起身。

秦学东走到她跟前，露出兄长般的笑容：“看你笑得这么开心，我是不是可以说声恭喜了？”

高佳艺不好意思地摸摸后脑勺。

秦学东道：“情场得意，工作也要加倍努力。明天我给你加训，希望你下个月的比赛可以给我拿回冠军来。”

高佳艺咧嘴笑：“好的，教练。还有……”

“嗯？”

“谢谢你。”

这段时间发生了很多事，和他吵过，也和他争执过，说了很多话，但就是没说过一句谢谢。

而现在回看过去，回想他做的一切，她最该说的也是谢谢。

秦学东，谢谢你，谢谢你的包容，谢谢你为我做的一切。

秦学东微怔，重新展颜道：“是啊，你要谢我的地方可多了呢。”

高佳艺耸肩：“知道，所以以后会多拿金牌孝敬你的。”

两个人又恢复了以往的相处模式，相互调笑和挤兑。

气氛一度无比和谐，高佳艺笑着笑着，一丝隐忧又重新回到眉梢：“不过现在说恭喜，还是有一点点早的。”

“你是担心今天记者会的事？”秦学东在办公室里注意到记者发布会视频的关注度在不断攀升，那个不怀好意的“记者”说的话让事情逐渐变了味——澄清事实的发布会被当成了作秀。

这些他没有告诉高佳艺，就是怕她担心。

不过高佳艺很聪明，即使不知道这些，也不会盲目乐观的。

“别想太多了。既然事情已经发生，就走一步看一步。兵来将挡水来土掩，我想吴三生也不会那么脆弱。”秦学东安慰道。

高佳艺点点头，笑道：“那是，我高佳艺喜欢的男人是最厉害的。”

吴三生没有开车回酒店，而是去了救援基地。

他想回来看看情况。走进熟悉的巷子，心情有些怪怪的。

开记者发布会之前，邢镇说记者们把门口围得里三层外三层，现在发布会已经开了，他们还会继续蹲守吗？

那个人最后说的那些话，硬生生地把发布会的结尾弄成了预告。

吴三生皱眉走到大门口，没有人，门口如之前一样干净、寂寥。他推门往里走去，小梁正在庭院里扫地，看到吴三生微微一怔："老大？"

小梁扔了扫把跑过去一把抱住了吴三生："老大！"

吴三生听到她哽咽的哭声，轻拍她的背。这两天没有回来，也不知道他们到底经历了什么，他有些愧疚。

"我还以为你不回来了呢。"小梁松开吴三生，委屈地抵了抵鼻梁上的眼镜，"老大你不知道，那些记者简直有病，嘴里嚷嚷着什么有采访权，好几次要硬闯。幸亏我们也不是吃素的，他们来硬的，我们也跟他们来硬的！不然……"

"他们硬闯？"吴三生皱眉。

"嗯。"小梁点点头，说到这个就气不打一处来，"我们报警了，警察来了才将他们赶走。"

这时其他人也走了出来，看到吴三生纷纷围了过来。

邢镇没在。吴三生问："邢镇呢？"

"邢镇去电视台帮忙了，还没回来。"

吴三生拍了拍小梁的肩，也顾不上和其他人寒暄，径直往里走。

他回到自己房间，环顾一圈，最后将收纳箱从床底拖了出来，却发现箱子里的信被人动过了。

吴三生在冰冷的地上坐下，盘起修长的腿，手搭在膝盖上，把手机拿出来，连接上房间里的监控视频，果然再次看到了那个人。

吴三生不由得怒极反笑：这人还真是执着。只是……他为什么会对这件事执着成这样呢？

吴三生盯着手机，把画面放大到最大，目光落在他的脖颈上。

是他?

第十二章

她躲起来了

第二天一早，曲梦洁来找高佳艺，给她带来了那个人的消息。

“他是六年前海难中一个死难者的家属。”

高佳艺看着曲梦洁提供的照片，失了神。

照片里两个男生，一大一小，小的刚成年的样子，趴在大的身上甜甜地笑着。而那个大的，她认得——

六年前在大海中，他试图抢她的浮板来换取多一些的求生机会。

如果不是吴三生及时赶到，死的人一定会是她。

原来如此。

原来假冒记者的男生是他的弟弟。

曲梦洁说：“他叫胡雨生，和哥哥相依为命，哥哥死后一直一个人生活，大概是把他哥哥胡南生的死归咎到你和吴三生的身上了，所以才会那么偏执。”

高佳艺失了一会儿神，想到什么，重新看向曲梦洁：“现在舆论怎么样了？网上的人都说了些什么？”

曲梦洁露出为难的神情。

“说吧，现在还有什么是我不能听的？”

曲梦洁把手机拿出来，给高佳艺看：“你给吴三生的信不知道怎么被翻了出来匿名发布到网上了。我猜也是这个胡雨生干的。现在大家都被误导，说赵磊的死和当初大海上的死难者，都是吴三生……”

“为了救我，而放弃救别人造成的。”高佳艺看着手机里的评论，用不可思议的语气说出了网民的心声。

曲梦洁面色沉重地抿了下嘴。

高佳艺划动着手机，看着一条条越说越离谱的评论：

“在救援上，吴三生成了高佳艺一个人的神，同时也成了别人的恶魔……”

“真是可笑，赵磊跳海时我根本就不在！”

“赵磊之前点名要见你，是因为吴三生刺激到了他，他才选择跳楼的。”曲梦洁头疼地摸摸额头，搜索出高佳艺还没看到的更离谱的“解释”。

高佳艺生气地把手机还给曲梦洁，将拳头握得紧紧的。

曲梦洁默默地把手机接住，伸手握住气得发抖的某人的手：“你也别生气了。生气解决不了问题。”

高佳艺长长吁了一口气：“我知道。”

曲梦洁抓了一把凌乱的头发：“现在只能把他的身份也公布到网上去，说明他污蔑咱们的动机。这样的话也许能改变被动的状况。”

网上添油加醋的人很多，说高佳艺和吴三生的感情从六年前就开始了，还提出了高佳艺所在的训练基地管理不严。

高佳艺对这个提议不抱乐观态度：“他匿名上传的这些，没有直接表明身份。我们没证据说这些就是他做的。而且他敢在那天的记者会上出现，难道就没想过自己的劣势吗？就不怕引起你们同行的注意吗？说不定他早有准备。”

她说的这些曲梦洁其实也有想过，要知道胡雨生的个人资料少得可怜，要不是邢镇帮忙跑前跑后，拿到这照片的时间恐怕还要更久。如今给出这样的提议也是无奈之举。目前确实没有什么更好的办法。

“更何况，六年前的事情……就算说出来，谁又会相信呢？”高佳艺说出了真正的痛点——

明知道他的目的是什么，但是他们却没办法把六年前的事翻出来说。且不说真相如何，人们总是只愿意相信自己相信的，只关注自己感兴趣的，更重要的是：活人是说不过死人的。

她高佳艺，是那场灾难中活下来的人。

“无论你做什么决定，我都支持你。”曲梦洁握紧她的手，“我已经拜托了同事朋友，现在先把关于信的视频撤下来再说。之后的事走一步看一步吧。”

高佳艺苦涩地笑了笑：“梦洁，如果你不是我朋友，这么大一个新闻你也会很有兴趣挖吧？”

曲梦洁没说得太深入，但高佳艺明白，她要做的远不止嘴上说得那么简单，要挡住那些想骚扰她的人也是一个大工程。

曲梦洁微微一怔，笑着从包里拿出笔当话筒，放到高佳艺嘴边：“那我现在想采访采访高佳艺小姐，你怕了吗？”

“怕有用吗？”

“那你后悔吗？”

“不后悔。”

“那不就行了？不怕，不后悔，还有什么可以击垮你的呢？”

高佳艺盯着曲梦洁的脸，忽然凑近：“曲梦洁。”

曲梦洁怔了怔：“嗯？”

“你最近变了。”

曲梦洁下意识地拍拍自己的脸：“啊？有吗？”

“说话变得柔和，说话时还会配上这么温暖的笑容。”高佳艺从曲梦洁手里夺过笔放到她嘴边，“我好像记得我跟你说过，不许你再隐瞒我第二次的。”

曲梦洁羞涩抿唇：“不是隐瞒。只是现在事儿赶事儿，所以想找个好的时机再跟你说嘛。”

“切，你总是这样。哪有什么好的时机，要说就说，时机等着等着不就又变成隐瞒了吗？”高佳艺没好气地翻白眼，从记者会那天她就开始等着了，可等到现在，愣是什么都没听到一个。

“我和邢镇在试着交往。”曲梦洁看向高佳艺，如实交代，“托你的福，那天晚上我拉着他借酒消愁，一不小心就做错了事，现在在努力补票中。”

高佳艺眨眼……

她以为会听到一个甜甜的故事，没想到听到这么劲爆的内容。

曲梦洁挑眉打量高佳艺：“你这什么表情，难道你和吴三生没有……”

高佳艺立刻伸手死死地捂住她的嘴：“曲梦洁，我还是个孩子，听不懂你在说什么，没什么事你赶紧走吧。”

曲梦洁扯开高佳艺的手：“走什么走？就许你州官放火不许我百姓点灯啊！”

“喂，你摸哪儿呢！放开，哈哈哈……”

“要不是你，我至于这么被动吗？我骗了你一时，你坑了我一辈子呢！你过来，看我不挠死你！”

两个人跟从前一样放纵地打闹起来，偌大的体育馆顿时变成了她们玩闹的小天地。

她们已经好久好久没有这么闹过了。

直到两个人都累了，才双双呈大字躺在地上，大口地喘气。

高佳艺感觉心里的憋闷散了很多，曲梦洁说道：“不过接触了之后才发现邢镇挺可爱的。也算是歪打正着吧，我想我正在慢慢喜欢他。”

高佳艺看向她的侧脸，知道她说的是真心话。

在那么多烦心事中，哪怕只是听到一丁点儿的好消息，都会让人觉得不那么窒息。她翻身抱住曲梦洁，默默地在心底对自己说：一切都会过去的。

中午，高佳艺去休息室给吴三生打电话：“三生，我想见你。”

“嗯，我在门口，你出来吧。”

高佳艺半信半疑地跑到门口，真的看到了他那辆绿色的皮卡车。

“我们这算是心有灵犀吗？”高佳艺开心地跑过去，一头扎进他的怀里。

吴三生摸摸她的头，没说话。

这时前方突然传来一阵急促的引擎声，高佳艺循声望去，只见一辆白色的轿车飞驰过来，一点儿也没有刹车的意思。她只觉得一股强大的力量将她拉到一旁，随后就是“砰”的一声巨响。

她惊异地扭头看去，那白色轿车的车头居然就这么直直地撞上了皮卡的车头！

有人摇下副驾驶座的车窗，对高佳艺竖中指，恶狠狠地骂道：“狗男女，去死吧！”然后扬长而去。

一切发生得十分突然，令人猝不及防！

高佳艺的心突突直跳，看向自己，才发现自己正被吴三生护着，他的胳膊却受伤了。

“三生，你没事吧？”

高佳艺试图扶起吴三生，吴三生摇摇头，自己站起身。

他的衣服被刮破了，手臂也被擦伤。

高佳艺又气又急，竟一个字都说不出来。

吴三生把她拥入怀里，摸着她的头：“别怕，没事了，没事了……”

她咬着嘴唇，眼泪不争气地湿了眼眶。

网络上的恶意，最终还是在现实中冲他们恶狠狠地扑过来。就算并不是真的想要杀了他们，这样的挑衅也让人觉得气愤！

高佳艺努力地不去想，但刚才的那张脸和那句话，始终如同蛇一样地缠绕着她。保安室里的大叔报了警。警察很快就来了，向吴三生和高佳艺做了笔录。

当警察问高佳艺有没看清对方的脸时，高佳艺摇了摇头。

当被问及有无怀疑的对象时，吴三生说不清楚。

事后，吴三生带高佳艺去朋友的汽车行修车，他给高佳艺买了杯热可可：“为什么不告诉警察，你其实有看到？”

“那你呢？为什么被问有无怀疑对象的时候，没把那个人说出来？”高佳艺看向他。

吴三生没说话。

“胡雨生，你也知道那个人是谁了，对不对？”高佳艺捂着热可可，闻着甜甜暖暖的香味，终于慢慢恢复平静。她想，她和吴三生做了一个默契的决定，那就是放胡雨生一马。

就当是偿还六年前欠他哥哥的。

尽管认出那个人是胡雨生，尽管高佳艺很是痛恨这样的行为，但她还是在警察面前忍住了。

两人四目相对，心领神会地扬起嘴角。这一次吴三生比高佳艺先露出笑容。

他过来是想找她商量胡雨生的事——

他认出了胡雨生脖子后边的痣。

六年前，他没能及时地把其他人救上来。一个刚成年的男孩在岸边抱着其中一具尸体哭得十分伤心，他就站在旁边，男孩脖子后边的痣让他印象深刻。

网上的舆论已经到了白热化的阶段，吴三生通过邢镇得知，曲梦洁也在帮高佳艺调查胡雨生的事。

他便想过来和她商量一下，是否可以冷处理这件事。

毕竟，当年她也是事情的经历者。

真相只有他们最为清楚，然而吴三生希望高佳艺可以放胡雨生一马。

可是，还没等他说出口，她就已经决定这么做。

吴三生道：“谢谢你，佳艺。”

他眼底的温柔像海水一样包围了她，脸上浅浅的笑也比任何时候都要明朗，高佳艺的心被撩拨到了，她清清嗓子道：“现在知道了吧？我比你想象的还要了解你。”

吴三生点点头：“那以后，多找机会让你更了解我。”

自从确定关系后，高佳艺明显发现他的木讷更像是一种伪装，其实他深谙撩拨大法："不过就这一次哦，如果下次他再做过分的事，我就不客气了。"

吴三生："嗯。"

车头凹陷了一大块，修复需要一些时间，吴三生表示要带高佳艺去一个地方。高佳艺对撞车的事还心有余悸，对去外面有些害怕。

"是福不是祸，是祸躲不过。就这么一直躲着，他们就不动手了吗？"他牵起她的手，"别怕，有我在。"

勇敢是一直都刻在吴三生的骨子里的，高佳艺想，他说得对，该害怕的是躲在阴暗中的小人，而不是他们。

她紧紧地回握住他的手："走吧。"

不管外边风浪如何，他们一定能执手前行。

吴三生带高佳艺去了游乐园。这个游乐园不算太大，没有什么特别惊险的游乐设施，除了必备的旋转木马，就只有海盗船和两个蹦高机。由于不是旅游旺季和周末，两人到的时候几乎没什么人。

高佳艺有些意外他会带她来这里："没想到你还挺有童心的嘛。"

吴三生笑笑不说话，领她往里走。只见里边有一条长长的街道，铺子用红布一间间隔开，有玩打枪的，有玩扭蛋的，还有套圈的。

因为没什么人光顾，老板都靠在椅子上打起了瞌睡。

高佳艺看了看吴三生，三步并作两步跑到玩枪的地方，拍桌道："老板！"

她清脆的声音把老板从梦里唤醒："嗯？"

"我要玩。"高佳艺说着拿起玩具枪试了试准头，然后看向木架上的一排排玩具，一眼就相中了最旁边的那个皮卡丘玩偶，"我要那个！"

老板抓了一把子弹放到盘子里，一边打哈欠一边说道："好啊，那就看姑娘你的……"

话音未落，高佳艺就射中了目标物。老板扭头，看着掉在地上的皮卡丘玩偶，有些郁闷地挠挠头，这玩具枪都是故意弄偏了准头的，就算是专业的射击手也不会那么快就一枪击中，这姑娘什么来头……

高佳艺十分满意地点点头，吴三生说：“只要这一个吧，老板还得做生意。”

高佳艺明白他话中的弦外之音，她是专业的，这样做有点儿欺负人。

她噘了噘嘴，小声回复道：“我本来也只想要那一个。”

老板慢吞吞地把玩偶拿过来，递给高佳艺，高佳艺指了指吴三生：“给他吧，我送给他的。”

吴三生接过。

老板笑笑：“你们挺特别啊，一般都是男朋友射了送给女朋友的，你们正好相反。”

“没办法，我女朋友比较厉害。”吴三生单手圈着皮卡丘的脖子，牵过高佳艺的手。

老板啧啧两声，回头看了看架子上的空位，重新坐下：“好久没见过这么登对的一对了。”

高佳艺扭头看着吴三生的侧脸：“老实交代，你是不是早就看好这个了，故意带我来，就是要把这个带回去啊？”

他刚才目标明确，目不斜视地带着她到这边来，偏偏这铺子里就有皮卡丘。

吴三生驻足转身，眼里放光：“你先告诉我，你是什么时候确认我就是皮卡丘先生的？”

高佳艺怔了怔，道：“那天晚上跳湖后啊，你把外套披在我身上，我在内袋里看到了我送你的皮卡丘钥匙圈。”

原来是那个时候。那天晚上，他被她的举动给吓到，完全忽略了这个疏忽。

吴三生点点头，把皮卡丘玩偶抱得更紧一些，环顾四周：“就我们现在的情况来说，这里作为第一次约会地点很不错。没有人打扰，有浪漫气氛，你还可以送我新的礼物。”

“不是应该你送我礼物的吗？”高佳艺眨眼，一脸蒙，她虽然没谈过恋爱，但这种常识还是懂的。

“你找我找了这么久，我不就是最好的礼物吗？”吴三生把她的手放在胸口，反问。

一股热气从耳后根跑到脸上，高佳艺咬着嘴唇：“你这是耍无赖！”

吴三生笑而不语：“要吃冰激凌吗？”

高佳艺佯作生气：“吃啊，不吃白不吃。”

“等我。”他抱着皮卡丘玩偶，转身走向前边的小卖部。

那一大坨的鲜艳黄色太过显眼，让高佳艺恍如置身梦中——六年前她送给他皮卡丘钥匙圈，现在她送给他皮卡丘玩偶。皮卡丘将他们联结起来，将她的梦与现实联结起来。

高佳艺忍不住想，以后的岁岁年年，她都不会再跟他走失了吧？

这个念头一闪而过，很快又有新的念头冒出来。

几分钟后，吴三生拿着两个草莓味冰激凌回来，却没有看到高佳艺。

四周空无一人，他找了一圈后还是没看到人。

脸上的表情慢慢凝重起来，他开始喊她的名字：“佳艺？高佳艺——”

无人应答。

冰激凌被他攥得变形，玩偶在他的腋下稍稍下滑又被重新夹紧。就在他要迈开腿离开这里去别处找的时候，躲在暗处的高佳艺走了出来。吴三生看到她时如释重负，然后是一片隐忍的阴郁，整个人仿佛置身在冰窖里一般。

高佳艺走向他：“这算是对你小小的惩罚，惩罚你之前对我隐瞒身份，对我想要找到你的渴望视而不见，也是让你明白那个时候我以为找不到你了的心情有多糟糕，多害怕。”

她双手背在身后，表情无比认真。吴三生瞪着她。

她坦然接受他的生气，换上笑容道：“不过我保证，就玩这一次失踪，谁叫我舍不得让你……”

吴三生一把搂过她的脖颈，带着情绪吻了上去。

愤怒，失而复得的安慰，还有怅然若失的难过，所有的所有……都在这个吻里，高佳艺深切地感受到了她从未感受过的情感。就像那天晚上的跳湖，她的再次任性，让她更加清楚吴三生这个闷葫芦对她的情感。

这六年，他始终把她放在心里。

继高佳艺的信被曝光后，一连三天，网上的爆料不但没有完，反而变本加厉起来，各地的救援队专业性不够，侵吞慈善物资，私下向被救援者索要救援费等等丑闻，像青春痘一样地纷纷被爆出。

大家对救援队的怀疑和谴责达到了高潮。高佳艺被秦学东叫到办公室，才知道不过是几天的工夫，情况就变得如此糟糕。

"现在吴三生的个人品行受到了质疑，连带着关于你的不利舆论也在发酵，说你之前获得第一名是服用药物所致，所以之后的比赛才是真实水平，早上高层给我来电话，希望……"

"希望什么？"高佳艺眉头一紧，预感会听到不好的事。

秦学东避她的目光："希望你能发个声明，和吴三生断绝联系。"

高佳艺冷笑出声。

"佳艺，你必须正视这个提议，这并不是能随便敷衍过去的玩笑，事情闹得这么大，你不能再沉默下去，否则连你的前途都会被毁。"秦学东皱眉，神情严肃，"我是站在教练的立场上跟你说的这些，而不是秦学东。你明白吗？"

高佳艺皱眉，不由得提高分贝："前途尽毁，就因为这些可笑的、不靠谱的流言？"

"你也知道是流言，但流言可畏。"秦学东道。

高佳艺着急地说："六年前的事情是有原因的，三生是可以解释的，我也可以帮忙……"

"帮什么，解释吗？"秦学东看着高佳艺，眼里流露出无奈。

"对啊，曲梦洁是记者，她可以帮忙把当年的真相公布出去，告诉大家！"

"佳艺你太天真了！已经过去六年了，当初的真相是怎么样的还说得清吗？还解释得清吗？最重要的是，赵磊已经死了，他的死让一些能说清的事也变成说不清的了。大家只会相信眼前看到的，你明白吗？”秦学东深吸一口气，定定地说道，“就算这些都能解释得通，大家也都愿意去相信，但也都不重要了。”

高佳艺听不懂了：“那什么才是重要的？”

“重要的是你的前途。高层让你发布这份声明，也是希望你能专心比赛，不要掺和到这些事情里边去，不要让你的成绩被人质疑。”

“不可能，我不会这么做。”不管秦学东怎么说，高佳艺还是无法接受，她冷冷地扭过脸去，固执地拒绝了。

秦学东长长地叹了口气：“那如果吴三生也同意你这么做呢？”

高佳艺怔了怔。

“佳艺，你还记得六年前你跟我说过的话吗？”

六年前，她从死亡的魔爪下逃脱，经过了很长一段时间的心理建设才能重新面对生活。

也是在那段时间，她为了转移注意力学习了射箭。

她对秦学东说：“以后，我一定要好好地生活，好好地做一个射箭运动员，好好地、牢牢地抓住能抓住的一切，不负努力，不负未来。”

“不负努力，不负未来，这是你说的。”秦学东定定地看着她，“你还说过，要给我捧很多金牌回来的。”

“可是我也说过，我一定会牢牢地抓住能抓住的一切，不会放手。”高佳艺皱眉，“吴三生我是绝对不会放弃的！”

“如果你们真的有缘，真的情比金坚，表面上断绝关系又有什么关系呢？”秦学东摊手，“短暂的分离是为了以后，这对你和吴三生来说都是好事。”

高佳艺明白了秦学东的意思，只是这样的声明对她是好事，对吴三生真的有用吗？她起身：“让我想想。”

秦学东：“需要多久，没有太多的时间让你想。”

“一个小时，一个小时后我会给你答复的。”高佳艺走出办公室，心不在焉地走向操场。她不想打电话给吴三生，因为她知道吴三生的决定一定和秦学东的是一样的。她只能自己做决定。可是这个决定，她要怎么做？

因为六年前的事，她想要放胡雨生一马，他反而变本加厉。高佳艺懊恼地捶自己的脑袋，那天就应该对警察说她看到是胡雨生撞的他们！这样，就不会变成现在这样了！

胡雨生……解铃还须系铃人，高佳艺跑到休息室给曲梦洁打电话，问她能不能查出胡雨生的联系方式。

曲梦洁第一反应就是不同意："你找他谈什么？你这么做等于羊入虎口。"

高佳艺也没再坚持："好，我知道了。"

她挂了电话，重新回到秦学东的办公室，等到秦学东出去后，她偷偷溜进去打开电脑，找到那个把信公开的账户，发了一条私信，私信内容是她休息室的电话号码。几分钟后，守在休息室电话边的高佳艺接到了胡雨生的电话。

"喂。"

"是我。"那头传来胡雨生的声音，"胡雨生。"

"我想和你谈谈。"

胡雨生轻笑："我和你有什么好谈的？"

轻蔑、冷漠，像高高在上的审判者。高佳艺闭了一下眼睛，重新睁开："如果没有的话，你也不会打电话来了。"

电话那头没说话，像是在等她继续说。"当年，你哥出于求生的本能，拼命地抢我的浮板，吴三生当时和我并不认识，出于对当时情况的考虑，打算先把我送上船再回去救你哥，只是没想到……"

"够了！"胡雨生在电话那头情绪失控地怒吼，"我不要听你的解释！"

"吴三生没有任何错！你不该怪错人！"

两个人的声音交织在一起，碰撞出火花，又迅速安静。

高佳艺深深地吸了一口气，顿了顿："好吧……怎么才肯放过吴三生，说你的条件。"她知道解释并不会让胡雨生的执念就此打住，可是她还是要说。因为那是事实。

她私信过去自己的名字和电话号码，她不确定胡雨生会不会打电话来，如果他打了，她想这一切还是有转机的，否则他只会冷眼旁观他们的覆灭。

“好，你让我不要错怪他人，那就是要我怪你了？你要替吴三生扛是吧？”胡雨生冷笑一声，阴恻恻的声音透过电话，像锯齿割着她的耳膜，“你是踏着我哥的尸体活下来的，高佳艺，你觉得你配得到现在拥有的一切吗？”

高佳艺垂眸：“如果我退出国家队，宣布和吴三生分手，从此销声匿迹呢？”

即使事实是事实，但胡雨生有一句话她否认不了。胡南生死了，她活了。

那么，前途加幸福，一个人所需要的这两件体面的盔甲，她都脱下来，活得卑微些，是不是能解他的恨呢？

胡雨生那边不说话。

“如果是这样的话，你可以放过吴三生，放过飓风救援队吗？”高佳艺艰难地咽下嘴里的苦涩，“当年，吴三生是想救所有人的。以后，他也会救更多的人。只要他在，相信你哥这样的意外会减少很多很多。你也不想让你哥的悲剧在别人身上重演，对吗？请给他一个机会，给别人一个机会，好吗？”

她近乎哀求的语气一定很受用吧，只要能保吴三生周全，就当这些年的努力都不曾有过，就当一切重新来过，又何妨？

许久许久，电话那头终于传来胡雨生冷冷的回复：“那我等你的好消息。”

“嘟嘟嘟……”高佳艺握着电话，久久不肯放下，好像放下了，就是要将现在拥有的一切都放下一样。

胡雨生这算是同意了——交换，也是归还。

她如释重负地叹了口气，心里的郁闷又迅速变成一片汪洋。

对不起，秦学东，我食言了；对不起，吴三生，我也要食言了；对不起，我自己，我无法继续努力了；对不起，我到底做不到这么自私，选择视而不见，选择让别人替我背负和承担。

她唯一能做的，就是让事情回到原点。

一个小时后，高佳艺走进秦学东办公室，同意了他的提议。

她回到体育馆，看着曾经和曲梦洁打闹倒地的位置，想起自己曾抱着她，深切希冀一切都好，眼泪打湿了眼眶。

天知道，她一直在期盼自己能如愿以偿，到头来终究是梦一场。

但高佳艺依然感激这场梦——吴三生给了她最美的梦。

第二天一早，曲梦洁带组员来到训练基地，在秦学东的安排下给高佳艺进行视频直播。高佳艺按照秦学东和曲梦洁商定过的稿子，对最近网上关于她的讨论进行简短的回应，并表示会用法律手段维护自己的权益，然后说道："我和吴三生之间并不是大家猜测的男女朋友关系，六年前我和他都是第一次见面，他救我并不是因为私人感情，我只是把他当恩人，当初寻找他，也是为了表达感谢，仅此而已。当我找到他后我发现我开始喜欢上这个皮卡丘先生，是我对他的强烈追求让他在救援的过程中出现情绪不稳，让大家对他的专业性产生怀疑，一切都是我的错，在这里我向大家澄清以及道歉，请大家不要过多揣测，另外——"

曲梦洁微怔，稿子到"不要过多揣测"这里后，就是"以上，我要说的话就是这么多，谢谢大家"，高佳艺却把它变成了"另外"。

"我在这里宣布，我将退出国家队，之后不再参加射箭比赛项目。"高佳艺起身，朝镜头鞠躬。

曲梦洁、秦学东大惊。掌镜的摄像大哥从镜头后露出同样惊愕的半张脸，看了看曲梦洁，又看了看秦学东，不知道是不是要暂停，可是没有人反应过来，而一切都已经播出去了，即便停止直播也是徒劳无功。

秦学东最先反应过来，猛拍摄像大哥的背："关掉！关掉！立刻关掉！"

曲梦洁起身，看向缓缓直起身的高佳艺，瞪大眼睛说不出话来。

秦学东则三步并作两步地走到高佳艺跟前，剧烈起伏的胸口和无声的喘息都在表明他有多生气，简直就要原地爆炸。

当下的气氛有多静默，下一秒就会有多失控。

"这就是你要直播的原因？"秦学东握拳，他还以为她那么快地选择同意发声明视频，以为她主动提议用直播的方式声明，是想要更快一些地放出有利信息，她利用了他的信任，也欺骗了他的信任，“这就是你真正要说的话？”

“高佳艺你是不是该跟我商量一下？”他把稿子摔在地上，脖子上青筋暴起，歇斯底里地看着面前的她。她的任性，他从来都会包容，可是这一次——

她真的太过分了！

曲梦洁心有不忍，但又无法插话，这一次，是真的覆水难收了。她似乎能猜到她为什么会说出这样的话，但她无法接受她这样冲动的行为……

“对不起。”高佳艺没有解释，平静地看着生气的秦学东，“真的对不起。”

秦学东扳过她的双肩：“你知不知道你这么说意味着什么？你现在跟我说一句对不起就想完事吗？你知不知道……”

“够了，秦学东，好了，你别这样！”曲梦洁上前拼命拉住失控的他，“你这个样子会吓到佳艺的！”

“你放开我！”

“她说都说了，说出去的话，覆水难收了！”

曲梦洁的大吼，终于让秦学东安静下来。

上一秒他还激动万分，曲梦洁一句“覆水难收”就让他变成断了线的木偶。他颤抖的手从高佳艺的肩上垂下。

他不再看她，弯腰把地上的稿子捡起来，转身离开。

曲梦洁让摄像大哥出去等她，体育馆里只剩下她和高佳艺。

不等她开口，高佳艺先开口道：“我不后悔。”

曲梦洁心疼得皱眉。

“所以你什么都别说了。”高佳艺扭头看向她，“你不是说过，不管我做什么决定你都会支持我的吗？”

曲梦洁扭过脸，上前给了她一个深深的拥抱。倔强的姑娘，身上永远会比别人多长一根刺。这根刺看上去很容易伤害到别人，但其实更多的是伤害自己。

她和高佳艺做朋友这么多年，如果说勇敢是她们共同的特质，那她的勇敢就是浮于表面的，高佳艺的勇敢则是发自骨子里的的。

透彻、义无反顾，以及不计后果的傻，也成了旁人眼中最为珍贵的甜。

她现在能做的，也只是给她一个默默的拥抱。

飓风救援队这边的电话快要被打爆了。

“你好，这里是飓风救援队……这里是救援电话，请你不要恶作剧好吗？”

“你好，这里是飓风……都说了，请你不要恶作剧！也不要出口伤人！”

“你好，这……你再打来电话说这些，我就要报警了！”

小梁“啪”的一声把电话拍回去，气得眼镜在鼻梁上抖了三抖。

吴三生一直默默地坐在一旁，一边举哑铃一边听着。

这时邢镇从里面拿着手机跑了出来，喊道：“老大，老大，不好了！”

吴三生没有停止手里的动作，这个时候还有什么是他不能承受的?

“佳艺她……”邢镇咬着唇，欲言又止地把手机放到他面前，“她宣布退出国家队了！”

将视频条拉到最后，他看见高佳艺对着镜头说：“我在这里宣布，我将退出国家队，之后不再参加射箭比赛项目。”

吴三生僵住了。邢镇着急地说道：“佳艺女神不但宣布和你没有任何关系，还宣布退出国家队不再当国家运动员了！这到底是怎么回事啊？”

吴放下哑铃，拿起外套，抓起车钥匙就冲了出去。他以最快的速度开车到高佳艺的训练基地，又要往里硬闯，但这回保安把他死死拦住，并叫来了秦学东。

吴三生一看到秦学东，就揪住了他的衣领：“怎么回事？不是说只要她撇清和我的关系就没事了吗？为什么她会退出国家队？为什么会……”

话音未落，秦学东朝他的脸上狠狠打了一拳，吴三生踉跄后退。

“还不都是因为你！”秦学东红了眼，“如果不是因为你，她会搞成这样?自从遇到你之后，她就没遇到好事！你这个笨蛋、傻瓜、大白痴！用脚指头想都能想到，她肯定是为了保护你！她……”

吴三生缓缓直起身，整个人都是迷迷糊糊的。

不是因为秦学东的这一拳，而是因为他说的话。

“她才二十岁，职业生涯才刚刚开始，居然说退出就退出。说到底，我这个教练，我这个陪了这么多年的朋友、学长、亲人，都没有你这个皮卡丘先生重要！”秦学东还没能从这个变故里回过神来，他有被吴三生比下去的失落，也有身为教练被最重视的学员抛弃的耻辱。

他打的是吴三生，但其实打的是自己心底的无力感，打的是自己对他们之间感情的默许，打的是这开玩笑一样的变故。

“她在哪里？”

秦学东抹了一把狰狞的脸，单手叉腰：“不知道。”

他到高佳艺宿舍的时候，高佳艺已经先一步离开。速度之快，分明是早就做好准备了。英子不知道，曲梦洁也说不知道——是她开车送高佳艺出去的，但在半路，高佳艺借口下去买点儿东西，下车后就再也没有回来。

“她是铁了心不让我们任何人找到。”秦学东皱眉，心情烦乱。

吴三生没再说话，缓缓转身，听到秦学东在身后说道：“别想去找她，你这样做等于是在逼她。她现在最不想见的人，就是你。”

吴三生安静地上车，开车离开。

保安大叔怯怯地走到秦学东身后问道：“秦教练，他不会再来了吧？”

这样“蛮横”的人再来几次，他们真的就保不住这份工作了。

“他不会再来了。”秦学东转身从保安大叔身边走过，脸上是前所未有的哀伤。不止是他，高佳艺也不会再来了。他从来没想过，会这样失去那个爱笑、任性的姑娘。

第十三章

那个无可替代的人

一连半个月。

高佳艺都音讯全无。

而随着高佳艺的离开，网上关于救援队的丑闻都逐渐被撤稿或被澄清，红十字会的会长把吴三生和高佳艺帮忙打退抢劫犯的视频公布出来，飓风救援队的风评慢慢变好，新闻的热度下去后，一切恢复正常。

当地的救援任务都由别家负责，吴三生带人去到外地继续进行救援。

咖啡厅里，邢镇和曲梦洁短暂地温存了一会儿。

两个人头碰头共饮一杯热饮。

曲梦洁："你这样偷溜出来再偷溜回去，不累吗？"

邢镇："再累也要过来看看你啊，再说了，我可不是偷溜出来的，老大知道我想你了，特意给我批了四个小时的假。减去路上的时间，我还能和你相处两个小时！"

曲梦洁："切，为了见你，我还要特意从百忙之中抽空出来呢。"

邢镇握住曲梦洁的手，撒娇道："所以你不想看到我吗？"

曲梦洁拍开他的手，佯作生气："少撒娇！你老大最近怎么样？"

邢镇叹气："还能怎么样，每天都把自己忙得脚不沾地的，回来倒头就睡，生怕给自己留一点儿时间。没有救援行动的时候，就开车跑出去乱转。”

曲梦洁微微皱眉，邢镇问：“你那边呢？还没有佳艺的消息吗？”

曲梦洁摇摇头：“没有。她很了解我的朋友圈，故意避开了我……”

邢镇又叹了口气：“我们约个会还要担心他们那对，真是扫兴。”

曲梦洁挑眉：“是谁先提起来的？”

“是你啊。”

曲梦洁瞪眼：“你再说一遍！”

邢镇赔笑：“我错了我错了，是我先提的。”

两人打情骂俏间，邢镇放在桌上的手机响了。曲梦洁和邢镇同时看过去，顿时犯愁地互看了一眼。

是吴三生。

曲梦洁认命地摆摆手：“接吧接吧。”

“喂，老大。”

“你回来的时候给我带一块淇园路上元心蛋糕店的草莓蛋糕。”居然不是要将他紧急召回，邢镇愣了一下，赶忙欣喜若狂地答应道，“好好，我知道了。”

曲梦洁奇怪地问：“怎么了？”

邢镇把吴三生说的话重复了一遍：“三生哥让我买蛋糕回去，草莓味的。”

曲梦洁微微出神：“佳艺她最喜欢吃草莓蛋糕。走吧，我陪你去买。”

两人来到淇园路的元心蛋糕店，推门进去。

服务生甜甜地打招呼：“欢迎光临。”

曲梦洁和邢镇来到橱窗前挑选蛋糕。两人定睛一看，邢镇不由得感慨：“怎么有这么多草莓蛋糕啊？”

曲梦洁也觉得有点儿多。粗粗看去，几乎有三层都是草莓蛋糕，这比例比起以前来光顾的时候高了很多。

“啊，这是因为我们新来的蛋糕师傅比较喜欢草莓蛋糕，而且情人节快到了，她说想打造一个甜甜的春日蜜恋的感觉，所以就做了很多草莓味蛋糕。你们可以挑选看看哦。”

邢镇凑到曲梦洁耳边问：“这么多草莓蛋糕，我应该选哪个啊？”

曲梦洁想了想，选了两款曾经给高佳艺买过的蛋糕：“那就要这两个吧，夏果缤纷，甜蜜如初。”

“哇，还有名字。”邢镇对蛋糕不是很懂，看造型很不错的样子，便点点头，“哎，梦洁，你喜欢哪个？我也买给你啊。”

“我比较喜欢你。”曲梦洁扭头，猝不及防地给了一波情话。

邢镇的脸顿时红了：“真的？”

他一害羞就冒傻气，曲梦洁指了指橱窗：“我要这个，造型挺特别的，花心靓香。”

邢镇还没从刚才的害羞里反应过来，就听她说道：“买单吧，男朋友。”

好像又被套路了，不过“男朋友”这个称呼听起来真的好甜啊。

两人坐着吃了一会儿便走出蛋糕店。邢镇恋恋不舍地抱住曲梦洁：“啊，我就要回去了。”

曲梦洁拍拍他的背：“出任务注意安全。”

邢镇有些委屈地盯着十分淡定的某人：“就这些？”

曲梦洁歪头：“还要有什么？”

邢镇戳戳自己的嘴，又戳戳脸颊：“不然这里也行。”

“这里人来人往的，干吗呢？”曲梦洁脸颊微红，环顾四周，低骂。

“人来人往怎么了，那天晚上你还不是在大街上把我给强吻了？”邢镇不以为然地要翻旧账，“还……”

曲梦洁直接捂住他的嘴，往他的脸颊上猛啄：“行了吧？”

邢镇这才露出满意的笑容：“把手给我。”

“又干吗？”虽然嘴上嫌弃，但曲梦洁还是乖乖地把手伸出来，只见他从口袋里拿出一条手链给她系上：“下次见你也不知道是什么时候，我会尽量抽出时间的。”

冰冰凉凉的手链触碰到皮肤的那一刻，曲梦洁的心是暖的。

邢镇很黏她，让她很有安全感。

他终于坐上车和她告别。

曲梦洁在蛋糕店门口站了一会儿，往电视台走去。

玻璃窗内一道目光悄然收回，柜台的小姐姐唤道：“佳佳，怎么出来了？”

高佳艺扭头，把脸上的黑框眼镜往上推了推：“哦，出来透口气。”

“这样啊，你要不去外边买杯咖啡吧，顺便帮我带一杯。”小姐姐笑笑，“反正现在还早，没什么客人，你做的库存也挺多。”

高佳艺点点头，推门出去。

阳光在她的平光眼镜上折射出一道道眩目的光，变成一个个的光点。此时的她和半个月前完全不同——换了发型，剪了短发，脸上戴着一副黑框眼镜，身上套着宽大的灰色长裙，系着蛋糕店的围裙，成为人群中最普通的一个，路人经过时都不会特意看一眼的那种。

没错，这半个月来她一直都在这家蛋糕店做蛋糕师傅，凭借着念书时暑假兼职的两个月经验，再加上自己的巧思与天赋，在看到这家蛋糕店的招聘启事后，就抱着试试看的想法参与了应聘，当场做了一个生日蛋糕，没想到被录取了。

谁都想不到她还在本市，这才是最好的隐藏。

高佳艺走在路上，回想着刚才曲梦洁和邢镇约会的情形，欣慰地扬起嘴角，能看到他们两个甜蜜的模样，也算是一种安慰。

不知道吴三生是不是也和他们一样，已经平静地过着自己的生活。

胡雨生没有骗她，说到做到。

对飓风救援队的污蔑都被撤了，她退出国家队的消息在被转载了几十万次后，逐渐被新的新闻抢走热度。

时间真的是最好的涂改液，可以把一切都变得面目全非，也可以把一切都掩盖。

高佳艺推开咖啡厅的门，走到点餐台，要了一杯卡布奇诺和一杯摩卡。

离开国家队后不用每天训练，想吃什么就吃什么，摄入的热量也不必苛刻计量，但高佳艺还是没有放纵，选择了喝微苦的卡布奇诺，就像她虽然在蛋糕店做甜品，每天闻着甜品的香也没有偷尝一口。

之前对运动员生活的厌弃和吐槽，如今都变成珍惜和怀念。

就算离开，也要保留最后的素养。

就像……即便不能再见吴三生，还是每天都要想他。

高佳艺握着卡布奇诺，不知不觉地走到吴三生救援基地所在的那条巷弄。想到和他在这里走过的路，想到他明明不想和她有瓜葛，那晚却担心迎面而来的两个酒鬼会对她不利，上前护着她……

她拼命地在脑海里搜索着和他有关的回忆，哪怕是一点一滴，都被她无限放大，贪婪地想要反反复复地重温。

走到基地门口，高佳艺看到门上了锁。

老旧的锁链静静地挂着，稍稍推一下门，就露出好大一条缝隙。

高佳艺往里看去，庭院里已经空无一人。

“你是谁？”旁边有人走了过来！

高佳艺猛地如电击一般僵住。

“你……”小梁探头，看到这个往基地里看的姑娘戴着厚重的眼镜，在听到自己的声音后下意识地将脸往另一侧埋了埋，小梁不由得想要靠近。

高佳艺突然扭头就跑。

“哎，小姐！小姐！”

小梁追了两步，看着飞跑离开的人，疑惑地驻足，不是没有想过“高佳艺”这个名字，可是高佳艺并不是这个样子的，也不戴眼镜。更不可能会出现在这里吧？

小梁皱眉，从口袋里掏出钥匙把锁打开，再看一眼那个已经跑远的人：“大概是……有什么困难想要来找人帮忙吧？”

全世界都在找高佳艺，包括她，但就是找不到。唯独没有找的是吴三生。

但小梁知道，吴三生只是把想念放在了心里，所以才疯了一样地去外地执行任务。

整个队伍都去了，只有她留守这里。她留在这里，除了因为这是她家的老宅子之外，更重要的是，只有有人留守在这里，飓风救援队才会有回来的一天。

跑到拐角处躲起来的高佳艺捂着快要跳出喉咙的心脏，侧耳去听。

确定小梁没有追上来，她才如释重负地长吁一口气。

没想到小梁还在……太大意了，以后还是不要来这边了吧。高佳艺调整自己的呼吸，这才发现手里的咖啡已经洒了。

她得回去再买一杯才行。

从另一边绕远路出来，高佳艺回到咖啡厅重新买了一杯摩卡外带，匆匆返回蛋糕店。

“佳佳，怎么去这么久？”

“人多，排队。”

“哦，这样啊。对了，有两个顾客订了生日蛋糕，已经选好了样式，你可以开工了。”

“嗯。”

高佳艺低头回到自己的工作间。

看着 iPad 上的下单样式，高佳艺出了神。

不知道是不是无意间撞见小梁的缘故，原本在这里待着的安逸感忽然被不安取代。高佳艺不禁开始怀疑，自己是不是要再换一个地方才能确保身份不被发现。

叮咚。新的订单又进来了。

高佳艺回过神来，透过玻璃窗看着外边渐渐多起来的客人，暗暗下定决心，今天就跟主管说要离开。她定了定心神，着手准备制作蛋糕。

工作起来时间总是过得特别快。

下午的生意格外好，高佳艺一个接一个地做着蛋糕，头就没抬起来过。她做完最后一单小蛋糕，觉得自己的后背要断了，扶着桌子缓缓起身，店外已经亮起了灯。

天黑了。

没想到，就这么一口气做到了现在。

高佳艺握拳捶捶自己的腰，把店里的围裙从脖子上拿下来，走出去，拦住从营业台里边走出来的主管：“飘姐，我有话想和你说。”

飘姐是位二十八岁的干练女性，每天踩着七公分的高跟鞋，把西装穿得跟便服一样，工作时精神饱满，一副永远不会累的样子。

“啊，正好，我也有话要跟你说。”飘姐笑眯眯地看向高佳艺，“佳佳，有没想过长期在这里干下去啊？你来的这段时间，店里的营业额增长了不少，你做的东西反响都很不错，虽然你没有考证，但确实有实力。如果你愿意的话，工资在你现在的基础上加一倍，年终还会有分红。怎么样？好好考虑一下吧，机会难得呢。”

“谢谢飘姐，不过……我想跟你说的是，我明天不会来了。”

飘姐微怔，把手里的文件夹夹到腋下，低声问：“为什么？”

“我有我的苦衷。飘姐对我很好，是我自己的问题。”

飘姐顿了顿，道：“正好下班了，一起吃顿饭吧。”

高佳艺张了张口，刚想说什么，飘姐拍拍她的肩转身往外走。

蛋糕店附近的火锅店，飘姐和高佳艺坐在窗边的位置，飘姐脱下外套放在旁边的凳子上，挽起白色衬衫的袖子吃饭，高佳艺盯着她的动作又出了神。

“怎么了？”飘姐问。

“没什么。”只是又想起了吴三生，想起确定关系的那天晚上，他和她相对而坐吃的小火锅。

“你这眼神分明是想谁了。”飘姐笑笑，“男朋友？”

高佳艺没说话。

“其实我知道你的真实身份。”飘姐又语出惊人。

高佳艺看向她，还是没说话。

“人在江湖，总有身不由己的时候。我看你确实很会做蛋糕，所以没拆穿你。”飘姐给高佳艺夹了一筷子金针菇，又往自己碗里加了调料，“我也算是知法犯法，包庇你了。所以你有什么困难可以跟我说。”

高佳艺看着碗里冒着热气的金针菇，低声道：“对不起……”

“有什么对不起的，你又没做什么错事。”飘姐一怔，拿着筷子的手摆了摆，“我不是想打探你的隐私，就是想帮帮你。我像你这么大的时候走过不少冤枉路，要不是有人帮忙，我也不会变成现在的自己。”

“我……”高佳艺拿筷子挑拣着碗里的金针菇，“只是在躲不想见的人。”

飘姐点点头。

高佳艺知道她会往更深的方面想，解释道：“不是债务纠纷，也不是情感纠纷，就只是……单纯不想见的人。”

飘姐：“你整天关在工作间里做蛋糕，应该是最安全的了，就算那个人来到店里，你都不一定能见到，真的有走的必要吗？”

高佳艺明白飘姐的意思，也明白她字字在理。可是心里的不安总是很强烈，她也不知道是怎么回事。

“我想你应该很需要这份工作，这也是你的爱好吧？”

高佳艺点点头。

“我觉得跟你挺有缘的，真的很希望你能在这里有所发展。有时候不管躲到哪儿，都躲不过自己心里那份感觉。好好吃完这顿饭，回去想一想，如果明天你的答案还是没变，我尊重你的选择。”飘姐冲她笑笑，把煮熟的肉舀出来放到她的碗里。

飘姐笑起来很好看，很温柔，让高佳艺莫名有一种亲近感。

她何其有幸，不管在哪里都可以遇到善良友好的人。

浓厚的夜色里，人们归家的归家，吃饭的吃饭，大家都有要去的地方。

街对面，吴三生坐在车里，看着对面火锅店窗边那一桌，目光落在短发的高佳艺身上，将方向盘一遍遍地抓紧，又一遍遍地放开。

他在拿到邢镇的蛋糕后，一点点吃出了她的味道——

微甜。放了很多榛果，少了奶油，葡萄干换成核桃碎末。

“这个蛋糕，是我特意找蛋糕师傅定制的。你不喜欢吃太甜的，我就把原本的奶油换成了榛果，葡萄干也换成了核桃碎末，增加了香味，减少了甜腻感。还记得我说过的吗？甜品能让人一天都有好心情的。”

两个蛋糕，都如她曾经说过的那样。

“邢镇，这蛋糕是在哪儿买的？”

“嗯？不就是你说的那个地址吗？我去那里买的呀，怎么了？”

“我记得那里以前的草莓蛋糕不是这样的。”

“哦，听说是新来了一个蛋糕师傅，还特别策划了一个甜蜜系列，这些都是新的口味。不好吃吗？我吃过，觉得挺好的，哎哎，你去哪儿啊？”

他几乎是颤抖着一路开车奔回来的。

怀着心里那份急需确定的猜测，隔着蛋糕店的玻璃，他看到了低头忙碌的她。

只是匆匆一瞥，他就确定是她，但他不敢看太久，迅速地转身躲到她看不见的盲区。

所有人都找不到的高佳艺原来就躲在这里，躲在他们曾经来过的蛋糕店里。

换掉发型，戴上又丑又土的眼镜来遮盖美貌，才半个月不见，她就彻底把自己变成了另外一个人。

可是，她还是他心里的那个高佳艺。

那个又美又潇洒、无可替代的高佳艺。

近在咫尺，不能触碰，之前伪装的平静，在充斥着浓郁香气的蛋糕店里土崩瓦解。

没人知道他忍了多久，才忍住不去和她相见。而不去打扰她现在的平静，竟是他唯一能为她做的事情。

吴三生躲在没有开灯的车子里，独自舔舐伤口。他输入蛋糕店的号码，拨通后道："我想订蛋糕，每天十个，先订一个月。"

"对，我只要春日蜜恋的草莓系列的。"

吃完饭后，高佳艺和飘姐挥手告别，一个人慢慢地走向自己租住的地方。她之前一直在训练基地住，基地包吃包住，也没有特别需要用钱的地方，虽然每个月有固定的工资收入，但数目不多。所以她选了栋待拆的筒子楼住，出入方便又不贵。只是鱼龙混杂，比较乱。

筒子楼里的路灯坏了，晚上的时候，越往里边走就越阴森恐怖。

高佳艺把手机的手电筒打开，一步步地往里走，默默地攥紧手里的弹弓和石子，这是她的防身武器。

听隔壁的房客说这几天有人偷她晾晒在外边的内衣裤，这种变态行为让人毛骨悚然。高佳艺把眼镜拿下来塞进口袋里，留意着周围的情况。

这时，她看到前边有一个男人靠墙站在垃圾桶的旁边，意图不明。

高佳艺下意识地放慢脚步，拿出手机飞快地按了110，然后紧紧地盯着他。

他动了！他朝她走过来了……

高佳艺的心猛地缩紧，就在她准备拿起弹弓时，后边传来了几个男女说话的声音。

"这电影的最后那部分也太烂了吧。"

"不会啊，我觉得还挺好的。"

"是吗？你后半场的时候睡着了，口水都流到我身上了，你睁着眼睛说瞎话呢！"

"哪里有口水啊？你过来，你再说一遍！"

"哎哟，你们好吵啊，安静一点儿行不行！"

高佳艺扭头，那是一群年轻的男女，大概有三四个人，正朝这边走过来。

她再朝那个男人看过去，他改变了方向，径直往她旁边走去。

高佳艺低头，余光看到这个男人压了压帽檐，迅速从她旁边走过。

只是一瞬间，高佳艺就能确定，这个人很危险！如果不是突然出现的几个年轻人，他一定会图谋不轨的。她庆幸地看着那三四个突然出现的救星，深吸一口气，加快脚步往自己住的那幢楼跑去。

她没听到那帮“刚好出现”的年轻人接下来的对话——

“哎，你说刚才那个帅哥是什么人啊？只要我们跟着那个女的走完这条路就给我们一人两百。冤大头啊？”

“你怎么不怕他图谋不轨啊？”

“我们这么多人，怕什么？再说了，你怕你刚才收钱怎么收得那么痛快啊？”

“切，这都不明白？刚才那女孩肯定是他女朋友呗，让我们当个照明灯什么的。管他呢，我们接下来去哪儿玩啊？”

吴三生站在路口，拦住从巷弄里跑出来的男人，一个扫堂腿就把他摔倒在地上。

男人面露凶相：“你丫什么人？放开老子！”

吴三生冷冷地瞪他：“你刚才想做什么？”

“你管我想做什么……”男人挣扎着想要反击，吴三生根本不跟他废话，直接从他口袋里搜出口罩和小刀。

男人一见凶器被搜出来了，突然意识到吴三生摆明了就是在等着他，顿时眼冒凶光，伸手去抢。吴三生侧身躲过，男人趁机挣脱开他的控制。

“别反抗了，我是不会放你走的。”吴三生冷冷地警告他。

“哼，那就看你有没这个本事了！”男人被激得气性上来，拿起刀就朝吴三生用力刺去。吴三生抓住他的手腕反手一摁，让他的手失去力气，握着的刀也哐当落地。

男人吃疼大叫。吴三生直接把他押进车里。

几分钟后，吴三生押着男人来到警局，表示这个人持刀行凶。且不说他是作案未遂，就他随身携带的危险刀具就够他喝一壶的了。

男人是个惯犯，来到警局后矢口否认自己试图作案，只承认和吴三生打架。吴三生做完笔录交代了事情经过，就把这个家伙留给警察招呼了。

第二天，高佳艺拿着煮好的燕麦粥打开电视，看到电视里放着最新的实时新闻——附近的变态小偷被抓到了。那小偷不只是偷女性的内衣裤，竟还对独居女性进行过猥亵、敲诈等其他犯罪活动。

合租小姐姐从卫生间里冲出来，嘴里塞着牙刷，口齿不清地拍掌喊道："大快人心啊！真是大快人心！"高佳艺盯着画面上打了马赛克的罪犯，总觉得在哪里见过。

这时她的手机响了，是之前就定好的上班闹铃。今天她特地早起了，闹铃没有起到提醒时间的作用，而是提醒她今天要给飘姐一个答复。

高佳艺看着合租小姐姐重新回了卫生间，听到里边响起哼歌声，再扭头看看窗外正好的阳光，心突然静了。

或许飘姐说得对，她只要待在蛋糕店的工作间里就好，或许，一切都只是她心里的不安在作祟。即便她躲去了很远的地方，也无法确保一定躲得掉心里的感觉。

连变态小偷都被抓到了，她还是去上班吧。

高佳艺扶了扶鼻梁上的黑框眼镜，把手机放进包里，起身道："我去上班了！"

高佳艺刚迈进蛋糕店，收银台的小姐姐就冲她挥手："佳佳，早啊。今天开始你有固定的活要干了哦。"

高佳艺愣在那儿，没听懂她这话的意思。

小姐姐神秘兮兮地冲她招手："昨天我快下班的时候接到一个客人的电话，指名要你的甜蜜系列蛋糕，一天十个，一口气订了一个月的！"

“一天十个？”高佳艺微微一怔。

“对啊，是个男的，声音超级好听。”小姐姐双手合十，犯花痴似的回忆，“声音这么好听，长得也一定很好看。”

“一天十个，都是他自己吃吗？”

小姐姐眼睛一亮，冲高佳艺做了一个打枪的手势：“哎，你说妙不妙，这个客户让我们将蛋糕随机送给一些环卫工之类需要蛋糕的客户。”

高佳艺想了想问：“我能看看他的手机号码吗？”

小姐姐摇了摇头：“干吗？佳佳，你想泡他啊？不行哦，客户的号码可是隐私，不能给！”

高佳艺张张嘴，飘姐推门进来了。

“飘姐。”小姐姐甜甜地唤道。

“嗯，佳佳，来了？”飘姐看到高佳艺，眼中带着询问。

高佳艺冲她点点头：“嗯，来了，来上班。”

飘姐开心地点点头：“好，大家都早，新的一天，继续努力！”

“好——”高佳艺回到工作间穿戴围裙，对收银小姐姐说的那个客户还是有些念念不忘，会是他吗？

高佳艺回过神来，轻晃脑袋，飘姐说得对，就算是他，她躲在这工作间也不会被发现。

不知道是不是经过改良后的草莓系列真的口感很好，店里的生意越来越好，大家几乎都快忘记之前的品种是怎样的。高佳艺每天都忙得直不起腰，一忙就忙到天黑。

以前在基地里训练得再晚，去食堂都会有小灶可以开。现在下班后，高佳艺都要去便利店买上饭团和泡面再回家。

经过上次在巷弄里的事情后，高佳艺会等有人经过再一起走，避免单独走夜路。不过，自从那天晚上后，她总会碰到同路的人，并且往往不用等太久。

就这样又过去了一个星期。这天店里发了工资，高佳艺回到家，特意买了室友喜欢的巧克力牛奶和火鸡面，刚推开门，里边就传来哽咽声。

高佳艺在门口顿了一会儿，听清真的是哭声。关上门，换上拖鞋，坐在地上的室友在抽泣，她蜷缩着，双脚都是血，地上有碎的玻璃片。

“怎么了？发生什么事了？”高佳艺试图上前，就听她激动地吼道：“你别过来！”

高佳艺只好站在那儿：“到底怎么了？你的脚受伤了，你……”

她只是呆呆地流泪，好像感受不到疼一样，任凭脚流着血。

“今天我发了工资，我给你买了你最喜欢喝的巧克力牛奶，还有火鸡面。有什么不高兴的，我们边吃边聊好不好？”高佳艺把手里的袋子打开，试图转移她的注意力。

“工资……”她真的被转移了注意力，头缓缓转过来，“为什么？为什么我那么努力地工作，老板还要骂我，还要把我开除……佳佳，我是不是真的很笨？”

高佳艺心一沉，自己似乎说了不该说的：“不是这样的，你听我说，你很棒，工作不如意是常有的事，如果真的很委屈，据理力争就好，不应该惩罚自己的！”室友平时都是十分活泼开朗的，没想到在遇到挫折的时候会如此激动。高佳艺不清楚她到底遇到了什么，心里越是着急嘴上越是笨拙。

“你以为我没据理力争过吗？”她苦笑，“我一直以为只要努力就会有收获，只要努力……他就不会离开我。只要努力，再糟糕的人生也会往上爬一爬！可是没有，都没有！”她越说越激动，从地上弹起来，脚再次踩到了地上的碎片。

高佳艺瞪大眼睛，眼睁睁地看着玻璃碎片嵌进她的脚底，却不敢叫出声，生怕再在对方激动的情绪上加上一把火。只见她拿过茶几上的手机，拖着血迹踉踉跄跄地走到窗边，站上平时晾晒衣服用的小板凳。

“你要做什么？”高佳艺跑过去想要拉住她，她已经坐到了窗台上：“你过来我就跳下去。”

她们住在六楼，窗台很高。她很瘦，穿着一件白色的裙子，风呼呼地吹进她的泡泡袖，更显得她瘦弱不堪，仿佛一不小心就会飘走。高佳艺离她只有一米远，伸手就可以触碰到她，却感觉怎么也触碰不到。这一幕，让她不由得想起那天在体院天台上的场景。

只是那时候，吴三生在。现在只有她自己。

“好，我不过去，你不要激动。有什么不高兴的你通通都说出来，我听着，我听着好吗？”高佳艺暗暗咽下口水，手伸进口袋里摸到手机。

只见她打开了手机直播，对着自己拍摄：“两年前我为了心爱的他来到这座城市，放弃了很好的工作机会，他很开心地抱着我说，我们的未来会很好很精彩，会在这座城市生根发芽。我相信了他，只要是他想要的，我都会尽我所能地满足他。他跑业务需要车，我白天在公司上班，晚上还偷偷做三份兼职给他买车；他说他想学英语，我就联系了一家英语培训机构报名。为了他，我恨不得把自己的心都掏出来！可是他却跟另一个女孩好了，带上我所有的积蓄不知所踪。他到底有没有爱过我？他如果爱我，就不会这么对我，对吗？呵呵，爱情没了，工作也没了，曾经我体谅老板，跟在他身边任劳任怨小半年，如今老板却不肯给我一个重新来过的机会。什么这个世界上的人都这么狠？都一起来逼我！为什么——”

高佳艺静静地看着她，泛白的手指紧握，大开的窗户从外边吹进来的夜风，将她的呐喊和自己的无力高高吹起。

高佳艺没想到这个姑娘承担了这么多。

她们起初没怎么说话，遇见都是微笑着点头示意，后来因为变态小偷开始多了一些交流，她并没有认出高佳艺是谁，她性格热情开朗，晚饭时会带一些吃的和她一起在客厅聊上两句。但多半都是无聊的废话，她们不聊彼此的私事。

原来笑容背后，是无尽的眼泪。

高佳艺看到她的手机直播界面上有越来越多的观众冲进来刷屏，她时不时地轻笑，模样看上去甚是吓人。就在高佳艺无措的时候，她扭头笑：“佳佳，他们都说让我跳下去呢。”

高佳艺一惊，上前道：“不要！他们和你开玩笑的，你不要……”

“跳下去，就一了百了了呢，跳下去，我就不用再努力了。”她像是在和高佳艺说，又像是在对自己说。

“如果你现在就这么跳下去了，谁会知道你的委屈？”千钧一发之际，高佳艺大喊，“难道你不想让那个骗了你的男人回来，哭着求你原谅？难道你不想活出个人样来让你老板看看？就这么跳下去了，你甘心吗？”

见她的身体动了动，高佳艺赶忙又说道：“我有朋友是记者，她一定能帮你的，这个世界很大，能解决事情的办法有很多。更重要的是，那个渣男一定能找得到！”

她侧过脸，半信半疑。

高佳艺把手机从口袋里掏出来：“我现在就打给她！”

手指快速翻到通信录里曲梦洁的名字，又不由得停住。真的要联系她吗？联系她，就等于联系了全世界。可是自己认识的记者只有她而已。可恶！

这时，楼下传来了警车的声音，高佳艺生怕她下一秒就会离开自己的视线，刚才的一点儿犹豫也随着手指按下接通键而消散了：“通了，通了！”

铃声在门口响起。高佳艺转身跑去开门，就这样看到拿着手机的曲梦洁。

两人四目相对，瞬间似有千言万语。

高佳艺不敢耽搁，扭头跑回到客厅冲室友喊道：“我说的朋友来了，青青你先下来好吗？”

说话间，曲梦洁跟进来了。

曲梦洁举了举胸口的记者证：“青青是吗？你的直播我看到了，你说的我也听到了，如果你不介意的话，跟我具体说说那个渣男的情况好吗？我会动用我的关系帮你找到他。现在是二十一世纪了，女孩子不要在爱情里做懦夫，要做战士！你觉得呢？”

高佳艺上前两步，伸手道：“青青，来，我扶你下来，相信我。”

青青终于动摇，走了下来。警察上来做了简单的笔录，口头教育后便离去。

其他记者通过直播闻风赶过来，但曲梦洁快人一步，他们便不得不离开。

客厅里重新恢复安静。高佳艺把地上的碎片和血迹清理干净，拿过医药箱给青青受伤的脚底上药。忘了说，这个女孩叫费青青，二十四岁，个子小小的，脸圆圆的。如果不说年纪，看上去和高佳艺差不多大，笑起来的样子就像阳光下的向日葵。曲梦洁和费青青聊，高佳艺上完药，默默地把牛奶拿到厨房热了一下，再端回来给两人。

费青青把那个渣男的情况都说了，曲梦洁也认真地记录下来，偶尔问上两句。最后她碰了碰费青青的牛奶："好了，喝一杯牛奶，你累了，需要好好休息。剩下的都交给我，好吗？"

费青青哽咽着喝完牛奶，很快闭上眼睛沉沉地睡去。

高佳艺看得清楚，曲梦洁偷偷地在她的牛奶里放了一小颗安眠药。

两人一起把费青青扶回房间的床上，关上门，高佳艺听到曲梦洁说："你放心，她的事我会尽力帮忙，毕竟要不是她，我怎么能找到你呢？"

高佳艺没说话。

"短发，眼镜，还有这一身宽松的日系风打扮，如果不认真看，就算我们擦肩而过，我也认不出你来。"曲梦洁苦笑，"原来你一直都在这里，没有离开过。"

高佳艺绕过她回到客厅。

"那个蛋糕店里的草莓蛋糕系列，是你做的，对吗？"

高佳艺把牛奶杯收起来，曲梦洁拽过她："高佳艺，你知不知道我疯了一样地在找你？"

她被迫看向她。曲梦洁的目光里有愠怒，有担心，有兴奋，有自责，有重逢的喜悦……这是连她自己都说不清的情绪。

相比她，高佳艺很平静："现在，不是见到了吗？"

曲梦洁张了张嘴，却一个字也说不出来，只剩下叹气。

她之所以能这么快找到这里来，是因为她经常跑外景，对这片很熟，通过费青青的直播注意到茶几上的包装袋，再通过包装袋上的店名找到那家便利店，调出路边的监控记录，才锁定具体楼栋。如今的高佳艺，给人的感觉和之前截然不同，她住的地方超出了她的想象，她做了一份和之前完全不同的职业，她此时的平静，让曲梦洁说不出话来。

曲梦洁皱眉："如果不是今晚的意外，你打算一直不联系我吗？"

高佳艺淡淡一笑："我现在……挺好的。"

曲梦洁伸手拿下她鼻梁上的黑框眼镜："好什么好，你现在根本就是在自欺欺人！"

黑框眼镜在高佳艺漂亮的鼻梁上压出了印子，这些天她瘦了不少，脸凹进去了一些，似乎连眼里的光芒都没有了。

这就是她说的好吗？

"就像你跟青青说的那样，世界很大，能做的选择很多。我不在运动场上拿金牌，也可以在我喜欢的甜点界闯出一番天地。今天店里发工资了，店长很好，很器重我，我每天都很忙很充实。客人都很喜欢我做的蛋糕。过段时间我就会找个好一点儿的住处搬过去。我真的很好，这怎么算是自欺欺人呢？"

"射箭，你真的放弃了？你以前的生活真的就不想要了？那吴三生呢，吴三生你也不要了吗？"高佳艺的平和里带着一点儿安于现状的慵懒，曲梦洁的话语像是打在棉花上，"如果真是这样，你为什么还要留在这里？"

"那我能去哪儿？"

躲在哪里都是躲，只要不和他们见面，就达到了效果。

"我知道没有我，你们也能过得很好。这就好了。"

"你以为没有你，我们真的能过好吗？"曲梦洁冷笑，"为了找到你，我拉了一个群，每天除了上班还要关心群里有没你的消息，问得大家都烦了。秦学东训练别人训练到他自己进医院好几次。邢镇跟着吴三生他们去了邻市做救援，每次他抽空回来见我，我们都不可避免地要说到你，说到吴三生。吴三生一次都没提到你，可是我们都看得出他心里有多压抑。高佳艺，你是真糊涂，还是真自私？”

高佳艺睫毛微颤，上扬的嘴角僵了僵。

脾气发完了，曲梦洁的语气也缓和不少：“我知道你是为了还吴三生和飓风救援队一个太平，才做出这样的牺牲。但这件事已经过去了，胡雨生不会在你身上安监控的，你是不是该回来……”

“曲梦洁，谢谢你今天过来帮忙，至于我的事，我自己心里有数。”高佳艺打断她的话，“时间不早了，你回去吧。”高佳艺伸手拿回曲梦洁手里的眼镜重新戴上。

曲梦洁心里郁闷，但也别无他法，她扭头走到玄关处，听到高佳艺说：“今天见到我的事……”

“我知道，我不会和任何人说的。”曲梦洁没有回头，穿上鞋，“佳艺，每个人都有自己的使命，我有，你也有。好好想想我说的话，好好想想你到底想要什么。”

门关上，陈旧的铁门发出沉闷的响声。这个晚上，高佳艺原本以为会是恬静美好的。

没想到会变成这样。

高佳艺静静地坐在还没有完全干透的地板上，看着袋子里的火鸡面。她刚经历了一场生死场面，又费了工夫和曲梦洁说了一会儿话，在便利店吃的饭团已经消化完，现在又饿了。

可是伸向火鸡面的手在半空中僵住。这么晚了，她不会吃东西。

这是对身体负责，对职业负责，是这些年养成的习惯，没办法在一个月里彻底摒弃。

“高佳艺，你在怕什么？秦学东又不在。你在期待什么？你还指望再回去射箭吗？”高佳艺忍不住问自己。她皱了皱眉，有些粗暴地把火鸡面从袋子里拿出来，开吃。

第十四章

我以为我要找不到你了

第二天，高佳艺醒来后第一时间去费青青的房间看她。结果费青青不在房间里。高佳艺慌了神，一边到处找，一边拿出手机想给费青青打电话。这时门从外边打开，费青青一瘸一拐地提着东西进来。

高佳艺迎上前，费青青把手里的东西递给她："喏，帮忙拿一下。"

"你去哪儿了？我以为你……"高佳艺欲言又止。她刚才都不敢看她坐过的那个窗台。

费青青垂下眼睛："昨晚给你和你的朋友添麻烦了，很过意不去，早上看你还睡着，就去买了点儿热豆浆还有馄饨上来，你吃完再去上班吧。"

"我不去上班了，陪你待着吧。"高佳艺上前扶着她进客厅，"你脚上有伤，还蹦来蹦去的，不疼吗？"

费青青："比起心里的疼，脚底的伤根本不算什么。"

高佳艺扶她在沙发上坐下，费青青又说道："放心吧，我不会再跟昨晚一样干傻事了。你每天都很晚才下班，蛋糕店的生意一定很好。如果你因为我不去店里，估计你们店长会杀了我吧。"

说到店里的生意，高佳艺的确挺为难，不过她想了想还是摇头道："那我陪你到中午，下午再去。"就算费青青嘴上说没事，经过昨晚那么大的情绪起伏，有人陪着总是好一些，高佳艺不想冒险。

“那……你能陪我去个地方吗？”费青青问。

高佳艺借来轮椅，推她下楼。费青青说的地方是她和那个渣男经常去的河边。本市不大，适合散步的地方也就那么几个，高佳艺推着费青青，在柳树下眺望远处的高架桥，突然回想起那是赵磊自焚跳海的地方。

“我每个星期也就星期五那天能早点儿下班，他就陪我到这里走走，跟我一起坐在石椅上吃便利店最便宜的便当。他跟我说未来，我跟他说从前。”费青青眉眼里都是苦涩的回忆，“他对我笑得那么真，对我说过那么多好听的话，却都是假的……”

高佳艺垂眸：“以后你会遇到真正值得爱的人的。”

费青青抬头，与高佳艺对视，又重新眺望远方：“以后？谁知道以后会怎样呢？也许以后我再也不会喜欢上别人了，也许我会忘记他。但我可以确定的是，我不后悔爱过他。”

高佳艺微怔，没想到她会这么说。

“后悔的话，不就是否定自己吗？”费青青苦笑，“不管怎样都是我自己的选择，我自己的回忆。”

高佳艺点点头，她说得有理。人生中最无用的事大概就是后悔吧，后悔既不能改变什么，也无法带来真正的解脱。

阳光很好，像一层金箔撒在远处的海面上。过往如云烟，看不出一点儿痕迹。

“佳佳。”费青青握住高佳艺的手，“我很感谢你昨晚拼尽全力地救下我。真的，很感谢。”

高佳艺没说话，紧紧地回握住她。她知道，即便曲梦洁找不到那个渣男，这个叫费青青的女孩也终究会勇敢地站起来。

下午，高佳艺回到蛋糕店，刚推开门，收银台的小姐姐就冲她喊道：“紧急支援啊，橱窗里的存货差不多空了！”

高佳艺淡淡一笑，点头说好。她迅速往工作间走去，却看到了左手边顾客区坐着的曲梦洁。高佳艺脚步稍停，又抬脚往前走。

高佳艺穿上围裙，戴上口罩，迅速进入工作状态。隔着玻璃，曲梦洁默默地站在外边看着。放在架台上的手机响了，高佳艺抬头，曲梦洁正将手机贴在耳朵边看着她。她脱下手套接听电话，按下扩音键，又迅速戴上口罩。

紧闭的空间里传出曲梦洁的声音："关在这么小的空间里不闷吗？"

高佳艺回答："挺好的，无人打扰，做出的一个个蛋糕都是我的心血。"

"渣男在查了，这几天应该会有消息。"

"谢谢。"

曲梦洁皱眉："什么时候跟我这么客气了？"

"这声谢谢是替青青说的。"

曲梦洁问："怎么下午才来店里？我还以为你……"

"上午我陪青青出去走了走，她放下了，以后能好好过自己的生活。"

曲梦洁说道："替别人道谢，又替别人担心未来。那你自己呢？"

高佳艺没说话。

曲梦洁又问："昨晚我和你说的话，你认真想过吗？"

高佳艺抬手把通话挂断了。

曲梦洁隔着玻璃瞪大了眼睛，拍了拍玻璃，高佳艺低头只当没看见。

飘姐走过来，提示曲梦洁不要打扰店里的师傅做事，一边说一边把她拉走。高佳艺这才直起身，去拿架子上的榛果盒子。

她的清静终究还是被打破了，但没有想象中的兵荒马乱。曲梦洁的出现恰恰让她开始思考，自己究竟是要逃避还是遵从内心的选择。

不是不想给出答案，而是需要时间。

接下来的几天，曲梦洁会不定时地过来。

高佳艺只当她是普通的客人，会在下班的时候拿一块亲自做的蛋糕塞进她的嘴里，或者是听她絮叨一阵，然后一起去吃一顿简单的晚饭。

就这样过了六天，第七天的时候，一整天都没看到曲梦洁。

每天见的、觉得见了会有点儿负担的人，突然不出现了，高佳艺却没有觉得轻松点儿。曲梦洁的工作一向忙，可她要做的事再忙都会去做——譬如劝自己回到过去的生活。

她不可能才努力六天就放弃了。直觉告诉高佳艺，可能是出了什么事。

一直等到晚上店里打烊，曲梦洁都没来，高佳艺给她打电话也没人接。

高佳艺走过马路，在火锅店靠窗的座位坐下，点了一个鸳鸯锅，边坐着边等曲梦洁。等她接电话了赶过来，就可以直接开吃。

和平常没有区别的夜色下依旧热闹，路人来回，车辆疾驰。高佳艺要了一杯啤酒，一遍遍地听着电话里说的“您拨打的电话正在忙碌中”，扭头看向左手边的街道。看着看着，她的目光突然定格在街对面的一处。

之前没有留意，每次晚上她下班时，旁边隔着两间店铺的位置总会停着一辆面包车，现在之所以注意到，是因为那儿是空的。

是她想多了吗？出神间，放在桌上的手机里终于传出了接通的声音：“喂。”

曲梦洁的声音听上去很沙哑很疲惫。高佳艺把手机挪到耳边：“喂。”那头没有说话，但气氛不对。

“我在蛋糕店对面的火锅店，你忙完了吗？我点了鸳鸯锅。”高佳艺试探性地问。

“佳艺。”曲梦洁唤她的名字，停了半晌，“吴三生出事了。”

嗡的一声，高佳艺觉得脑袋要炸开了。

“别开玩笑。”她不信，“曲梦洁你这种劝说方式太拙……”

“我说的是真的。”寒意从电话那头钻出来抓住了高佳艺，“他们到山上救火，邢镇和一些队员受伤，吴三生下落不明。”

高佳艺怔怔地坐着，手机从手中滑落，她什么也听不见了……

“以后？谁知道以后会是怎样呢？”她突然想起费青青的话。

每个人都会下意识地以为有以后，殊不知世事无常。

高佳艺不知道自己是怎么回到住的地方的，也不知道自己是怎么坐上去隔壁市的大巴的。等她回过神来时，车窗外已经是陌生的风景。她只有一个信念，那就是去找吴三生。

密闭的大巴让高佳艺窒息，明明知道后悔是最无用的事情，可她还是忍不住后悔，后悔没听曲梦洁的话，没有早一点儿回去，没有早一点儿放下心里的那一份执着。

厚重的白色流云遮盖住蔚蓝色的天空，窗外的风景在高佳艺的眼中不停后移。她捂住嘴巴拼命地不哭出来。旁边的大妈以为她是晕车要吐，好心地递给她一个塑料袋。

高佳艺张开塑料袋把脸埋进去号啕大哭。

“其实最早发现你的人不是我，是吴三生。”

“我查过了，那个每天订十个蛋糕的人，那个总是把车停在店外的人，那个把变态小偷抓到的人，安排路人晚上陪你走回筒子楼里的，都是吴三生。

“他每天默默地开一个小时的车过来守着你。

“我猜是那天邢镇带回去的蛋糕让他发现了你，我旁敲侧击地问过邢镇，他并不知道。如果不是我好奇查了查，真的不知道吴三生原来比我更早发现你在这里了。

“他大概知道你的心意，所以才一直没来找你。”

……

没人知道高佳艺为什么会哭得这么伤心。只有她自己知道她错过了什么。原来，最重要的人一直在身边，为她做了这么多事。可是他出事，她却是最后一个知道的人。如果这次失去了他，她要怎么办？！

高佳艺哭得上气不接下气，旁边的大妈吓得不停地拍她的背安慰她：“你没事吧？”

近一个小时后，大巴终于到达邻市。

高佳艺从车上下来，早已经等在停车场的曲梦洁快步迎上来。

“带我去找他，带我去找吴三生，快点儿……”高佳艺顶着红肿的双眼，用最后一丝力气抓过曲梦洁的胳膊，哀求着。

曲梦洁能够明白她此时的心情，她扶着高佳艺不断地说：“好，我这就带你去，我这就带你去。”

又坐了近半个小时的车，终于来到火灾过后的大福山。

听说是因吸烟引发了火灾，火势很快就变得不可控制，当地的消防员全体出动，整整扑了两天两夜才把火扑灭。这么大的事飓风救援队自然不会袖手旁观，吴三生带队帮忙灭火，还组织人手去找失踪的人。

结果火势太大，大家分散开来作业，都有不同程度的受伤，还有人差点儿从山坡滚落，幸好最后都没事。

唯独队长吴三生怎么也找不到。邢镇要带伤回山上找吴三生，被控制现场的山林管护人员给拦住了。

现在有别的救援队在进山寻找。

高佳艺看到山上大片的焦黑后，就明白了这场火灾有多严重。她不知道邢镇受伤的程度，但从曲梦洁满目血丝、心力交瘁的样子也可以想象得到。她在山脚下默默地站了一会儿，望着不远处拉起的警戒线，说：“我要上去。”

曲梦洁说：“跟我来。”

高佳艺跟着她绕到后边，山里有一条很逼仄很隐蔽的小路。曲梦洁把准备好的挎包和一款信号超强、电量满格的手机递上，叮嘱她：“会很难上去，你要小心。”

高佳艺点点头：“谢谢。”

这一次曲梦洁没有絮絮叨叨地说着利害关系，没有阻止她说很危险。因为这场灾难里她是亲身经历的那一个。

如果邢镇不见了，没有人能阻止她去找他。

高佳艺没空害怕，也没空想她的寻找会不会有收获，她只知道自己必须要上去——脚下湿滑，杂草时而茂密时而稀疏，她一鼓作气往上爬，不回头，也不敢放慢速度，仿佛一停下来就会往下掉落一般。

慢慢地，她辨不清方向了。也不知道走了多久，走到一处平坦的地方后，高佳艺终于停下来，环顾四周。

空气里弥漫着烧焦的气味。高佳艺在包里掏了掏，里边有水、口罩，还有手电筒等应急物资。她把口罩拿出来戴上，大声喊道："吴三生——吴三生——"

她的呼喊在空旷的山里回荡。

她一边喊一边找，体力很快耗去大半，即便是戴着口罩，喉咙也像吞了石子一样发干难受。这样下去不是办法，高佳艺又拿出手电筒来替代呼喊。

真的置身于山中，高佳艺才真正感觉到这山有多大，自己一个人的力量有多薄弱，地上的灰烬、被火烧焦的树木都在消磨着她的希望。

寻找的脚步变得虚浮，目光所及之处都是焦黑，高佳艺被这种不知道该去哪儿找的不安给逐渐吞没。

跌倒，爬起。再跌倒，再爬起。高佳艺肩上的包越来越重，里边却都是不能丢弃的必需品。她靠着一棵树坐下休息，把水从包里拿出来喝上几口。这时手机响了。

高佳艺接通，是曲梦洁："佳艺，怎么样？"

"还没找到。"高佳艺道，"先挂了，不浪费手机电量了。"

"等一下。"曲梦洁拦住她，"你把周围的情况跟我说一下。邢镇说，尽量往有水源的地方找，如果吴三生没事的话一定会往那儿去。"

高佳艺眸光亮了一些："我……我前边有一片没有烧过的针叶林，我旁边是……"她从包里找出指南针看了一下，"我现在是在朝北的方位，我走了……大概有三个小时。"

曲梦洁说："你继续往前走，大概再走上十分钟就能看到一条小溪。"

"好，我知道了。"高佳艺从地上站起来，听到电话那头又说道，"佳艺，我只是提供一个可能性。其他人应该也找过了。如果遇到危险，一定不要逞强，一定要打给我！"

高佳艺回答道："我知道。"

高佳艺加快脚步，茫然被压下去了，心里产生了新的希望。

可能是曲梦洁提供的消息真的准确，又可能是巧合，差不多十分钟后，高佳艺真的看到了小溪，更准确地说是条细长的溪涧，贴着山道和石壁流淌。

高佳艺站的位置与这溪涧有高度差，她试着坐下来，伸脚，不想脚下一滑，整个人就跟坐滑滑梯一样滑下去了。

身体翻滚而下，幸好下边是柔软的草地。

高佳艺撑着地坐起来，满身泥土，好在没有受伤。

她想要站起来，忽然感觉到屁股下坐到了什么异物。她把异物拿出来，整个人被雷电击中一般——皮卡丘钥匙圈。是吴三生的皮卡丘钥匙圈！黄色的、可爱的、独一无二的皮卡丘！

高佳艺又惊又喜地起身，环顾四周：“三生，吴三生？吴三生——”

前边，后边，依然无人应答。

高佳艺把钥匙圈攥在手里，涌上心头的喜悦立刻又被不安代替，这个钥匙圈吴三生是不会离身的，怎么会落在这里？除非……

她猛然摇头，这溪涧这么浅，吴三生不可能掉在里面。他应该是来这里喝过水，或者短暂地休息过，不小心把钥匙圈落下了。

高佳艺沿着溪涧往前走去。

天一点点地黑下来，像是一张黑色的床单般盖住这山头。

高佳艺手里手电筒的光越发明亮起来。突然，天边一道刺眼的闪电划过，高佳艺心一沉：糟糕，要下雨了。

如果大火还在燃烧，这场雨便来得及时，可现在对于急于找人的她来说却是多余的。她加快脚步，着急地搜索视线范围内的一切。

闪电过后就是隆隆的雷声，紧接着豆大的雨重重地落下来。高佳艺的可视范围很快就被压缩到手电筒照射到的那一小块，她哑着嗓子，越发频繁地喊着吴三生的名字。

可始终无人回应。雨越下越大，雨声像是消音器一样消掉了她无力的呼唤。

终于，高佳艺的情绪崩溃了。

“吴三生，你到底在哪里啊——你听得到我的声音吗？我来找你了！

“对不起——对不起——是我迟钝，你明明就在我身边，我却一直都不知道，明明我那么想你……我却跟全世界撒谎，跟我自己撒谎，说我不想你……明明那么想回到你的身边，我却没有勇气，我怕给你带来麻烦……对不起，吴三生，你出来好不好——

“我求求你别吓我，快点儿出来吧——”

……

高佳艺的眼泪混着雨水落下，她双手撑着膝盖，多希望老天能怜悯此时如此害怕和难过的她，多希望下一秒吴三生就能出现在眼前，多希望这只是一场噩梦……

不知道过了多久，高佳艺慢慢地在自己的哭声和雨声中听到了有什么重物“砰”的倒在地上的声音。

高佳艺把手电筒照向那个方向——

穿着红色救援服的吴三生倒在一棵树下。

“三生！”高佳艺奔向了他！真的是他！

“吴三生你醒醒，你醒醒！”吴三生闭着眼睛，雨水已经打湿他的全身，他灰头土脸的，神情痛苦，也不知是哪里受伤了。不管高佳艺怎么喊，他都没有回音。

高佳艺拽起他的胳膊，将他的上半身架起，缓缓地拖着。

就这样，她一点点地将吴三生拖到茂密的树下——勉强能挡住大半的雨水。

高佳艺把自己的外套脱下来，用树枝撑在吴三生的头上，然后从包里拿出矿泉水，试图给他喂一点儿。

但吴三生牙关紧闭，喝不进去。

高佳艺看到水从他的嘴角流出来，决定亲自喂他——她含住一口水，俯身吻住他的唇，一点点地往他嘴里喂。

谢天谢地，这招管用。

吴三生的眼珠动了动。

“三生？吴三生！”高佳艺再次试图叫醒他。

吴三生的眼皮在打架，睫毛闪动的频率越来越快，终于……他睁开了眼睛，看到了高佳艺的脸。他张嘴想要发出声音，却没力气。

“是我，高佳艺！我来了，不是错觉。来，你看！”高佳艺拿过他的手按在自己的脸上，“我来找你了，我来救你了，你不会有事的，我们都不会有事的！”

触感是最实在的语言，吴三生皱眉，仰起下巴抑制住忍不住要发出的呻吟声：“你怎么来的！”

原以为是疼痛引发的幻觉，没想到真的是她来了……

高佳艺怔了怔，再开口时，语气里带着自责。

“曲梦洁跟我说你在执行任务的时候失踪了，你知不知道我有多担心？”高佳艺开始查看吴三生的身体，“你觉得怎么样？哪里受伤了？让我看看。”

当她的手触碰到他的腿时，指尖的黏稠感和他痛苦的叫声像一道惊雷当头炸开——

他的右腿……

高佳艺从地上捡起手电筒，往吴三生的右腿上照去，顿时吓得跌坐在地。

这……这还是腿吗？遍布烧伤，满是血污，让人不忍目睹……

大雨中，吴三生整个人因为疼痛弓起身体，他努力克制的痛呼还是生生扯疼了高佳艺的心。

高佳艺瞪大眼睛，眼泪汹涌而出，她只能眼睁睁地看着，却不知道要怎么帮他缓解痛苦。

她无法想象，他是怎么拖着这么重的伤一个人苦撑这么久，无法想象他承受了多少折磨。

救援工作很危险，高佳艺不是不知道，但真正亲眼看见，她还是被吓到了。

“我要怎么做……我该怎么做……”高佳艺强迫自己镇定，她颤抖地从包里拿出手机，“打电话，对，打电话……”

按下重拨键，高佳艺用沾染了血迹的手捂住额头，听到那头响起曲梦洁的声音，就跟抓到救命稻草一般，大喊：“曲梦洁，快来！我找到三生了！你快找人来接我们，他受了伤，他受了伤——”

具体的对话内容高佳艺已经记不得了，她只听到自己声嘶力竭的大喊中，曲梦洁不停地说“好的，等我”，然后雨声再次吞没了一切。

过了好一会儿，她听到吴三生喊她的名字。

“佳艺，佳艺……”

“我在，三生，我在。”高佳艺把他抱起来，让他靠在自己的怀里，尽可能地让他舒服一些。她能感觉到自己在瑟瑟发抖。不是冷，是害怕。

吴三生抬头，望着她湿漉漉的、颤抖的脸颊，无比心疼。他的样子一定吓坏了她。她紧紧地抱着他，像是生怕他会再次消失。

他缓缓握住她的手：“别怕，我不会……有事。”

高佳艺紧贴着他的脸颊用力点头。

雨夜里，他们相互依偎，彼此取暖。

高佳艺把皮卡丘钥匙圈放在他眼前：“我以为我见不到你了。”

吴三生回忆起他是如何在火灾里昏迷又醒来的——

他发现了一个被困者，对方已经失去意识，好不容易把他弄醒准备带他下山，没想到他还要回去找什么东西。在拉扯中，他被推下了山坡。火势猛烈，他摔下的地方已经被大火包围，火苗瞬间吞噬了他。

好不容易拖着受伤的腿从火里逃出来，又被黑烟熏得完全分辨不清方向，他踉跄着走远，和大队伍完全断了联系。

伤势让他十分虚弱，实在支撑不下去，一头栽了下去。

他是听到她的声音才再次醒过来的。

那种忽远忽近的叫喊声牵扯着他的神经，他不敢相信高佳艺真的来了，却又忍不住地想要去确定这究竟是不是自己的幻觉。

他把身体的重心放在还能勉强行动的左腿上，顺着她的哭喊声慢慢往前挪，终于看到在不远处崩溃哭泣的人。

还没能看清，他便晕了过去。

“是你找到了我。”他虚弱地说道。

高佳艺用力点头：“那你以后要乖乖听话，你是属于我的。不许反抗，不许逃跑，不许消失不见，不许惹我生气，不许离开，不许生病，不许受伤！”

听她一口气说了那么多，吴三生苍白的嘴角不由上扬：“还有吗？”

“我暂时先说这么多，以后想到了再补充！”

吴三生“嗯”了一声，望向远处，说道：“我想吃草莓蛋糕。”

高佳艺先是一怔，确定自己听到了什么，鼻子微酸，笑着说好。

很快，他们便听到了曲梦洁等人的叫喊声。

等高佳艺再次醒来，发现自己已经在医院里了。

她猛地从床上坐起，曲梦洁道：“佳艺？”

没有了黑夜，没有了倾盆大雨，身上的衣服已经换成干净的了，高佳艺看向曲梦洁：“吴三生呢？”

曲梦洁把水递上：“你先喝口水。”

“我问你吴三生呢！”高佳艺的心莫名提起来了。

“他还在做手术。”曲梦洁努力表现出轻松的样子，“不过他没有性命之忧，所以你不用太担心。”

“不用太担心？”高佳艺怔了怔，脑海里浮现出他的那条受伤严重的右腿，“不用太担心的意思，你知道是什么吗，梦洁？”

曲梦洁抿唇，她无法说出更有效的安慰的话来。

他们赶到时，高佳艺和吴三生都快不行了，吴三生右腿的伤势触目惊心，抬下山后就被紧急送到医院急救，到现在手术室的灯还没有灭。邢镇等人都守在手术室外，手术的时间越长，心情越是低落。

但至少吴三生还活着。高佳艺接过她的水，颤抖着喝下。

她掀开被子，下床。曲梦洁帮她穿上鞋，扶着她往外走。

高佳艺不要她帮忙，踉跄着奔向手术室。

看到高佳艺过来，长椅上坐着的队员不约而同地站起身。这时手术室的灯灭了，高佳艺屏息上前。

医生把口罩取下来，看了一眼关切的众人。

高佳艺问：“医生，他怎么样？”

“我们尽力保住了他的右腿，但因为伤势过重，以后他走路恐怕会受到影响。具体的，要看恢复情况。现在最重要的是不要二度感染。”说完，医生便离开了。

高佳艺站在原地怔了怔，过了好一会儿才琢磨明白医生的话，她双腿发软，被离她最近的邢镇扶住了：“佳艺，你没事吧？”

高佳艺茫然地被扶到一旁的长椅上坐下。

手术室大门打开，吴三生被推了出来。大家无声地帮着护士一起将病床推去病房，高佳艺看向吴三生，此时的他还在安静地睡着。

她没有起身随大家一起去病房。

吴三生能活着，她很高兴，在没找到他之前，她设想过无数种可能，不停地告诉自己，只要他活着就好。

可是现在……他的腿受伤严重，医生说会影响到他走路。

曲梦洁在高佳艺身边坐下。

高佳艺只觉得自己的心凉凉的，她知道做人不可以这么贪心，她只是担心吴三生醒来后该如何面对。

“邢镇手受伤了，那时候他开玩笑说如果他真的废了，问我会怎么样。我说还能怎么样，手废了，其他地方还好好的，他照样可以做他想要做的事，我的喜欢照样不会有什么改变。”曲梦洁看向前方，自顾自地说道，“做记者的每天都做好了和事实抗争、应对有心人报复的准备；执行救援任务每天都要和危险正面相对，他们也早就做好了随时牺牲的准备。”

高佳艺看着她。曲梦洁握过她的手，诚恳地说：“所以不要太担心，也不要把吴三生想得太脆弱。”

道理都懂，可做起来却很难。高佳艺不是怕吴三生脆弱，而是怕他逞强，她心疼他的逞强。

病房里。

几个小时后麻药失效，吴三生睁开眼睛，看到了兄弟们的笑脸。

“老大，你总算醒了！”

“老大感觉怎么样？”

“老大，你要不要喝水？”

“笨蛋，别吵老大了！老大，你想吃点儿什么，大难不死必有后福，你有什么想吃的，我都给你买来！”

“闭嘴，你才不要吵老大呢！”

……

吴三生皱眉：“你们……好吵。”

邢镇瞪了眼这帮不懂事的人：“听到没啊，老大嫌你们好吵！这里是病房，你们都围着，他怎么休息啊？得得得，都亲眼看到老大醒过来了，你们可以走了！快滚！”

大家只好叮嘱邢镇好好照顾老大，才心不甘情不愿地鱼贯而出。

病房里这才重新安静了下来。

邢镇胳膊打着石膏，看向吴三生，很认真地问：“老大，你觉得怎么样？”

吴三生也认真地感觉了一下：“没怎么样。”

他现在全身毫无知觉，真的没怎么样。

“你也受伤了。”吴三生盯着他的胳膊。

邢镇挠挠后脑勺：“小伤。”比起你的真的就只是小伤。

吴三生看向病房门口问：“佳艺呢？”

邢镇赶忙道："佳艺没事，她刚刚在手术室门口等你出来，她现在……可能去给你准备吃的了。"

吴三生垂眸，没有说话。

邢镇拉过椅子坐下，如释重负道："总算是有惊无险，你都不知道我们找不到你有多害怕，我们真怕……"

吴三生淡淡地看着天花板："有什么好怕的，人总会有一死，更何况我们做这一行，离死亡自然更近一些。"

"可是你真的舍得死吗？我可舍不得，我还没和曲梦洁恋爱多久呢，还有很多事没做，还有很多人没救。"邢镇絮絮叨叨地说完，看向他，"幸好佳艺找到了你。"

这一天一夜，他想得最多的是幸好，讲得最多的也是幸好。当然，其他队员也是一样。

"是啊，幸好是她找到了我。"吴三生重复着这句话，没有一刻比当下更想念她。

晚上，高佳艺从蛋糕店走出来。她从医院出来后，就回到蛋糕店的工作间，亲手做了一个蛋糕。因为他说想吃她做的草莓蛋糕，她答应了他。

从蛋糕店出来后，高佳艺又去打包了粥，提着满满当当的食物回到医院。轻轻推开病房的门，床头柜上的橘色灯闪着微弱的光，邢镇没在，曲梦洁带他出去吃晚饭去了。高佳艺不确定吴三生是不是在睡觉，尽量放轻脚步。刚走进去两步，就听到床头被升高的声音。

吴三生按下按钮，让自己稍微坐起来一些："你再不来，我就要去找你了。"

高佳艺愣怔，抿唇笑，原来他早就醒了。

"我去做蛋糕，还去买了很多好吃的。"他做的是腿部手术，不影响吃东西，所以她想，得好好地安慰一下他的胃才好，"你看，都是你爱吃的呢。"

吴三生看着她把食品袋放到床头柜上，可食物太多了根本就放不下，一个个拿出来跟叠罗汉一样，他忍不住道："你确定护士等下不会把你赶出去吗？"

高佳艺噘嘴："你到底要不要吃？"

"要。你做的，你买的，我不吃合适吗？"

高佳艺"切"了一声，把草莓蛋糕拿过来："那就先吃这个吧，下午去附近一家蛋糕店央求蛋糕师傅借我两个小时的厨房，亲手做的呢。"

吴三生点点头。

依然是淡粉色，满是草莓，右下角用奶油写着"感谢平安"四个字。

吴三生问："为什么不是加油？"

高佳艺挖了一小块蛋糕递到他嘴边："平安就好，这次就不加油了。"

"我以为我这次最需要的就是加油呢。"他的目光似有若无地看向自己的右腿。

高佳艺只当作没听懂，微笑着说："快尝尝看是不是你喜欢的味道。"

吴三生把蛋糕抿进嘴里，香甜的奶油在齿间化成淡淡的温柔，就像高佳艺带给他的感觉，起初还觉得自己不喜欢，后来才发现是不够了解罢了。

"很好吃。"

得到肯定的高佳艺眼睛亮晶晶的："哼，那是当然，我在奶油里加了芝士，口味才没那么腻，而且啊，我用了栗子粉来代替可可粉，算是新的试验品吧。"

吴三生静静地看着她，说道："其实你不用这么费心，只要是你做的，都好吃。"他伸手抚了抚她有些凌乱的头发。受了惊吓，又陪他淋了雨，嗓子还是哑的，她该好好休息的，而不是这么费心费神地来回奔波。

高佳艺微微一怔："没事，我现在就是蛋糕师傅嘛。"

醒来后的吴三生说话变得很温柔，看她的目光也很温柔，她竟一下子有些适应不了，于是慌乱地拿过其他食物喂给他吃："再吃点儿这些吧。"

昏暗的灯光下，大难不死让他的英俊中更多了几分坚毅的魅力。她喂他，他静静地吃着，眉眼间看不出担心。她的心稍稍安了一些，转而又怀疑他只是把担心放在了心底，故意不让她看出来。

两个人沉默地吃了一会儿，门被人推开。护士小姐走进来，看到如此温馨的一幕愣了一会儿，立刻皱眉道：“刚做了大手术怎么能吃这么多东西呢？”护士小姐走上前，看了一眼床头柜上丰盛的食物，还有因为放不下留在地上没拿上来的，“小姐，这里不是饭店，真的心疼男朋友也不是这么个心疼法，得按医嘱来。”

吴三生握过高佳艺的手：“抱歉，是我不好，是我想吃的，不要怪她。”

护士小姐把“其貌不扬”的高佳艺上上下下打量了一番，眼神难以形容，最后她清清嗓子，语气和缓了一些：“我给你上新的吊瓶。”

高佳艺起身拉着椅子后退，给护士腾地，然后她亲眼看见了护士小姐的大型变脸现场——

“怎么样，这个输液速度还合适吗？有哪里不舒服吗？如果有哪里不舒服，一定要及时按铃告诉我哦。记住，多喝温水，吃也要吃清淡的哦。”

语气极度温柔，用词极度温柔，笑容……极度温柔！

吴三生一直礼貌地回应着，等到护士小姐离开，扭头一看，高佳艺术双手抱臂，脸已变得很臭：“怎么了？”

高佳艺阴阳怪气地说：“那个护士姐姐明显喜欢你啊。”刚才看她那眼神，分明就是好白菜被她这头并不漂亮的猪拱了的惋惜模样！

吴三生笑笑：“人家那叫专业素养。”

她的眼神刀一般地杀过来。

吴三生故意打哈欠道：“嗯，我有点儿困了。”

高佳艺点头，走到床头柜边把东西装回袋子：“好，我知道了，不打扰你休息了，免得又被护士推门进来骂。”

他抓过她的手臂，轻轻一拉。

高佳艺没有防备，趴到了他身上：“喂，你干吗？”

他环过她的背：“别忙了，你也回去好好休息，不然我会心疼的。”

他就附在她的耳边，说着带着魅惑一般的话语，格外动听。

高佳艺只觉得自己的左半边身体都是麻的。

第十五章

你把他给宠坏了

她两手空空地从医院里出来，一眼看到了秦学东。如同时光忽然回溯，上一次吴三生被送进医院时，他也是这样子等着她。这场灾难，把她重新送回到吴三生的身边，也把其他人送回到了她的身边。

高佳艺静静地站着，秦学东主动走了过来："怎么，一个月没见，不认得我了？"还是熟悉的口吻。

高佳艺笑笑："我怕是你不认得我了。"

如今，她一头短发，戴一副黑框眼镜，连护士小姐看到都是一副嫌弃模样，难为他还能一眼认出她来。

秦学东目光一凛，手高高抬起，紧紧地将她拥到怀里道："你就算化成灰我也认得！"

秦学东的责怪、想念、强忍的眼泪，都汇集在这一个拥抱里，这句话里。高佳艺仰着头，一直埋藏在内心深处的一块冰开始融化。

很奇怪，她从山上下来后，曲梦洁劝她休息，到了店里飘姐也劝她休息，刚刚将她 "赶走"的吴三生也让她尽快回去休息，她都没有觉得累，秦学东这么用力一抱，疲惫感一下子就出现了。

这一个月她就像一座孤岛，失去了才知道被爱情、友情包围的感觉有多好。

她以为自己做好了和这些分开的准备，然而再多的准备都是无用的，在乎就是在乎，舍不得就是舍不得，放不下就是放不下。

“疼……你再不放开我，我可真的要化成灰了。”高佳艺咳嗽两声，轻拍他的背。

秦学东这才放开她，眼眶湿润，抬手要把她脸上的眼镜拿下来：“这什么东西？你……”

高佳艺赶忙躲掉，秦学东微微一怔。

高佳艺讪笑着按了按鼻梁上的眼镜：“戴习惯了，先戴着吧。”她还没准备好做回高佳艺，“我还没吃饭呢，不如你请我吃饭吧。”高佳艺拍了拍自己的肚子，转移话题。

他无奈地瞪她，叹了口气：“上车。”

便利店里，秦学东把泡好的泡面放到她跟前，一脸不悦：“说了请你去吃好吃的，你怎么执意要吃这些东西？”

这在他看来，都是很不健康的食物！

“这些不是挺好的吗？马上就能吃，还能填饱肚子。”高佳艺坐在高脚凳上摇晃双腿，“你也吃吃啊。”

秦学东板着脸在旁边落座：“不必，我吃过了。”

高佳艺咬上一大口肉松饭团，满足地“哦”了一声。

秦学东看向她，之前听曲梦洁说她变了不少他还不信，现在亲眼所见，就觉得她真的变了，不是外貌上的变化，而是一种成长的感觉。

骨子里的沉静、自立，还有眉眼间的从容不迫，这些竟是在短短一个月中出现在她身上的。好像他错过了不少故事，她再也不是他手底下任性、稚嫩的小女孩了。高佳艺注意到他的目光，把头扭向一边。

秦学东收回目光：“怎么不问问我过得好不好？”

高佳艺喝了一口燕麦牛奶：“曲梦洁都和我说了，你这一个月拼了命地训练队员，不仅把她们训得哭天喊地，还把自己训进了医院。”

秦学东轻笑："那曲梦洁有跟你说我有多想你吗？"

高佳艺垂眸："对不起。"

秦学东继续笑："你是不是觉得每一声对不起都会换来一句没关系？高佳艺，你一个人玩失踪，连一句交代都没有。你是打算这辈子都不见我了吗？"这个问题这段时间以来一直反反复复地折磨着他。他告诉自己，再见到她定要问一问，当时她是怎么下得了这个狠心的，"高佳艺，我忽然觉得……我好像从来都没真正了解过你。"

说到那一天的离开，高佳艺何尝不难过呢？

她不敢告别，不敢有交代。她生怕任何一个环节不如胡雨生的意，吴三生和训练基地就会遭受更多非议。她几乎是落荒而逃，连要去哪儿都不知道，又要如何交代呢？

"我只想好好地保护你们每一个人，尽我所能……我没想那么多。"高佳艺盯着手里的饭团，哽咽着再次道歉，"对不起。"

秦学东叹气，揉了揉隐隐作痛的太阳穴，把泡面盖子打开："吃吧，面要泡烂了。"他不是想听她的道歉，他只是想听到她说，以后不会再犯这样的错误。

有时候，人总是太过自信，太想要凭借自己的能力解决问题，却不会想到这样单纯的想法，会让身边的人受累。无心之过要怎么去苛责呢？

高佳艺从他手里接过叉子："秦学东，我也觉得我没真的了解过你呢，以前你都不让我碰泡面的。"

"现在你又不是……"秦学东猛地停住，前面几个字还是说出了口。

她微微一怔，随后了然自嘲："也是。"

秦学东不再说话，板着脸重新默默地坐着。高佳艺以为他都说到这里了，会跟曲梦洁一样劝说她回去，但他一个字也没说。

从便利店里出来后，他送她到住的地方。

在楼下说再见的时候，高佳艺终于还是忍不住转身提醒："你没什么要对我说的了？如果没有，我就上去睡觉了。"

秦学东点点头："嗯，上去吧。"

高佳艺点头，不知道为什么，心里竟涌起失落。

"佳艺，晚安，做个好梦。明天早上我送你去医院。"

高佳艺一步步踏上没有灯的楼梯，秦学东没有立刻离开，而是站在那儿目送她进屋。

门开了，费青青从客厅里起身："佳佳，你回来了。"

高佳艺把门轻轻关上："嗯。"

"送你上楼的那个男生是……"费青青刚从窗口看到了高佳艺和秦学东并肩散步过来。

"一个认识很久的朋友。"

费青青点点头："他看上去很踏实很可靠。"

高佳艺微笑不语。

费青青浅笑："旁观者清嘛，我也见识过了渣男，有些人远远地就可以看出来是个怎样的人。"

高佳艺若有所思地点点头，却忍不住更加困惑——秦学东只字不提让她归队的事，她不知道他到底是什么心思。意识到这一点，她更加纠结了。高佳艺你到底想干吗？你当初那样单方面宣告，就应该料想到肯定回不去了，秦学东提或不提，又有什么区别呢？

"是吗？我连自己都看不清。"高佳艺苦笑，"也不知道自己到底想怎样……"

费青青："那就做回真正的你，好好地问问自己的心。"

高佳艺怔了怔，看向她。

"你是高佳佳，也是高佳艺，是蛋糕师傅，也是那个运动美少女。"

"你……"高佳艺语塞。

"抱歉，不是曲记者跟我说的，是我自己查到的。"费青青腼腆地笑，"你从不提自己的情况，却认识记者，还是那么有名的记者，所以我猜你不是普通的蛋糕师。”

她走到高佳艺跟前，缓缓拿下她鼻梁上的眼镜：“没想到我跟一个大美女同住这么久。”

高佳艺抿唇：“对不起，我不是故意要瞒的。”

“有什么关系？”费青青耸肩，“每个人都有自己的苦衷，你那么做一定有你的理由，就像他骗我也是有理由的。”

高佳艺疑惑地睁大了眼睛。

“曲记者帮我找到他了。”费青青顿了顿，“拿到他现在的地址的时候，我突然发现再去找他已经没有意义了，他已经开始了没有我的生活，他从来都没有爱过我。我去找他，在他眼里也只可能是自作多情的纠缠罢了。”

高佳艺若有所思地点点头。费青青又说：“你们说得对，放下才是向前的唯一出路。”高佳艺仔细打量费青青说这话时的神态，仍然有悲伤，但很坦然，她是真的这么想，也就这么说了。

放下，的确是唯一出路。

“那如果放不下呢？”

“那就重新捡起来，如果你觉得那是值得的。”费青青想了想说道。

高佳艺静静出神，有点儿想笑。真没想到如今给她答案的，是之前还激动得要跳楼的费青青。

她回到房间，和衣而卧。梦里，她回到了比赛场，回到了那明亮的灯光下，她看向那红色靶心，手里握着弓箭调整呼吸。全世界都安静下来，只有她一个人，和她要命中的目标。一切是那么真实，拉弓、瞄准……离弦的箭往靶心飞去，却一直没有抵达。

高佳艺惊醒坐起，外边传来轻微的声响，她看了眼时间，已是早上六点半。

这个梦代表着什么？是日有所思夜有所梦吗？

静坐一会儿，她下意识地伸手去拿桌上的眼镜，这是高佳艺一个月来养成的习惯，触碰到眼镜后她有些失神，半晌缓缓缩回了手——

“那就做回真正的你，好好地问问自己的心。”

高佳艺微微皱眉，起身。

几分钟后，费青青准备好了早饭，到高佳艺的门口敲门：“佳佳，你起来了吗？我做好了……”

门被打开，费青青愣住了。高佳艺戴了一顶齐刘海假发，没有戴眼镜，穿着紧身的黑色运动套装，巧笑嫣然。

费青青怔了怔：“高……佳艺？”

差别真的有那么大吗？这只是她以前的寻常装扮，高佳艺有些不好意思地问：“很奇怪？”

“不是，是很漂亮。”费青青眨眨眼，叹道，“真的好漂亮。”原来，真正的高佳艺长这个样子。

高佳艺捏她鼻子：“不许捧杀。”

比起别人称赞她容貌上的漂亮，她更喜欢别人夸赞她在比赛现场射箭时的飒爽英姿，虽然现在没有了比赛。

她喝了两碗费青青煮的红豆粥，用手背抹了抹嘴巴：“青青，这几天我会很忙，有事的话你可以找曲梦洁。你工作的事我想她也能帮上忙。”

“去做你想做的事吧，不用担心我。”费青青摆摆手，“加油，高佳艺！”

听到费青青喊出自己的真名，高佳艺还是愣了一下。

今天她走出这个门，伪装了一个月的高佳佳就要消失不见，她要重新做回高佳艺。

高佳艺冲费青青露出一个大大的微笑，拿包离开。

下楼，秦学东已经在楼下了。

不知道他是什么时候来的，也没给她打电话，绅士得不像话。

听到有人从楼里走出，秦学东扭头，就这样看到变装回来的高佳艺。

他先是一愣，然后失了神。

她一步步走到他跟前，看着他和费青青同样的错愕表情：“怎么了，不认识我了？”

秦学东掩饰住眼底的欣喜：“假发真丑，干吗打扮成这样？”

高佳艺没好气地翻个白眼：“想要想想以后了可以吗？”

秦学东眉头微皱，没说话，而是转身往前走。

昨晚他原本是想和她聊聊的，但是想到她刚从山上下来，又经历了吴三生的手术，满脸疲惫急需休息，就压着没提，没想到反而是她先着急了。

这还真是意外之喜。

高佳艺坐上秦学东的车，没有去医院，而是说要回训练基地看看。

她鼓起勇气主动开口，生怕秦学东会拒绝。

但秦学东仍然什么也没说，默默地把车开向训练基地。在门口停下时，高佳艺望向基地的大门，近乡情怯似的，不敢立刻下车。

她以为自己不会再回这里了，也没机会再回这里。

这里的每一寸都未曾改变，却又觉得哪里都变了。

“下车吧，英子她们都在大训练室上课。”秦学东说。

秦学东领着她穿过无人的前院，径直走向体育馆。

推开厚重的门，偌大的体育馆重新向高佳艺打开——这里是她日复一日练习的地方，比起和英子她们挤在大教室里练习，她更喜欢一个人待在这里。久而久之，体育馆就成了高佳艺的专属练习场，这是队员们之间公开的秘密。

这里还是同以前一般，长桌上按照她的习惯依次放着弓箭、毛巾、矿泉水，最后是……她偷藏的小面包。

高佳艺诧异地看向秦学东，原来他一直都知道她偷吃零食的习惯。

“我每天都会亲自来这里打扫一遍。”秦学东走向长桌，握起她专用的粉色长弓问她，“要试试吗？”

高佳艺心底的某处被点燃了，鬼使神差地走向他。

在握到弓箭的刹那，高佳艺心里的那些顾忌、自我欺骗，统统都土崩瓦解。她还是喜欢弓箭，还是喜欢用力拉弓的感觉，还是喜欢那种命中目标的满足！

高佳艺后退，迈开右腿，闭上右眼，看向靶心，调整呼吸……放！

箭头不偏不倚，正中红心。

还好，荒废了一个月，射箭还没有放弃她。

秦学东伸手鼓掌。

高佳艺攥紧弓看着前方，全身的血液为此沸腾，她还是她，就算这一个月每天被面粉环绕，她还是那个为射箭而生的高佳艺。

秦学东：“还不错，不过也别骄傲，你的箭头并不是很准，有点儿飘了。这是一个月没有练习的结果。”

高佳艺苦涩地勾勾嘴，的确，她发射时箭羽有点儿飘。作为教练，他的眼睛很毒。

只是……

那又如何呢?

这里已经没有她的位置了。

想到这，她垂眸，手缓缓垂下。

“回来吧。”站在身旁的秦学东突然开口。

高佳艺怔住，以为自己听错了。

“既然你还热爱射箭，眼中还能为它射出光芒，就知道自己放不下。”秦学东看向她，“既然放不下，就回来。”

“可是……”

“虽然你单方面宣布了退出，但你的申请我没递上去，上级领导也没签字，我一直留着你的位置，就等着你有一天能回来。”秦学东说道，“这段时间就当你休假了。”

高佳艺瞪大眼睛，秦学东的这个信息太过震撼，让她瞬间觉得柳暗花明，她忍不住再次确认：“真的？”

“既然是休假，就不能休太长时间，所以你再拖下去就不知道会怎样了。”秦学东从她手里拿过弓箭放到长桌上，“高佳艺，要想比赛，练习是不能荒废的，你知道吧？”

“可是……”胡雨生那边，他知道了会怎么样呢？她还可以反悔吗？她还有资格反悔吗？

这时，手机响了。

是邢镇发来的微信，问她怎么还没到医院。

高佳艺迅速回复她马上到。

“走吧，我送你过去。”秦学东看了一眼手机。

医院。

才手术的第二天，吴三生就不安分地要坐着轮椅出去转转，邢镇怎么劝都劝不住，看到高佳艺进来，如看到救命稻草一般：“佳艺你快劝劝老大，他非要出病房去花园，怎么说都不听！真是的！”

吴三生无语：“你要不要这么夸张？我就是右腿废了，又不是整个人都废了，为什么不能坐着轮椅下楼去啊？”

高佳艺注意到他说“右腿废了”，蓦地看向邢镇。

邢镇笑容僵硬：“老大你说什么呢，谁跟你说你右腿废了，现在手术完裹着纱布而已，你别自己吓自己好不好？”

“就是，你别乌鸦嘴好不好？现在最重要的是好好休息，其他的什么都不要想！”高佳艺皱眉，吴三生越是用轻松的口吻提到右腿，她就越觉得心惊肉跳。

秦学东从门口走进来：“走吧，我推你下去走走。”

吴三生笑：“好啊。”

秦学东看着高佳艺和邢镇：“你们要担心的话，也可以跟着。”

邢镇看向高佳艺，把机会让给了她。

高佳艺不明白，秦学东怎么忽然“宠”起吴三生了，上次陪着吴三生一醉方休，现在又纵容他的任性。

难道真的是男人之间的惺惺相惜？三人进电梯下楼。电梯门关上后，秦学东突然开口：“高佳艺想回训练基地，你怎么看？”

高佳艺怔了怔，意识到他在问吴三生。

吴三生浅笑："意料之中。"

秦学东："可是她有顾虑，胡雨生。"

他们两个是在当着她的面讨论她的未来吗？

这时电梯门开了，又有新的人进入。谈话暂时中止。

到了一楼，秦学东推吴三生拐进医院的花园。

吴三生握过一边高佳艺的手："现在还有什么好顾虑的，回你想回的地方，做你想做的事。胡雨生不会再找你麻烦了。"

他说这话时自然又自信，她一头雾水。

"比起你，他更希望看到我的不幸。"吴三生拍拍自己的右腿，"只要他知道我无法再回救援队的消息，心里的怨气就会自然消散了。"

高佳艺严肃地说道："你说什么呢，都说了，只要你好好恢复，一定会……"

"不用安慰我，什么情况我自己最清楚。"吴三生柔声打断她，"医生帮我把腿保全下来我就很感恩了，就算以后走路有什么问题，也仍然值得感恩。我真的没事。"

高佳艺突然瞪向秦学东。

医生不会特地告诉吴三生这些，而邢镇他们更不可能说，今天秦学东不帮着劝他，还主动推他下楼，还主动提到这些，他的嫌疑最大！

秦学东一愣，无奈摇头："不是我说的。"

一道阴影投来，高佳艺的眼睛被一片温热盖住了。

吴三生把手挪下来，笑道："别乱冤枉人了，没谁跟我透露过，但我不傻。"

高佳艺难受地看向他，这件事她知道瞒不住，等他拆了纱布下地后就会发现，可是她还是希望这份残忍晚一点儿到来，至少能让他没有负担地多过几天，而不是像现在这样笑着说没事。

"因为我，你才擅自退出。那天我去训练基地找你，你已经离开了。你知道我有多难过吗？这件事从头到尾都和你无关，可是你却牺牲了自己。佳艺，你做得已经够多了，现在有回去的机会，千万不要放弃。”吴三生很认真地说道，“我们两个中，至少要有一个坚守梦想啊。”

他的笑容，灿烂如今日的阳光。高佳艺却开心不起来。她不想他站在阴影里看着她，更不想两个人中只有一个人能去面对梦想的彩虹。在她看来，一段好的、持久的爱情，是两个人一起牵手，一起往前走。

高佳艺半蹲在他跟前，沉默许久，点头说道：“好，我知道了。”

她会回去，因为这是她和他共同的心愿；她更不会让他放弃自己的梦想。

两天后，高佳艺退掉了租的房子，和蛋糕店的飘姐办了辞职手续，回到训练基地。之前退出得太高调，现在回来要低调点儿才行。

她被秦学东安排单独住一间宿舍，也不和其他人一起训练。不发通稿，也不公开告知其他人。大家看到高佳艺回来，也只能半信半疑地窃窃私语。

高佳艺要做的，就是恢复到以前的状态，努力训练，把这一个月的时间给补回来。她把自己关在体育馆里，和大部分的队员错开用餐时间，晚上的时候再去医院照料吴三生。

时间安排得满满当当，如同过去一般。

但即便是瞒过了所有人，也还是瞒不过机灵鬼英子的。

第二天午饭后，高佳艺躺在体育馆里的地板上小憩，看到英子悄悄地推开体育馆的门，探头进来。

两人四目相对，高佳艺先开口唤道：“英子。”

英子怔了一下，像是听到了她的这声呼唤才真的确定是她一般，飞快地跑进来：“真的是你！”

没等高佳艺起身，英子就飞扑到她身上：“你个死丫头！真的是你！真的是你！真的是你！”

高佳艺快要被她捶死了，箍住她的双手：“对，是我，你眼睛没瞎。”

英子抓了一把她的短发，生气地骂道：“你去哪儿了？还以为你不要我们了呢！”

高佳艺笑笑，把千言万语化成一句：“我我这不是回来了吗。”

英子推开她，一骨碌爬起来，噘嘴道：“哼哼，你没在的这段时间，我不知道有多清静呢。没人找我麻烦了，也没人让我犯错误了。”

“英子，我知道你是想我了。”高佳艺搂过她的肩，撒娇道。

从“被迫联系”曲梦洁开始，她被一件又一件的事情推着往前走，一直没放松下来过，此时此刻，她终于能找到一个合适的时机和对象撒娇一下。

真好。

“谁想你了。我才不要想你这个没良心的。”

高佳艺抱着她不撒手：“好，你不想我，但我想你了。英子，我想吃你的零食了。”

英子斜视着她：“想吃我的零食就拿你的八卦来换。”

高佳艺说了自己在外边当蛋糕师傅的事，作为交换英子则说了这一个月来训练基地发生的事情。

秦学东进来的时候，她们两个正抱在一起聊得高兴。

“你们干什么呢？”

英子瞬间收起笑容，立刻从地上站起来。高佳艺用手背擦去眼角笑出来的泪水，扶膝站起来：“没什么，饭后开了个小型茶话会。”

在秦学东冷冷的扫视下，英子识趣地溜走。高佳艺双手背在身后，绕着秦学东转圈圈，啧啧叹道：“教练，没想到你是这样的人啊。”

秦学东不解皱眉：“什么？”

“害你几度劳累住院，听起来我真是罪孽深重。但谁能想到，其实有佳人来探呢？”英子说她和队员训练完去医院探望时，正好看到有一个陌生美女出现在秦学东的病房里，她们默默地在外边围观了一会儿，发现美女还给秦学东削苹果吃呢！她和他认识了这么多年，可不知道有这样一号人物的存在。难不成就这一个月的工夫，秦学东就有情况了？

“英子跟你说的？”秦学东涨红了脸，握拳做生气状，但却没立刻反驳。

高佳艺点点头，静听后续。

“那是和曲梦洁同行的记者，是来打听你的下落的。”秦学东冷着脸，看高佳艺满是失望的神色，戳戳她的额头，“你回来没几天就原形毕露了吗？能不能不要乱八卦？英子那妮子跟你待在一起就没好事儿！”

“我不是乱八卦，是关心你。”高佳艺摸摸额头，无奈道，“你也老大不小了，老围着我们转，是要打一辈子光棍吗？你是该找个女朋友了。”

秦学东神情复杂，张张嘴，索性点头道：“好，你尽快拿个冠军回来，我就把这事儿提上日程。”

本来吴三生的期许就让高佳艺压力很大，现在又肩负起秦学东的终身大事……她叹气转身：“知道了知道了。”

秦学东看了看腕上的手表：“好了，下午你要射满五十个内圈，外加跑步两小时。”

他的魔鬼本色不仅没改，还有变本加厉的趋势，不过高佳艺还是乖乖听话，这可是她那一个月里最怀念的地方。

第十六章

是爱情的味道

晚上，高佳艺洗了个澡，头发还没干就直奔医院。走到病房门口，就听到了一个熟悉的笑声从里边传来。她探头一瞅，是吴叔叔！

只见吴叔叔站在床尾，不知道在跟吴三生比画着什么，像是在跳舞，动作僵硬又好笑。坐在病床上的吴三生啃着苹果一头雾水。

然后吴三生看到了偷看的高佳艺。

高佳艺没法继续偷看了，推门进来："吴叔叔。"

老吴看到她，开心地上前给了她一个大大的拥抱。

高佳艺瞪大眼睛，被这份热情吓到，一时不知道要怎么办。

"佳艺，你有没想叔叔啊？你知不知道叔叔可想你了！一段时间不见，你更漂亮了！"

病床上的吴三生咳嗽几声，老吴这才放开高佳艺，故作不爽地扭头："这就吃醋了？佳艺，做他女朋友很辛苦吧？"

还是那么幽默风趣，口无遮拦。高佳艺感觉他来了之后，病房里的沉闷被驱散大半："还好。叔叔，你什么时候来的？"

"下午，我和他妈妈一起来的。"

高佳艺愣住了，啥？吴妈妈也来了？说到这个，吴三生忍不住抱怨："你平时不是都瞒得滴水不漏的吗，怎么这次没瞒住！”

“这次再瞒，你妈妈知道后一定会杀了我。为了这条老命，我可不敢撒谎。”老吴耸耸肩，一个劲摇头。

高佳艺下意识地摸摸自己湿漉漉的头发，又看看自己身上穿着的十分随意的运动服，感觉不妙。

“谁要撒谎啊？”一个柔柔的声音传了进来。

高佳艺扭头，气质优雅、五官秀美的吴妈妈提着保温瓶走了进来。

有些人不必特别介绍，从蛛丝马迹就能判断出身份。她的眉眼和吴三生的很像，年龄大概五十岁左右。

老吴笑呵呵地上前，接过她手里的东西：“没有没有，不敢。”

吴妈妈的目光落在高佳艺身上后就没移开过：“你就是高佳艺吧？”

高佳艺一个激灵，连忙鞠躬问好：“阿姨好。”

吴妈妈笑着上前：“不用这么客气，这些天多亏你照顾我们家三生。”她穿着米色长裙，头发梳得整整齐齐，身上香香的，脸上化着淡妆。和她相比，高佳艺觉得自己太粗糙了，不由得涨红了脸，舌头打结，在心里把自己骂了无数遍……

“妈，你才不用客气。”吴三生淡淡开口，把话茬接过，“她是我女朋友，应该的。”高佳艺的脸更红了。

“是女朋友才要谢谢啊，又不是你老婆。”吴妈妈责备道。

吴三生看出她的不自在，把手里的苹果核递上：“帮忙扔一下。”

高佳艺赶忙奔过来，到他身边。

吴三生看向两位长辈：“佳艺来了，你们可以走了。”

吴妈妈可没那么好打发，她笑着拉过椅子坐下，只当没听到一样，把食盒打开：“我给你煮了牛肉粥，还有一些可口的小菜。”

吴三生伸手接过，转手又交给高佳艺。

吴妈妈笑了笑：“佳艺啊，你把他给宠坏了。”

高佳艺怔了怔。

“他一向自立到不行，现在吃饭都要你喂。”吴妈妈吐槽。

高佳艺抿唇，脸颊滚烫。吴三生面不改色：“我是病人。”

吴妈妈又道：“佳艺啊，听说是你把我们家三生找到的？”

高佳艺不好意思地笑：“嗯……是啊。”

吴妈妈眉眼里尽是感激：“我还听说，是你主动追的我们家三生？”

高佳艺点点头。

吴妈妈托腮，像要听故事一样摆好姿势：“能跟阿姨说说吗？”

高佳艺一边喂吴三生喝粥，一边说道：“其实这是一个关于皮卡丘钥匙圈的故事……”本着给吴妈妈留下一个好印象的想法，高佳艺用词尽量生动、美好，没想到……居然把吴妈妈给说哭了。

老吴拍拍吴妈妈的肩，无奈地笑道：“你这人，怎么好好的还哭了呢。”

“太感人了。有这么一个实心眼的姑娘惦记着，我替儿子开心啊。”吴妈妈感性地叹息，抓过吴三生的手由衷道，“三生，有这么漂亮又这么傻的孩子喜欢你，你可一定要珍惜人家，听到没？”

高佳艺眨眨眼，这是夸她吗？

吴三生嘴角扬了扬：“嗯。”

聊了一会儿后，吴叔叔和吴妈妈识趣地一同走了，给年轻人留点儿空间。高佳艺起身送他们。吴妈妈一直拉着高佳艺的手，不舍得放开。

吴叔叔走在前边，吴妈妈放缓脚步，高佳艺意识到她是有话要跟她说。果然，吴妈妈轻拍她的手背：“三生的腿我听医生说了，以后行动都会不便。”

高佳艺怔了怔，原来她已经知道了，还以为吴叔叔会瞒着。难为她刚才在病房里表现得这么轻松，或许这便是母亲的坚强吧。

想到吴三生的坦然，唉，他们一家人都太为别人着想了……

“阿姨你放心，我和三生都不会放弃。”

“说实话，我一直想着找个机会和你认识，没想到第一次见面会是在这种情形下。我觉得让你接受现在的三生有些不公平，如果你有了其他想法也是人之常情。可刚才听你说了你和三生之间的故事，阿姨对你，只有心疼和感恩。”吴妈妈发自肺腑地说，“这个孩子从小就内向，什么都喜欢藏在心里，喜怒不形于色。但我看得出，他在你面前很放松，很不一样。”

高佳艺微笑，吴妈妈抱过她：“孩子，你一定是上天派到我们家的天使。”吴妈妈的声音有些哽咽，高佳艺在她的怀抱里出神。

天使？阿姨，真正的天使是三生，是他给了我希望和未来，我能做的只有好好地陪在他身边，在他需要我的时候。

“虽然三生说你才二十岁，谈婚论嫁还太早。不过阿姨还是想把这个送给你。”吴妈妈放开她，把手上的手链取下来戴在她的手腕上，“这是你叔叔跟我求婚的时候匆匆忙忙买的，那时他就要坐车去部队了，也没什么钱，就用打工攒的工资给我买了这个，问我愿不愿意等他回来，愿不愿意给他这个机会。我虽然嫌弃这手链丑得很，但还是二话不说就答应了。这一戴，就是一辈子。”

那是一条很细很细的黄金手链，圆珠坠子，样式简单又古朴。

“阿姨，这不行，这太贵重……”

“收下吧，这是阿姨的心意。”吴妈妈没有给高佳艺拒绝的机会，轻轻地拍了拍她的手，笑容温和。

老吴在电梯那头催促：“快走了，电梯来了。”

“改天我们吃个饭。”吴妈妈摸摸高佳艺的头，“回去吧。”

高佳艺静静地站在原地，看着老吴和吴妈妈一同进了电梯，直到手腕上陌生的冰凉一点点和体温相融，她才意识到她刚刚稀里糊涂地见了家长。

这是丑媳妇见公婆了吗？想到这里，她的脸又红了。磨磨蹭蹭地回到病房，吴三生从手里的书中抬起头来：“我妈跟你说什么了？”

“没，没什么啊。”高佳艺把手背到身后。

“她还是心急了。”吴三生看向她藏起来的手，缓缓收回目光，“你别被吓到。”

高佳艺愣住了，意识到他已经看到手链了。也对，他是做救援的，眼神好使得很，藏也藏不住，她索性把手露出来给他看："阿姨说怕我跑了，提前把我定下来。"

吴三生轻轻叹气："我妈真是多此一举。"

听到这话，她微微皱眉："什么意思？你是觉得我不会跑，还是不想阿姨这么快把我定下来啊？"

吴三生嘴角上扬，似笑非笑："你猜？"

高佳艺扭头："我猜不着。"

他扳过她躲开的下巴："我那么赶都赶不走，你会跑吗？"

高佳艺挑眉："那可不一定，也许我突然发现没有那么喜欢你了，说不定我就……"

"那样也好，只要你幸福，我都没意见。"吴三生轻声打断，波澜不惊，就好像做好了她会离开的准备一样。

高佳艺静静地看着他，生气地推开他的手："你不是应该说不可以的吗？我离开你你为什么可以没意见？我去跟别人幸福了你没意见，是不是代表你没有那么喜欢我？"

这不是她想听到的答案，她才不要他故作大方！

"佳艺……"

"你放开！"他试图拉住她，她生气地再次推开。

高佳艺起身，他长臂一勾将她拉入怀里。

"你不是说我离开也没意见的吗？那你搂着我做什么？你放开我！吴三生，听到没有？你……"

"我喜欢你。"吴三生的告白轻柔入耳，像白云坠入蓝天。

她确定，他刚才说的是"我喜欢你"。

"我喜欢你。"吴三生又说了一遍。

"说不清是从何时开始的，或许是因为那些信，或许是因为你给的皮卡丘钥匙圈，或许是你因为出现在我的面前。我喜欢你喜欢到无数次拒绝却还是忘不掉，我喜欢你喜欢到每一次的拒绝都是对自己的折磨，我喜欢你喜欢到以为自己快要在大火中死掉的时候，很遗憾没能这样抱着你跟你说‘我喜欢你’。”吴三生闻着她发间的香，认真地说道，“佳艺，我舍不得你不好。”

高佳艺在他怀里静静地听着，心里的不爽悄然不见，他……还是第一次对她说这么多话吧。原来他也会告白，会说这么多次“我喜欢你”。

原来……作一次妖，会收获这么多。高佳艺抿唇，忍着笑。

她树袋熊一样抱住吴三生：“在你身边我不会不好，你也一样，你在我身边也不会不好。我跟阿姨说了，我们都不会放弃，都不会认输。等你好了，我们就去看雪好不好？”

她长大的地方，她训练的地方，都看不到雪。听说和喜欢的人一起看雪，会是一件幸福感满满的事情。

“好。”

两个人感受着彼此的体温，只希望时间就此停住。

两个月后，吴三生可以出院了。高佳艺回归后的第一场比赛即将来临。

吴三生特意没让高佳艺知道他出院的时间，让邢镇过来接他回救援基地，不想秦学东却来了。

“你怎么……”吴三生坐上轮椅，看着秦学东抱着花走进来。

“放心，我打电话问的医生，没告诉佳艺。”秦学东把花递上，“就当是我替她来看你了。”

吴三生接过花，笑笑：“多谢秦教练这么关心我。”

“我们都关心着同一个人，顺带关心关心彼此也是应该的，毕竟我还欠你一句谢谢。”秦学东双手插口袋，“你同意把退出救援队的事公布在网上，胡雨生才没再找佳艺的麻烦。”

“你都说了，我们都是为了高佳艺，这声谢谢就不必了。”吴三生摆摆手，

“她准备得怎么样？这场比赛对她来说很重要吧？”

秦学东点点头：“如果这场比赛能拿到好成绩，那就是她复出后的翻身仗。”

吴三生轻拍自己的右腿：“可惜，我不能亲自去现场看她。”

“她倒是不希望你去。”秦学东想到这几天她紧张的样子，基本猜得到她心里是怎么想的，“直接将奖杯捧回来给你更好。”

吴三生摸摸自己的胡茬：“也好，等我收拾好了再接她的奖杯。”

秦学东看向他拆了纱布的右腿：“你的腿……”

“医生说伤口恢复得不错，接下来要复健慢慢恢复。”吴三生微微一笑，“回到救援基地后，我可以边接电话边做这些。”

秦学东：“我知道一些复健方面的知识，到时候可以帮忙。”

吴三生点头：“谢谢。”

这时去办出院手续的邢镇回来了：“老大，都弄好了，我们可以走了。”

秦学东帮忙一起将吴三生送上车。

在小梁的打理下，救援基地还是和以前一样。见到吴三生回来，小梁又高兴又激动，简直语无伦次：“老大，你总算回来了，你受苦了，你……你腿不方便的话，我暂时就做你的腿！呸呸呸，我是说……”

邢镇索性把小梁的嘴捂住，让她帮忙拿行李：“老大饿了，我们赶紧做点儿吃的吧，走走走。”

秦学东扶吴三生下车：“我要带高佳艺她们坐飞机赶去赛场了。”

吴三生点点头：“辛苦了。”

秦学东顿了顿又问：“要我推你进去吗？”

“不用，你赶紧走吧，别耽误时间。”吴三生摆手。

秦学东没再坚持，他在拐角处停下来，转身——

坐在轮椅上的吴三生缓缓站起来，试图凭借自己的力量走上两步，可刚跨出一步身体就失去了平衡，他赶紧抓住轮椅扶手。

他低着头，静静地站着，长发盖住了脸，看不到表情。

等了很久，他重新坐回去，慢慢滚动轮椅向前。

秦学东的心很痛。

吴三生一直掩饰得很好，可是掩饰得再好那也是掩饰。谁遇到这样的事都会崩溃，更别说他一直都奔跑在救援的前线。

秦学东记得第一次见到他时的情形——高佳艺因为他喝醉了酒，自己跑到救援基地来找他。他身形高大，正在庭院里锻炼身体，面对二话不说一来就抓住自己衣领的人，始终保持冷漠。

那种冷漠和把控局面的自信，给了他很深的印象。

从讨厌到刮目相看，他慢慢明白高佳艺为什么会被这个人吸引。

吴三生身上的闪光点，是流淌在血液里的强大和从不妥协的坚强。

他走到巷弄口，高佳艺正拖着行李箱站在路边。

“我知道，今天他出院。”高佳艺摆摆手，“也知道他不愿意让我去接他出院。所以……”

“所以你从医院跟到这儿来的？”秦学东无语苦笑，这丫头做起间谍工作来，真是一点儿都不比射箭差。

高佳艺点点头：“三生怎么样？还好吗？”

秦学东自然不会告诉她自己刚才看到的，只是点点头：“嗯，他知道你要比赛，说让你拿奖杯回来。”

高佳艺垂眸，没说话。

“走吧，我们该去机场了。”秦学东接过她手里的行李箱往车上放。

“嗯。”高佳艺把头扭向巷子里，低声道：“三生，等我回来。等我拿第一名回来给你。”

高佳艺这一走，又是半月有余。吴三生在救援基地顶替小梁的工作，坐在电话机旁等待着随时会打进来的求救电话。他也真正地闲了下来。

小梁做饭，陪吴三生一起复健。每次有任务，吴三生都会亲自到大厅看着邢镇领着兄弟们火速整理装备出发。没错，大梁现在交给邢镇来扛了。他开始收起小孩子脾气，变得比之前更加成熟，只有曲梦洁过来的时候，他才会变成以前那个邢镇。

邢镇每次出任务前都会和吴三生拥抱，代表着他们是一起去执行任务。吴三生明白他的心意。

他还没有习惯，他还在努力习惯。当然这不代表他就没事做——

每天四个小时的复健，每晚跟高佳艺视讯，她会简单地说一下她那边的情况，然后就嚷嚷着让他走两步给她看看。

不管他走成什么样，她都会很夸张地拼命鼓掌，然后露出大大的笑容，说“吴三生，我为你骄傲”。高佳艺总有办法驱散吴三生的失落。

吴三生：“你什么时候回？”

高佳艺在床上托着腮帮子挑眉：“怎么，想我了？”

吴三生很诚实地点头：“嗯。”

高佳艺眨眨眼，脸红了：“还有两天吧，决赛完我立马就飞回来！”

这时视频那头有人喊道：“哇，好多星星哎！”高佳艺扭头，镜头晃了晃，吴三生看到了没有遮挡的落地窗外大片的夜空。她去的地方和这里有四个小时的时差。这边是下午，高佳艺那边已经是晚上了。

高佳艺拿着手机从床上下来，走到窗边，也被这大片的星空迷住了：“是啊，好多星星啊！三生你看，好多星星！我来这里这么多天，还没见过这么多星星呢！是不是很漂亮？”

“听说过两天会下雪。”镜头外高佳艺的室友英子说道，“下雪之前夜空总是格外晴朗。”

“下雪……”高佳艺若有所思地呢喃。

“等你好了，我们就去看雪好不好？”

吴三生微微出神，高佳艺冲镜头拼命挥手：“三生，你听到了吗？过两天我这边会下雪，不像我们那边，就算入冬了也很少有机会下雪呢。”

“嗯，是啊。”吴三生回过神来，“时候不早了，你该睡了。”

高佳艺撇撇嘴：“你怎么和秦学东一样扫兴！”

“这叫守时。”

“切,你们两个居然会站到一边去,真是不可思议！”高佳艺夸张地做鬼脸。

“乖。”

高佳艺吐舌头，挂掉电话。

小梁从走廊那头的柱子后探出头：“老大，约完会了？”

吴三生扭头。小梁不好意思地走出来：“不是故意听你和女朋友讲电话的，老大，别骂我。”

“我有这么凶吗，动不动喜欢骂人？”吴三生有点儿不太相信。

小梁露出一个意味深长的笑：“老大，你可能不太了解自己……不过自从你谈恋爱以后，你就变温柔好多。你没发现你现在和我们说话，我们都常常走神吗？”

吴三生想了想：“我以为你们是在跟我一起适应我现在的情况。”

小梁笑道：“因为你不像以前的你了呀……”

“我确实不像以前的我了。”吴三生走上两步，身体右低左高。

小梁的笑容僵住了：“不，老大，我不是这个意思……”

“有什么好避讳的，你不说，我就不知道了吗？”吴三生摆摆手，“其实你们不需要这么小心翼翼。”

小梁顿了顿道：“老大，你永远都是我们的老大，永远都是。”

吴三生笑笑：“怎么说得好像我英勇就义了一样。”他看向围墙上方的云，“这几天看着大家出去执行任务，我一直在想我以后能做些什么。”

小梁上前一步：“老大有什么想法吗？”

“暂时还没有。不过，目前有一件事很想去做。”吴三生收回目光，很肯定地说道。

小梁也跟着眼睛一亮：“是什么？”

吴三生的脸上露出一抹微笑。

事实上，高佳艺的最后一场比赛，在和吴三生通话前已经结束。

她拿了冠军。本来想卖个关子，回去后给吴三生一个惊喜。但当英子看过天气预报，说过两天会下雪后，她就真的想再待几天——

她想把雪带回去送给他。

高佳艺在酒店中一直守着窗户，英子叫她出去玩她兴致也不高。

“英子，你确定会下雪的吧？不然我会杀了你的哦。”

英子缩缩脑袋：“天气预报说的呀，就算没下雪，也不会怎样吧，你这什么毛病？”

高佳艺很凶地扭头瞪她：“不会怎样？你耽误了我两天时间！”

英子十分无辜地眨眨眼。

“你这么守着雪就会下了吗？不是说了是后天吗？”秦学东双手抱臂，替英子说话。英子像看到救星一样拼命地点头：“就是就是！”

高佳艺斜着眼睛看他：“这回你没当叛徒吧？我比赛得第一名的事，你没透露出去吧？”

秦学东无语：“叛徒？”

“当然是叛徒啊，你和他都是一边的了，别以为我看不出来。”高佳艺指了指自己的眼睛。

“我可没说，不过如果他看到新闻，你别把账赖在我身上。”秦学东做投降状，“你真不下楼？附近街区有动漫展，你如果没兴趣的话，我就带英子她们去了。”

英子欢呼起来：“好啊，教练，我们走。”

几分钟后，高佳艺还是出现在了热闹的B14街区，这里好像在举行某动漫学院成立五十周年的校庆展，一个个造型各异的套头玩偶穿梭在人群中，和路人合影留念。还有知识竞答，如果答对了会送礼品。

高佳艺一眼就看中了一个放满皮卡丘钥匙圈的摊位。六年前她送给吴三生的那个钥匙圈，经过岁月的洗礼已经破旧，变得不再鲜艳。

正好，送一个新的给他！高佳艺走到摊位前，表示要参加知识竞答。

原本以为这会是挺简单的事，没想到比想象中的难很多。高佳艺接连几道题都没选对。

摆摊的小哥哥脸上画着皮卡丘的油彩，咧开嘴角笑着安慰她道："没关系，很多人都没答对，因为我们设置的答案都很接近，很容易搞错。"

高佳艺心想：你这是故意不让人拿走礼物的意思吗？

她是运动员，最懂得坚持。一次不行，就两次。

小哥哥却很有原则，说每个人只有一次答题的机会。

高佳艺郁闷地站在一旁，盯了一会儿，最后只得放弃。

秦学东见状，笑道："不是有人答对了吗？找拿到的人出钱买不就好了？"

高佳艺却拒绝了："不要，买的多没意思！"

她扭头气哼哼地走掉："不玩了，我要回酒店。"

"喂，等等我！你知道回去的路吗？"秦学东无奈跟上。英子等人想去吃东西，也走了。

他们离开没一会儿，一个男生走到皮卡丘摊位前，看着盒子里崭新的钥匙圈问："我能试一下吗？"

小哥哥点头笑："当然。"

结果，男生答对了所有的题目，赢走了一个钥匙圈。小哥哥把礼物递上时忍不住多打量对方几眼——长得很好看，虽然不是标准的漫画脸，但眉眼间的英气让他很精神。他穿着朴素的黑色外套、米色长裤，个子很高，是个在人群中一眼就能注意到的帅哥。只是……他的腿。

男生拿过钥匙圈，礼貌地说谢谢，转身离开。他走得很慢，跛得很明显。小哥哥低声感叹："可惜了。"

第二天，高佳艺迷迷糊糊地睁开眼，立刻被窗外的景象惊呆了。她猛地跳起来，用最快的速度跃到窗边——真的下雪了！

高佳艺瞪大眼睛，整张脸都贴在玻璃上：“真的……下雪了……”

英子从梦中惊醒，扭头，也看到了窗外的雪。

“英子你骗我。”

“这雪不是下了吗？”英子皱起眉头。

“提前一天下了。”

英子挠挠乱蓬蓬的头发，无语下床。突然一个人影闪过，把她重新推回到床上。英子怒了：“高佳艺你又干吗！”

“洗手间我先用。”她要第一时间下楼去接雪！

几分钟后，高佳艺裹了一件羽绒服跑下楼，踩在湿湿的雪地里，双手张开，仰头看着漫天大雪像羽毛一样纷纷扬扬地落下。

天地之间瞬间安静得只剩下她。雪花很轻，落在手心里一片冰凉。

高佳艺把瓶子打开，放到地上，看着雪花慢慢飘进瓶口，欣喜一点点地变成遗憾：“如果你陪我看，该多好。”

“我在陪着你啊。”

高佳艺怔了怔，这个熟悉的声音像闪电一样劈中了她。是幻觉吗？她不敢相信地缓缓转身，就这样看到吴三生出现在身后不远处，正朝她走来。

吴三生穿着单薄的黑色外套，戴着米色帽子，一摇一摆地往前走着，向她张开双臂。高佳艺捂嘴，顿时湿了眼眶。这是那场手术后她第一次真真切切地看到他走路，和在视频里看到的感觉完全不同。他可以走了，尽管并不完美。不，是完美的，在她心里他就是完美的！他居然跑这么远来看她？明明是她想给他惊喜的，怎么反过来被他抢先了呢？难道……

“还站着干吗？”见她太过诧异一动不动，他挑眉提醒。

高佳艺似离弦的箭一般，飞快地扑进他的怀抱！

“你怎么会来？”

“来陪你看雪啊。”吴三生紧紧地抱住她，“你不是说等我好了，想跟我一起看雪吗？”他听到视频那头英子说这几天会下雪，就乘了最近的一班飞机过来了。

高佳艺激动得直跺脚，仰头看着他就在咫尺的脸，语无伦次道：“我还想把雪带回去给你呢。吴三生，你太坏了！你居然给我这么大一个惊喜！我该怎么办啊？”

“享受就好。”说着他扳过她的下巴。就要吻上的瞬间，高佳艺眼疾手快地抬手挡住：“等一下。我有事要跟你说。”高佳艺涨红了脸，顿了顿道，“我得第一名了。”

虽然不是很大的比赛，比赛的选手都不如之前的那些国家级选手，但对重新返回比赛现场的她来说，是个很好的开始。

吴三生笑着说：“我知道。”

“你又知道？”高佳艺郁闷地瞪眼，他怎么什么都知道？亏她一直憋着没说。

“我看新闻了。”

“好吧……”她咬唇，想到了什么，“那你有什么礼物要送给我吗？”

他这么大老远来，不会两手空空吧？

“切，我就知道没有。还是……”

高佳艺扯扯嘴角，想说可以过后再补，不想他真的准备了礼物。

“皮卡丘钥匙圈？”

“嗯，我赢来的。”吴三生笑，“送给你。”

高佳艺难以置信地抬起头：“你赢来的？动漫展？知识竞赛？”

吴三生点点头：“你也去了？”

这回她真是哭笑不得了，他居然比她还了解皮卡丘了？居然让他给赢了？这件事她可是郁闷了整整一晚上呢！吴三生当然不知道她在琢磨什么，俯脸过去：“那你有什么要送给我的吗？”

“我……”没等高佳艺想出什么来，他抱住她，轻轻吻上。

高佳艺闭上眼睛。这个吻，冰冰凉凉，还带有一点儿甜味。

是雪的味道吗？不，是爱情的味道。享受就好！

好吧，这一次，她好像无须扭捏，只要大大方方地抱住怀里的皮卡丘先生，和他一起看雪，在雪中拥吻。

浪漫到极致，就是永生难忘的甜。

“佳艺。”

“嗯？”

“我妈问我，什么时候带你回去吃饭。”

“明天，明天我们就回去！”

“还是再等等吧。”

“为什么？”

“我怕我会忍不住顺应父母之命，把你给娶了。”

“吃饭是这个意思？吴三生，你家有没有什么是不语带双关的？”

“有。”

“什么？”

“我爱你。”

……

“你怎么不说话了？”

“我怕我忍不住。”

“忍不住什么？”

“忍不住嫁给你。”

番外

老吴亲自下厨，吴妈妈打下手。说是打下手，吴妈妈其实只是在厨房门口陪着——老吴压根不让她动手，一边炒菜一边和她说点儿什么。

高佳艺和吴三生在沙发上坐等开吃。高佳艺靠在吴三生的怀里，望向厨房那边，忍不住问："我们以后也会像这样吗？"

"会。"两人四目相对，眼中只有欢喜。

高佳艺却没什么信心："我脾气不好，可没阿姨这么温柔。"

吴三生："我会比老爸更宠你。"

高佳艺想了想："我不会当家庭主妇，也不会做菜。"

吴三生说"我来"。

高佳艺立刻警惕地坐直身体："吴三生。你已经学坏了。"原先那个他虽然时常气到她，但至少老实可靠，可是现在他跟开窍一样，说话句句漂亮，一不小心就能让人晕头转向，"我得提防着你才行！"

吴三生点头，突然伸手勾过她的腰："你提防得了吗？"

高佳艺的心猛地一跳："你干吗？万一被叔叔阿姨看到……"他不管不顾地亲她一口。

高佳艺从耳朵红到了后脖颈。完了，他已经肆无忌惮了。

“菜来了！你们两个赶紧洗手吃饭了！”老吴端着菜从厨房里出来。

高佳艺忙一把推开吴三生，噌地从沙发上起来。

饭桌上，高佳艺主动给老吴和吴妈妈倒饮料，吴三生则给他们夹菜，大家挨个把老吴的手艺夸奖了一遍，气氛很快达到了高潮。

高佳艺深吸一口气，放下筷子，挺直腰板道：“叔叔，阿姨。关于我和三生结婚的事……”吴三生一怔。高佳艺继续说道，“我希望两位给我一年的时间，我想在我的领域再上一个台阶，一年后再跟三生结婚。希望两位可以答应。”这件事，她知道吴妈妈一定会提，与其让吴家人暗地里着急，不如她主动点儿，以此来表达诚意。

老吴和吴妈妈双双沉默。

“我保证，我不会再喜欢上除了吴三生以外的男人，我都等了他六年多了，我才不会跑掉呢！希望他能等我一年，也希望你们不要着急，这个吴家媳妇我是当定了的。我今天说出来就是为了让你们放心。叔叔阿姨，你们愿意给我一年的时间吗？”

见他们都沉默，高佳艺有些着急，做了一个发誓的手势。吴三生忍不住笑出了声，吴妈妈跟上，老吴最后也笑了。饭桌下，高佳艺默默地踩吴三生的脚背。吴三生清了清嗓子，止住了笑。

吴妈妈发话了：“答应，答应！阿姨答应了！哈哈哈哈……”

老吴捂着嘴凑过来跟高佳艺低语：“佳艺啊，你这波操作不错啊！我服了你了，不过你就不怕你以后会被三生那小子吃得死死的？”

高佳艺脸颊滚烫，偷偷看向吴三生。吴三生夹菜到她碗里。害羞过后是满满的欢喜，高佳艺咬了一口碗里的鸡腿，心想：吃得死死的？六年前那一眼，她早就被吃得死死的了。

番外 II

体育馆内。高佳艺看了一眼靶心，闭上眼睛，放箭。

“好！”

曲梦洁举了举手里的吃的：“带了你最喜欢吃的面包，够意思吧？”

高佳艺放下弓箭，把毛巾挂到脖子上：“怎么有空来我这里呢？”

曲梦洁翻了个白眼：“这话我怎么听着带刺啊？”

“是工作不忙，还是恋爱不香啊？”高佳艺挑眉，“两个星期不见，我以为你会继续玩消失呢。”

曲梦洁盘腿而坐：“邢镇那臭小子忙着招队员呢，才没空理我。”

高佳艺从袋子里找出面包往嘴里塞：“我就说嘛，我是替补。曲梦洁，你和邢镇进展到哪一步了？他跟你求婚了吗？和我说说呗。”

曲梦洁瞪大眼睛：“求婚？这才哪儿跟哪儿啊……”

“可你和他不是已经……”

曲梦洁立刻捂住她的嘴，脸颊闪过一丝绯红：“闭嘴！”

高佳艺笑意转浓，眉毛狡黠地跳动。曲梦洁翻了个白眼，推开她，泄气地呈大字形躺在地上。自从那天醉酒，他们就没有再……

发乎情止乎礼，顶多就是亲吻和拥抱。

别人恋爱是越谈越深入，他们这恋爱是越谈越回去了……邢镇清纯得不像话，虽然在工作方面成长迅速，但在她面前还是那个小弟弟。

有时候她撩拨他，他还会脸红。约会倒是很主动，但也就是来接她下班、看电影、吃饭什么的。总觉得缺点儿什么。

曲梦洁忍不住问高佳艺：“你和吴三生之间不会有这种感觉吗？”

“不会啊，我只要看到他就感觉满足。”高佳艺吮吮手指，完全一副恋爱中小女生的幸福模样。

曲梦洁叹气，得，她八成是脑子坏掉了，过来跟她说这些。

“曲梦洁，你就知足吧。邢镇长得帅，年纪又小，还是飓风救援队队长，很多小姑娘觊觎的。你要是患得患失的，说不定哪一天他真的会被抢走。”高佳艺见她愁眉不展，拍拍她的肩，“我可听三生说有女生要邢镇的微信呢。”

“真的？”曲梦洁斜睨她。

“不信的话你晚上去巷弄口等等看喽。听说是个高三刚毕业的女生，长得漂亮，每天晚上下课后都去找邢镇。说不定啊……”高佳艺一边说一边偷瞄曲梦洁的反应，“这些天邢镇没找你，是忙着应付那个小妹妹呢。”

曲梦洁噌地从地上爬起来，抓过包包：“我先走了！”

“慢走不送！”高佳艺等她走远，偷笑着拿出手机，翻到和邢镇的微信聊天界面——“搞定了。”

“谢谢佳艺！”

“别谢我，晚上记得好好表现。婚礼后再谢我也不迟！”高佳艺心满意足地把手机丢到一旁，打了一个嗝。曲梦洁，就当是报你之前的隐瞒之仇吧。我要用幸福来狠狠地“报复”你！

番外 III

周日。高佳艺飞奔到和吴三生约好的约会地点——蛋糕店门口。

“对不起对不起，路上堵车，我迟到了。”她跑得太猛，停下时刘海又飞起，赶忙伸手捂住，很是狼狈。

早早等在那儿的吴三生并没有生气，而是一边抚摸手里的猫一边说道：“没事，我也刚到没一会儿。”

高佳艺视线下移：“这只猫是……”

“应该是这附近的流浪猫，刚才一直围着我的脚打转。”吴三生轻轻地抚摸猫的后背，小猫很受用，温顺地贴着他。

这时飘姐推门出来，手里拿着一个冰激凌盒子：“我只找到这个，可以装点儿水。”

吴三生点头，接过盒子放到小猫旁边，小猫不敢喝，警惕地缩着脑袋。吴三生便用手兜着水放到它嘴边。小猫这才喝了起来。

高佳艺就这么静静地看着，吴三生对待小猫的样子温柔得不像话，他把小猫抱起来：“它应该饿了，我想带它去买点儿猫粮。”

高佳艺怔了怔，点头：“好啊，我们一起。”

两人来到附近的超市，找到猫粮付了钱，到公园的长椅上坐下。

吴三生把猫粮倒出来，小猫狼吞虎咽，像是饿了好几天的样子。吴三生满脸心疼。半晌，他意识到身边的人一直都没说话，扭头有些歉意地说："抱歉，我们今天是来约会的。"

高佳艺却笑笑，不介意地摇头："我想，我找到了比约会更重要的意义。你发现了没？"

吴三生没明白她在说什么："嗯？"

高佳艺看看他又看看小猫，笑而不语。

吴三生扭头看向身边的小猫，眼前的迷雾被层层拨开，豁然开朗："我现在救不了人，或许……可以救动物。"

高佳艺伸手摸摸他的脑袋："嗯，孺子可教也。"

自从不能奔赴现场执行救援任务，吴三生一直在一边做复健一边寻思以后做什么。高佳艺明白他的心里还是喜欢救援的。

刚才看到他照顾小猫照顾到连她迟到都没注意到，那旁若无人、眼神发亮的样子，高佳艺就明白他找到了。

"它们需要你，我也需要。"高佳艺搂过他的手臂，甜蜜地歪头。

"嗯，在能重新救人之前，我可以先救它们。"吴三生把头靠在她的脑袋上，和她一起望向夕阳。

"佳艺，你说，我以后还能救人吗？"

"一定可以！"

"嗯，我也这么觉得。"吴三生笑了，大概是高佳艺的那股倔强也感染到了他。

一切都会往好的方向发展，一切终将如愿以偿。

因为他们都是相信美好，为梦想奋斗的人。

你是我的璀璨星辰

作者
小北

封面绘图
Benyo

封面设计
杨小娟

内文版式
严岩

图片总监
杨小娟

特约编辑
向伟

出版社
中国致公出版社

总出品
湖北知音动漫有限公司

制作出品
知音动漫图书•漫客小说绘

知音漫客 漫客小说绘

图书在版编目（CIP）数据

你是我的璀璨星辰 / 小北著. -- 北京：中国致公出版社, 2021

ISBN 978-7-5145-1780-4

Ⅰ. ①你… Ⅱ. ①小… Ⅲ. ①言情小说－中国－当代

Ⅳ. ①I247.5

中国版本图书馆CIP数据核字(2021)第026309号

你是我的璀璨星辰/小北 著

NI SHI WO DE CUICAN XINGCHEN

出　　版　中国致公出版社

（北京市朝阳区八里庄西里100号住邦2000大厦1号楼西区21层）

出　　品　湖北知音动漫有限公司

（武汉市东湖路179号）

发　　行　中国致公出版社（010-66121708）

作品企划　知音动漫图书 · 漫客小说绘

责任编辑　罗长敏　向伟

装帧设计　杨小娟　严岩

印　　刷　中印南方印刷有限公司

版　　次　2021年8月第1版

印　　次　2021年8月第1次印刷

开　　本　880mm × 1230mm　1/32

印　　张　9.5

字　　数　260千字

书　　号　ISBN 978-7-5145-1780-4

定　　价　42.80元